TEMPO

Obras da autora publicadas pela Galera Record

Série Hourglass

Volume 1 - *Amor contra o tempo*

Volume 2 - *Tempo em fúria*

Myra McEntire

TEMPO EM FÚRIA

Tradução de:
Rodrigo Abreu

1ª edição

GALERA RECORD
RIO DE JANEIRO • SÃO PAULO
2013

CIP-BRASIL. CATALOGAÇÃO NA FONTE
SINDICATO NACIONAL DOS EDITORES DE LIVROS, RJ

McEntire, Myra
M429t   Tempo em fúria / Myra McEntire; tradução Rodrigo Abreu. –
1. ed. – Rio de Janeiro: Record, 2013.
(Hourglass)

Tradução de: *Timepiece*
ISBN 978-85-01-09654-8

1. Ficção americana. I. Abreu, Rodrigo, 1972-. II. Título.

13-02781   CDD: 813
                                                      CDU: 821.111(73)-3

TÍTULO ORIGINAL EM INGLÊS:
Timepiece

Copyright © Myra McEntire, 2012

Todos os direitos reservados. Proibida a reprodução, no todo ou em parte, através de quaisquer meios. Os direitos morais da autora foram assegurados.

Texto revisado segundo o novo Acordo Ortográfico da Língua Portuguesa.

Editoração eletrônica: Abreu's System

Direitos exclusivos de publicação em língua portuguesa somente para o Brasil adquiridos pela
EDITORA RECORD LTDA.
Rua Argentina, 171 – Rio de Janeiro, RJ – 20921-380 – Tel.: 2585-2000,
que se reserva a propriedade literária desta tradução.

Impresso no Brasil

ISBN 978-85-01-09654-8

Seja um leitor preferencial Record.
Cadastre-se e receba informações sobre nossos lançamentos
e nossas promoções.
Atendimento e venda direta ao leitor:
mdireto@record.com.br ou (21) 2585-2002.

EDITORA AFILIADA

Para Ethan, Andrew e Charlie,
As luzes da minha vida. Eu os amo o tempo todo, independentemente de qualquer coisa, e sou muito feliz por vocês serem meus.

Para CJ Redwine e Jodi Meadows.
Não tenho como listar todos os motivos, porque alguns deles não são apropriados, mas nós sabemos. Nós sabemos.

Não seja escravo do passado. Mergulhe em mares grandiosos, vá bem fundo e nade até bem longe; assim você retornará com respeito próprio, com vigor renovado, com uma experiência a mais que vai explicar a anterior e superá-la.

— Ralph Waldo Emerson

Capítulo 1

*T*alvez ficar bêbado e me vestir de pirata para o baile de máscaras tenha sido uma ideia ruim.

Certo, definitivamente uma ideia ruim. Pelo menos a parte do pirata.

Eu estava encarando sem nenhum pudor a garota parada na fila ao meu lado, que fazia todo o possível para evitar olhar em minha direção. Sua boca era uma obra-prima, o lábio inferior levemente mais carnudo do que o superior. Ou podia ser um beicinho amuado. De qualquer forma, era o tipo de lábio que implorava para ficar entre meus dentes. Eu não fazia ideia de como ela havia enfiado aquele corpo ridiculamente sinuoso em uma dourada fantasia de gata colada na pele, mas eu estava totalmente disposto a ajudá-la a tirar aquilo.

Inclinei meu corpo em sua direção.

— Miau.

Melhor cantada de todos os tempos.

Ela me avaliou através de uma fina máscara preta.

— Se você pedir para fazer carinho na minha barriga ou fizer qualquer uma das piadas óbvias sobre minhas partes íntimas, vou roubar sua espada e você vai sair daqui precisando de uma perna de pau. Ou pior. Entendeu, marujo?

— Sim, sim, Capitão — respondi, com uma saudação entusiasmada.

Ela virou de costas para mim e ficou nas pontas dos pés, entortando o pescoço para checar o progresso da fila. A retaguarda era tão espetacular que pensei em não lhe falar mais nada até estarmos do lado de dentro para que eu pudesse admirá-la em paz.

Mas ela me flagrou olhando.

— Você está vestida como uma gata, certo? Ou uma tigresa? — falei rapidamente, as palavras se arrastando um pouco. Tudo no meu campo de visão se moveu para a esquerda. — Você está aqui para o baile de máscaras?

— Não. Eu costumo andar pelas ruas de Ivy Springs vestida como um animal selvagem.

— Rawr.

Eu fingi arranhá-la com garras imaginárias e mostrei os dentes. Nenhuma resposta.

Colei minhas costas contra a parede de tijolos ásperos, tirando a peruca de pirata para coçar minha cabeça antes de colocá-la de volta. Ela parecia torta. Ou talvez fosse apenas meu cérebro.

— Não vão deixá-lo entrar com essa aparência sem fazer perguntas. — A Menina Tigresa olhou de maneira ressabiada para meus dreadlocks. — Quanto você bebeu? Você vai vomitar nos meus sapatos?

Eu queria fechar meus olhos porque minha cabeça estava rodando, mas não conseguia parar de olhar para ela. Deixei minha mente vagar por um segundo, tentando fazer uma leitura, mas o álcool tinha feito seu trabalho.

— Não vou vomitar nos seus sapatos — falei para ela, enquanto prometia a mim mesmo colocar minhas mãos naquelas curvas. Cedendo à tontura, fechei os olhos por um segundo. — Eu apenas tive um dia horrível.

— E imagino que agora você vá me contar sobre ele...?

Não havia realmente nenhum jeito agradável de contar a uma garota que nunca tinha visto antes que meu pai havia voltado dos mortos recentemente, que minha mãe estava em coma e que um batalhão inteiro de soldados da Guerra Civil tinha aparecido na minha varanda naquela tarde.

— Sou mais de fazer do que de falar.

— De algum modo isso não me surpreende.

Dei uma piscadela de forma sugestiva.

— Por acaso você seria mais de fazer?

— Você beija sua mamãezinha com essa boca?

A dor se transformou em raiva, crispando a minha pele. Ela não sabia. Não tinha sido intencional. Seus olhos me diziam que ela havia notado as evidências de minha irritação, e eu afastei o sentimento com convicção.

— A fila está andando.

Inclinei minha cabeça em direção à porta, lutando contra as próprias emoções com mais afinco do que já havia lutado contra as de qualquer outra pessoa.

Para meu alívio, a garota seguiu a multidão que entrava no Phone Company.

O interior estava transformado. O Phone Company não era mais um restaurante elegante e refinado, mas uma explosão berrante com temática de Halloween. Enormes teias com centenas de pequenas falsas aranhas penduradas em fios de algodão adornavam as paredes, e um espantalho enfeitava cada canto. Fantasmas presos por fios invisíveis investiam aleatoriamente contra a multidão, dando risadas assustadoras por onde passavam.

Havia abóboras em todos os lados e uma pavorosa quantidade de bala de goma, mas o que teria verdadeiramente apavorado os frequentadores eram as coisas que eles não podiam ver.

Um véu tremulava no palco. Véus eram portões que serviam para guardar o lugar, vestíbulos para o futuro ou para o passado, onde os viajantes entravam antes de seguir pelas pontes que os levavam a outras épocas. Pareciam paredes de luz solar brilhando sobre a água.

Onde quer que existisse um véu, normalmente existia uma "dobra".

Uma dobra — ou desdobramento — era como ver a mesma cena de um filme continuamente, sem parar, exceto pelo fato de ser uma pessoa presa no tempo e sobreposta no presente. Não era físico e, portanto, não era visível a ninguém que não carregasse o gene específico para viagem no tempo.

Até recentemente. Porque agora eu também conseguia enxergar dobras.

O que provavelmente explicava o trio de jazz através do qual as pessoas não paravam de passar. Quando Em apareceu e *contornou* o trio ao vir em minha direção, minha teoria da dobra foi confirmada.

Pela expressão no rosto dela, eu estava prestes a levar uma bronca daquelas.

— Kaleb Ballard. Eu devia acabar com a sua raça.

Ninguém tão pequeno quanto Emerson Cole deveria ter tanto poder sobre mim. Ela deixou seu guarda-sol sobre uma mesa vazia, empurrou sua saia armada para o lado e fez o maior esforço para me obrigar a entrar em uma cabine de couro lustroso. Apoiei os dedos na beira da mesa tentando me equilibrar, mas meus pés estavam instáveis. Eu me sentei.

— Achei que tivéssemos curado seu problema com a bebida.

Ela socou meu braço. Duas vezes.

— Ai! — Ela podia me machucar fisicamente também. — Achei que a tivéssemos curado de seu problema com a violência.

Com seu vestido de seda azul, luvas brancas e cabelo louro enrolado em cachos perfeitos, ela parecia uma fugitiva demente da fazenda Tara de *E o vento levou*. Ou de uma festa de casamento com temática sulista cuja noiva realmente odeia suas damas de honra.

— Sério, Kaleb. — A preocupação dela tornava a ferida um pouco mais profunda. — Por quê?

— Você sabe por quê. — Pelo menos parte do motivo. Eu respirei fundo, soltei um longo suspiro e baixei minha testa sobre a mesa.

— Ver a dobra depois de sair da escola me assustou também. Embora eu ache que observar *você* vendo a dobra foi o que me fez surtar. Mas eu corri. Você entornou uma garrafa de... o quê? Fluido de isqueiro?

— Dá um tempo, por favor. — Olhei para ela de um jeito que eu esperava que se parecesse com uma súplica efetiva. — Você sabe que isso é diferente para mim assim como é para você. Eu não sabia mais o que fazer.

— Ficar chapado não era a solução. — Ela pegou um copo de água gelada da bandeja de um garçom que estava passando e o colocou na minha mão. — Todos precisamos ficar em estado de alerta, o tempo todo, até descobrirmos o que está acontecendo.

— Não estou chapado. Só estou um poucc alto. — Infelizmente. Bebi um longo gole da água e olhei para a fantasia dela. — Por que você está vestida como Scarlett O'Hara?

— É uma piada interna — disse ela.

— Com quem?

— Comigo mesma.

— Você vai se sentar?

Ela franziu a testa e apontou para sua saia enorme:

— Ainda não consegui descobrir como fazer isso.

Sacudi a cabeça e bebi outro gole da água, deixando minha risada escapar dentro do copo, mas não consegui escondê-la de Em.

Em vez de permitir que o punho dela acertasse meu braço novamente, eu o contive com minha mão muito maior e o segurei por uma fração de segundo a mais do que deveria. Uma sombra alta surgiu sobre a mesa.

— Oi, pessoal.

Michael.

Em se afastou de mim, virou-se e ficou nas pontas dos pés para receber Michael com um beijo. A luz sobre nós enfraqueceu por um milésimo de segundo, e meu estômago embrulhou. Eu foquei sobre o tampo da mesa enquanto um fluxo ardente em meu peito se espalhava até as pontas dos meus dedos. Desde que eles tinham se tornado um casal, o efeito colateral de "fagulhas que eles causavam quando se viam" começara a se tornar um problema. Eu me assegurava para que todos os aparelhos elétricos estivessem conectados a um estabilizador de voltagem. Eu ainda não tinha encontrado uma forma de me proteger daquilo.

Assim que as luzes pararam de bruxulear, senti um contato silencioso. Percebi que Emerson estava fazendo mímica, como se bebesse de uma garrafa imaginária.

— Então... Sim — disse ela. Michael, presumivelmente vestido como Rhett Butler, também de *E o vento levou*, gesticulou para que ela se sentasse. Ela olhou para a própria saia e sacudiu a cabeça. — É possível que Kaleb esteja levando essa coisa de pirata muito a sério. Você sabe. A obsessão por rum.

— Não era rum — contestei. — Era *bourbon*. Achei no meu porta-luvas.

Michael entrou na cabine, se sentou à minha frente e inclinou-se em minha direção, falando em voz baixa:

— Dirigir embriagado *e* porte de bebida alcoólica na rua?

— Escuta aqui, Clark Gable, eu não dirigi embriagado porque não bebi antes de chegar aqui. Não estou mais portando bebida alcoólica na rua porque bebi tudo. E, além disso, eu reciclei a garrafa.

Uma veia reveladora apareceu na testa de Michael. Eu podia sentir a raiva dele também, profunda e inflexível, o que significava que as três doses que eu tinha bebido no jipe estavam perdendo o efeito.

Emerson pigarreou em tom de advertência:

— Não façam uma cena, por favor. Meu irmão está vendo e não quero chatear Dru.

Thomas, vestido como Gomez Addams, estava parado ao lado da esposa, vestida como Morticia, junto ao bar. Provavelmente verificando carteiras de identidade. Em me contara que Dru estava grávida. A barriga não estava aparecendo ainda, mas a mão estava sempre repousando sobre ela. Suas emoções demonstravam um protecionismo impetuoso que eu reconhecia. Mamãe Guerreira. Não ouse desafiar isto. Minha mãe tinha sido exatamente como ela.

Cerrei os dedos, desesperados por uma garrafa.

— Kaleb, entregue suas chaves agora e vamos deixar essa passar. Mas, se acontecer de novo, vou falar com seu pai pessoalmente — falou Em.

Pelo menos Em se importava. Apenas não da forma que eu queria.

— Você é cruel.

Olhei em seus olhos e deslizei minhas chaves sobre a mesa. Michael as tirou de minha mão antes que Emerson pudesse me tocar, entregando-as a ela.

— Também sou baixinha. O que significa que para mim é muito mais fácil acertar seus joelhos. — Ela jogou as chaves para o alto com uma das mãos e as pegou com a outra. Então tentou dar um tom mais leve: — Vou esconder essa belezinha. Tentem não se matar enquanto eu não estiver por perto e, se forem discutir, se enfiem debaixo da mesa.

Eu observava enquanto ela se afastava, a saia armada balançando de um lado para o outro, batendo nos tornozelos, joelhos e nas cadeiras. Não olhei para Michael.

— Sinto muito — disse ele.

Virei-me na direção dele repentinamente. Nenhum de nós tinha previsto a chegada daquele pedido de desculpa.

— O quê?

— Sobre hoje à tarde. — Ele franziu a testa antes de passar a mão no cabelo e recostar todo torto na cabine. — Em me contou.

— Ah. Isso.

Eu não queria pensar nos soldados uniformizados posando para uma fotografia em minha varanda de 150 anos. Uma varanda que repentinamente parecera tão nova que eu era capaz de sentir o cheiro de serragem.

— Se Thomas não tivesse cedido e deixado Em entrar para a escola da Hourglass... — Minha voz retrocedeu. — Não sei como eu teria lidado com o desdobramento sozinho. Ela só precisou tocar um soldado, e então tudo se dissipou.

— Fico feliz por ela estar ao seu lado — falou Michael. Eu podia ouvir o que estava implícito: "não se acostume com isso".

Recostando na cadeira, cruzei os braços.

— Ela disse que era o mesmo tipo de dobra que viu na noite em que voltou para salvar você da explosão no laboratório. Uma cena inteira.

— Como se você tivesse entrado em uma pintura.

Assenti.

— Não consigo explicar isso, Kaleb. Não consigo explicar nem as que eu mesmo vi.

— Por que você deveria me explicar qualquer coisa? — A visão rápida de um tecido dourado colado no corpo chamou minha atenção do outro lado do salão. Eu não tinha mais nada para beber, mas a segunda melhor distração estava a caminho da pista de dança. — Você não é responsável.

— Não sabemos quem é responsável.

Olhei para ele de forma mordaz.

— Sim, nós sabemos.

Ele desconsiderou a declaração.

— Você contou a seu pai o que viu?

— Não. — Meu pai tinha preocupações suficientes. — Talvez você devesse lhe contar. Ele assimilaria isso melhor vindo de você, de qualquer forma.

— Isso não é...

— Espero que você e Em se divirtam. Encontro vocês mais tarde para um teste do bafômetro para poder recuperar minhas chaves.

— Kaleb, espere — falou Michael, mas eu já havia me levantado.

Deixando a conversa e qualquer responsabilidade para trás, respirei fundo, ajeitei minha espada e segui meu instinto.

E passei bem longe do trio de jazz para chegar à pista de dança. Bani qualquer pensamento sobre Em e Michael, ou sobre Michael e meu pai.

Eu estava cansado de ser deixado de fora. Em ambos os casos.

Segui a Menina Tigresa até a pista de dança. Eu estava pensando em muito mais do que apenas dançar, mas precisava começar em algum lugar. Ela estava quase alcançando um grupo de garotas em um círculo quando a segurei pela mão. Ela se virou para me encarar.

— Ah. Você.

— Tente conter sua empolgação. — Apontei para a multidão ao redor. — Eu não gostaria que você fizesse uma cena. Tumultos podem ser muito perigosos nesse tipo de situação.

— Certo — respondeu ela, com um tom monótono, libertando sua mão. — Vou me controlar um pouco.

— Eu agradeço, e o Departamento de Segurança Pública de Ivy Springs agradece. — Fiz uma leve reverência. Quando retornei, com meu sorriso vitorioso, vi apenas suas costas se afastando.

— Espere!

Parando, ela deixou a cabeça cair. Depois de alguns segundos, olhou para mim por cima do ombro esquerdo:

— O que estou esperando? Você parar de ser tão convencido? Porque não tenho todo esse tempo.

A fúria que eu tinha sentido mais cedo retornou e eu pisquei. Eu normalmente não precisava me esforçar tanto:

— Eu gostaria de convidá-la para dançar.

Ela girou e me encarou.

— Posso? — Ofereci minha mão, afastando a raiva e exibindo o sorriso novamente, desta vez com potência extra.

— Você vai aceitar um não como resposta ou vai encher minha paciência até eu dizer sim?

— Gosto de pensar nisso como persistência. — Fiz um esforço, tentando descobrir algum interesse no fundo dos olhos dela.

Nada.

— Uma dança — disse ela, cedendo. — E depois voltaremos para nossos cantos, separados.

— Você pode gostar tanto que pode acabar mudando de ideia a respeito disso. — Ou eu teria que me esforçar muito com essa, ou teria que mudar para uma conquista mais fácil.

— E macacos podem sair voando da minha bunda, mas eu também não apostaria nisso.

Então teria que ser uma conquista mais fácil.

Para acelerar o processo de rejeição, eu a puxei para perto de mim e deslizei minha mão para baixo para apertar o que era verdadeiramente o traseiro mais lindo que eu já havia visto em toda minha vida, e no qual eu vinha prestando atenção.

Ela recuou e me deu um tapa. Tão forte que fiquei com os ouvidos zunindo.

— O que você pensa que está fazendo? — *Ira total e irrestrita* fluía dela, sem que eu precisasse fazer nenhum esforço mental para ler. — Não importa o quanto você bebeu, seu babaca, ninguém toca em mim dessa forma sem minha permissão.

Uma parte de mim teve vontade de revidar toda aquela ira, libertando tudo, e, então, algo sombrio e cruel começou a subir pela minha garganta. Naquele exato instante, um lamento alto veio do sistema de som. Tudo ficou escuro.

Gritos e gargalhadas ecoavam enquanto a multidão se preparava para uma pegadinha. As luzes de emergência se acenderam iluminando um homem que segurava uma pistola. Levantando a arma, ele atirou para o alto e acertou o lustre. O salão se transformou em um caos quando pequenos cristais choveram sobre o chão.

Forte emoção inundava cada grito. Um *medo* paralisante.

Emerson.

Olhei melhor para o homem parado no palco, segurando uma arma em uma das mãos e um relógio de bolso na outra.

Jack Landers.

O desgraçado que matou meu pai.

Agarrei a Menina Tigresa, arrastando-a atrás de mim, lutando contra a maré da multidão.

Depois de empurrá-la até um lugar seguro debaixo da escadaria, fiquei parado diante dela, vasculhando o salão à procura de Emerson e Michael. Vi de relance um vestido de seda azul e um smoking preto quando eles fugiram pela porta da frente.

Jack estava fugindo havia mais de um mês e agora estava em meu campo de visão. A descarga de adrenalina me deixou *imediatamente* sóbrio.

Minha mão ainda estava em volta do pulso da Menina Tigresa:

— Fique aqui e abaixe-se. Não se arrisque. Ele não pode vê-la do palco.

— Ele tem uma arma — disse ela, atrás de mim, a voz sufocada pelo pavor. Eu podia sentir aquilo percorrendo das pontas dos meus dedos ao meu cérebro. — Você perdeu a cabeça?

— Há muito tempo.

Pegando carona na adrenalina, eu a soltei e entrei no campo de visão de Jack. Figuras débeis corriam em direção às portas, sob o brilho das luzes de segurança. Alinhei meus ombros com o palco.

Jack estava ali para causar estragos — a expressão dele confirmava isto.

Eu também queria fazer o mesmo.

Nossos olhos se cruzaram enquanto eu abria caminho entre as últimas pessoas na multidão, seguindo em direção ao palco provisório no fundo do restaurante. Parei na metade do caminho para tentar fazer uma leitura das emoções dele. Nada.

— Típico. Fazendo uma entrada triunfal. — Não afastei meus olhos dos dele. — Estou surpreso por você não ter contratado uma orquestra para tocar uma música tema para você.

— Você não deveria estar em algum lugar, emburrado e angustiado? Está até mesmo usando delineador. — Ele guardou o relógio e então abaixou a arma deixando-a junto ao corpo. Porém manteve o dedo no gatilho. — Ou você passou toda a tristeza e angústia para...

— *Não* diga o nome dela. Depois do que fez com ela, você não tem o direito. — Ele tinha transtornado tanto a linha do tempo e a verdade da vida de Emerson que ela não era capaz de dormir sem ter pesadelos.

— Eu gostaria de ver Emerson. Nós realmente temos contas a acertar. Ela poderia discordar de você sobre o que "fiz a ela".

— Você merece morrer por todas as coisas que fez... por todas as pessoas que feriu. — Meu pai, minha mãe, Em. Eu havia desejado a morte de Jack Landers durante meses e agora eu tinha minha chance. Meus músculos se enrijeceram quando me preparei para atacar. — Que tal fazermos isso agora?

Ele sorriu.

— Matar-me seria o pior erro que você poderia cometer.

— Enxergo isso como um serviço à humanidade.

— Então você está enxergando da forma errada. — Tão egocêntrico. — Não me obrigue a fazer algo sobre o qual você vá se arrepender mais tarde, Kaleb.

— Não tenho escolha. — Dei dois passos em direção a ele antes de Jack erguer sua arma e mirar. Eu me abaixei e rolei para trás de uma mesa, esperando uma rajada de tiros.

Nada.

Levantei cabeça cuidadosamente para espiar por cima da beira da mesa e o vi sacudindo a arma, verificando o tambor.

Não pensei nas consequências que minha escolha causaria a meu pai ou a minha mãe, caso ela um dia despertasse. Desembainhei a espada de metal cega da minha fantasia, a ergui e corri para o palco.

De alguma forma, mesmo com toda a confusão em minha mente, por causa do barulho vindo do lado de fora, eu ouvi a bala correr para o cano. O tempo desacelerou e me perguntei se era assim que as coisas ficavam logo antes de você morrer. Continuei correndo quando ele posicionou a arma e mirou.

As emoções de todas as outras pessoas perderam a importância. Eu só conseguia me concentrar em minhas emoções.

Ira.

Retaliação.

Vingança.

Dando o que acreditei que poderiam ser meus últimos passos, empunhei a espada e saltei. Enquanto eu voava na direção dele, Jack bruxuleava como um fantasma computadorizado em um filme de terror ruim, a raiva distorcendo suas feições, um palavrão aos berros saiu de sua garganta. Vi o dedo dele apertar o gatilho quando minhas costelas se chocaram com a beira do palco.

Antes de a bala escapar, ele desapareceu.

A arma sumiu com ele.

Capítulo 2

O Phone Company estava um caos de vidro e mesas viradas. As lâmpadas que ainda funcionavam refletiam sobre poças de bebidas derramadas e cristais de lustres estilhaçados.

Depois que Thomas e Dru tiraram o público do local, incluindo uma Menina Tigresa relutante, seguiram para fora para lidar com as autoridades. Michael ainda estava usando sua fantasia do baile de máscaras, mas Em tinha colocado roupas normais e prendido os cachos encaracolados de beldade sulista em um rabo de cavalo no topo da cabeça.

Fiquei deitado de costas sobre o palco, minha peruca de Capitão Jack e minha camisa de pirata no chão. Um saco de lixo cheio de gelo do bar cobria minhas costelas. As palavras de Jack ainda ricocheteavam dentro do meu cérebro. Ele estava tão confiante. Por que matá-lo seria o pior erro que eu poderia cometer?

Apoiando-me sobre os cotovelos, olhei para Michael e Em.

— Não acredito que vocês chamaram meu pai. Que bem vai fazer a ele vir até aqui? Jack foi embora.

— Você está machucado. Ele falou que deixaria Nate e Dune com sua mãe — disse Michael.

— Estou bem — falei, entre dentes.

— Então por que está botando gelo nas costelas?

— Parem de brigar.

Em esfregou o rosto e voltou a se apoiar em Michael. Nenhuma corrente elétrica incontrolável agora. Aquilo desaparecia se os dois se tocassem muito, e Michael não tirara as mãos dela desde que ela se livrara do vestido extravagante. Provavelmente ele não tirou as mãos dela enquanto ela estava trocando de roupa.

A pontada de dor que senti veio de minhas costelas.

Tinha que ter vindo de lá.

— Eu queria que seu pai visse a configuração, escutar a opinião dele sobre como Jack chegou aqui. — Michael colocou as mãos nos ombros de Em. — Sobre como ele saiu tão rápido e se poderia estar viajando.

— Ele não estava viajando. — Eu me sentei e joguei o saco de gelo no chão. O som de gelo estilhaçando que ouvi quando o saco bateu no chão me deu alívio. — Ele *não* está *viajando*. Jack não tem o gene de viagem.

Emerson bufou longamente:

— Isso não o impediu anteriormente.

— Não importa. — Deslizei até a beira do palco e grunhi enquanto me abaixei para pegar minha camisa de pirata. Em mantinha o olhar afastado enquanto eu vestia a camisa. Usei a beira do palco para me apoiar e minha careta de dor se acentuou. — Ele não tem nenhum recurso para viajar. Ninguém tem.

Em se encolheu. A fórmula que ela havia conseguido roubar de Cat e Jack não estava completa. A falta de matéria exótica significava que ninguém tinha viajado desde que Cat desaparecera.

— Ele tem Cat — disse Michael. — Poderia haver uma pista sobre um viajante nos arquivos da Hourglass que ele roubou.

— Talvez. — Encolhi os ombros e logo me arrependi daquilo. Eu não esperava que um simples movimento de desdém pudesse doer. — Mas mesmo que Jack tenha encontrado outro viajante, isso não significa que ele consiga viajar também.

Em franziu a testa, enviando uma onda inesperada de ansiedade em minha direção.

— O quê? — perguntei. — Qual é o problema?

— Existem tantas perguntas sem resposta — disse ela. Senti pelas expressões deles e pela tensão repentina, que ela e Michael tinham conversado muito sobre isso, mais do que ele gostaria. Provavelmente porque ele não possuía as respostas. — Nós não sabemos por que Jack não mudou o passado por conta própria simplesmente. Por que ele precisou de mim ou da sua mãe para fazer isso? Ele é o tipo de sujeito que se preocuparia com as consequências de bagunçar a própria linha do tempo ou pensaria duas vezes a respeito?

O maxilar de Michael ficou tenso quando ele cerrou os dentes:

— Ainda acho que existiam limitações por causa da fórmula da matéria exótica. Vocês se lembram do quanto ele tinha envelhecido quando saiu do véu no escritório de Liam? Fiquei chocado por ele estar saudável hoje à noite.

— Não consigo parar de pensar em algo que Cat falou. — Em encarou o chão. — Que Jack pegou carona no meu gene de viagem para sair da ponte quando ficou preso. Eu sei que apenas viajantes podem se mover no tempo, mas o *continuum* está tão bagunçado agora. Ele poderia ainda estar manipulando tudo isso.

— Isso provavelmente significa que... — Parei de falar imediatamente e deixei que Em concluísse.

— Se Jack podia pegar carona para *sair* de uma ponte, será que ele poderia pegar carona para *entrar* em uma? E se ele for capaz de entrar em uma ponte, será que ele pode usá-la para viajar no tempo?

As enormes portas de carvalho do Phone Company se abriram deixando meu pai entrar, dando um fim breve às nossas teorias.

Ele preferiu passar entre o vidro e as mesas reviradas até chegar ao palco. Deu um beijo na bochecha de Em e olhou longamente para Michael. Minhas costelas sentiram outra pontada de dor antes de ele voltar a atenção para mim:

— Mostre-me.

Mantendo meus olhos na parede afastada, levantei a camisa apenas o suficiente para ele ver um hematoma azulado se alastrando do ponto onde minhas costelas tinham sido atingidas.

— Acha que estão quebradas?

Ele tateou o bolso do paletó de lã marrom e pegou seus óculos. Eu continuava sem olhar para ele.

— Acho que não estão nem fissuradas.

Ele colocou os óculos e aproximou o rosto, franzindo a testa com preocupação.

— Você não me contaria se estivessem.

Dei de ombros e deixei a camisa cair. Havia muitas coisas que eu não tinha lhe contado. Pelo jeito como olhava para Michael, ele tinha os próprios segredos.

Papai aprumou-se e tirou os óculos, colocando-os no bolso novamente. Seus olhos se fixaram no local exato onde Jack tinha aparecido e desaparecido.

— Um véu — murmurou ele. — Foi ali que Jack apareceu?

— E onde desapareceu. — Em estremeceu. — Fico imaginando quando ele voltará. E o que quer desta vez.

Papai e Michael trocaram um olhar acima da cabeça de Em. Eu sabia o que eles estavam pensando.

Jack queria Em.

— Você não deve se preocupar com isso — disse-lhe, com a mesma delicadeza que ele costumava reservar à minha mãe e a mim quando eu era muito mais novo. — Não podemos prever cada movimento de Jack.

— Podemos prever que ele não se importa com o *continuum* — disse Em — ou com todas as formas que possui para bagunçá-lo.

Eu sabia o que viria a seguir, e não apenas por causa do olhar penetrante de Em para mim. Mandona.

Ela cruzou os braços:

— Você vai contar a ele?

— Contar o quê? — perguntou meu pai.

Coagido *e* encurralado.

— Vi uma dobra hoje. Sei que era uma dobra porque Em estava comigo.

Ele não falou nada, apenas passou a mão na barba do jeito que sempre fazia quando abordava um problema.

— Por que você não está surpreso? — perguntei. A inquietação crescia dentro de mim.

— Porque não é uma surpresa. — Ele deixou o braço cair e soltou um suspiro profundo. — Eu não precisei telefonar para Nate e Dune para que fossem ficar com sua mãe. Eles já estavam na casa, juntamente a Ava. Todos eles também viram dobras.

Capítulo 3

Olhei para meu pai, perturbado pelas implicações daquilo.

— Pelo que consegui entender, qualquer um com o gene temporal pode ver dobras agora. Dune, Nate e Ava estavam sozinhos em diferentes lugares públicos, e, sim, isso aconteceu mais de uma vez a cada um deles.

— Você acha que isso significa que eles conseguem viajar também? — perguntou Michael, a incerteza deixando a voz dele tensa.

— Não sei. — Meu pai deu de ombros. — Mas sem matéria exótica, não há como testar isso. Não estou interessado em correr nenhum risco.

O som das botas pretas de Thomas batendo no chão nos assustou quando ele entrou, vindo da cozinha. Os passos ecoavam enquanto ele vinha em nossa direção, sua ansiedade o precedia.

— Thomas. Sinto muito pela bagunça e pelos problemas que isto causou — disse meu pai, com pesar. — Ficarei feliz em cobrir qualquer coisa que seu seguro não cubra.

— De forma alguma. Você não é responsável. Mas tenho algumas perguntas sobre o desgraç... responsável. — O penteado lambido para trás como o de Gomez Addams e o bigode fino desenhado não combinavam com a ferocidade nos olhos dele.

— Vou fazer o possível para responder — falou meu pai.

Thomas dirigia suas palavras a meu pai, mas fitava Michael com um olhar acusatório.

— Gostaria de falar com vocês dois lá fora.

— Por que não pode fazer suas perguntas aqui? — argumentou Em, a raiva por ser excluída se tornando óbvia.

— Posso conseguir depois qualquer informação que precisar de você. — Ele olhou para Em com uma expressão paternal quando ela fez um som de protesto. — Essa é uma conversa de adultos.

A faísca de fúria de Em me dizia que Thomas pagaria mais tarde por aquele comentário. Eu sabia que ela estava se esforçando muito para segurar a língua.

— Depois de você — disse meu pai, assentindo para as portas com a cabeça, e ele e Michael seguiram Thomas até o lado de fora.

Em observava enquanto eles saíam. No segundo em que ficaram fora de alcance, ela soltou uma torrente de palavrões impressionante e derrubou algumas decorações de Halloween com os punhos, finalmente acertou um soco em uma abóbora de plástico e chutou-a para o outro lado do salão.

Apesar de ter ficado tentado, eu sabia que rir seria mortal.

— Você está imaginando o rosto de Thomas nessa abóbora?

— Na minha mente o nariz dele está sangrando.

— Pelo menos ele reconheceu sua importância. Meu pai acha que sou completamente inútil.

— Não diga isso. — Ela inclinou-se para se sentar na beira do palco. — Você não é inútil.

Ficamos em silêncio durante alguns segundos, tempo suficiente para que eu percebesse que ela estava tentando pensar na melhor forma de dizer algo.

— Pode falar, Em. — Sorri para ela. — Não precisa dourar a pílula.

Ela soltou um som de frustração:

— Pare de me ler.

— Você sabe que não consigo evitar.

— Como somos só você e eu... — Ela bateu a palma da mão no chão do palco ao seu lado. — ...sente-se.

Eu recostei, colocando todo meu peso sobre meus braços antes de deslizar cuidadosamente até me sentar. Era raro ficarmos sozinhos, e os nervos dela estavam inquietos como cabos elétricos.

— O que foi?

— Eu gostaria... que você e Michael pudessem... fazer as pazes.

— Não sabia que estávamos brigados — menti, da forma mais delicada que fui capaz. — Qual é o motivo da briga? Você?

O rubor imediato de Em confirmou aquilo.

— Já bati minha cota de constrangimento para este ano, e estamos apenas em outubro.

— Eu não consigo, Em. Tanto você quanto Mike sabem qual é a minha posição em relação a você.

Ela olhou para as próprias mãos.

— E você sabe qual é a minha posição.

— Talvez nós devêssemos fazer uma queda de braço por você — falei, tentando fazer uma piada. E fracassando.

— Pare. — A voz dela era aguda e alta, o habitual tom delicado desaparecendo em meio à raiva. — Não sou um objeto e não estou de brincadeira. Eu me importo com vocês dois.

— Com um de nós mais do que com o outro.

Não havia nenhum motivo para eu me dar ao trabalho de tentar manter a decepção afastada da voz.

— Você não está sendo justo. Não quero ser a causa do término da amizade entre vocês. Vocês costumavam ser como irmãos.

Uma enorme aranha de plástico pendurada em uma falsa teia no canto da sala caiu no chão com um barulho oco. Nós dois nos assustamos.

Estava na hora de colocar a verdade na mesa. Ela podia fazer o que quisesse com aquilo:

— Michael e eu éramos como irmãos porque meu pai gostaria que Michael fosse filho dele.

Em começou a responder, mas percebi um movimento no pátio e levantei um dedo. Olhei para cima, esperando que outra aranha caísse ou que um dos espantalhos no canto estivesse se sacudindo na vara de bambu que o segurava. Então senti as emoções. Sinalizei para que Em ficasse em silêncio novamente e olhei ao redor, sob a luz fraca. *Audácia e determinação.*

Um sujeito que eu nunca tinha visto entrou no prédio.

Um breve reflexo revelou a faca na mão dele.

Eu me levantei sobre o palco na frente de Emerson quando o homem veio em nossa direção. Era cerca de 10 centímetros mais baixo do que eu, mas seus ombros eram tão largos quanto os meus. Seu nariz fazia uma leve curva para a esquerda, como se ele o tivesse quebrado em uma luta e depois o tivesse colocado no lugar por conta própria.

— Ninguém deve entrar aqui. A polícia fez todo mundo sair — falei, esticando o corpo para mostrar todo meu tamanho. Inclinei a cabeça em direção à porta principal do Phone Company. — Caso os esteja procurando, estão ali fora.

— Não estou.

Ele tinha um sotaque — britânico ou australiano — eu nunca conseguia distinguir os dois. Mantinha a voz baixa, regulada. Controlada.

— Como posso ajudá-lo?

Torci para que Em ficasse em silêncio e não chamasse atenção para si. Então ouvi quando ela se levantou e parei de torcer.

— Você é Kaleb Ballard.

Ele subiu a escada que levava ao palco, parando exatamente em frente ao véu.

Semicerrando os olhos para vê-lo melhor, tentei lembrar se já o tinha encontrado em algum lugar. Não parecia muito mais velho do que eu, mas havia um estranho ar de maturidade nele.

— Quem é você?

— Pode me chamar de Poe. — Ele examinou minha fantasia, e puxei os cadarços da camisa de pirata. — Você precisa passar uma mensagem.

Ergui minhas sobrancelhas:

— E eu lá tenho cara de envelope?

Ele não riu, e, pela forma como seu corpo se retesava, o esforço para manter seu temperamento domado era considerável.

— O *continuum* espaço tempo está comprometido.

— Obrigado. — Meus músculos se retesaram também. — Vou alertar o Dr. Who.

Os dedos de Em se contraíram em torno do meu pulso. Ela estava olhando fixamente para a mão direita de Poe. A faca. O medo dela me fez morder a língua para evitar dar respostas engraçadinhas.

— O *continuum* está comprometido por causa das escolhas que as pessoas associadas à Hourglass fizeram.

A voz dele parecia abafada pelo véu.

Não respondi. A primeira regra da Hourglass é que você não fale sobre a Hourglass. Como no Clube da Luta, mas sem surras impiedosas.

Em soltou meu pulso e deu um passo em direção a Poe.

— E se as pessoas associadas à Hourglass não compreenderem suas escolhas?

Rangi os dentes. Ela havia revelado nosso segredo.

— Ignorância da lei não é uma desculpa. — Ele falava de forma monótona e assustadora, como se fosse alguma espécie de marionete. A raiva dentro dele não combinava nem um pouco com sua voz.

— A *lei*? — Em bufou. — Imagino que você seja o xerife, então.

A resposta rompeu uma linha tênue. Em vez de dar atenção a ela, Poe olhou diretamente para meus olhos e sorriu. Os pelos de minha nuca se arrepiaram.

Aquilo não estava acontecendo em câmera lenta, parecia mais quadro a quadro. Eu não sentia absolutamente nenhum medo ou ansiedade vindo de Poe, apenas uma determinação sombria enquanto ele investia, a faca apontada diretamente para mim.

Emerson deu um salto para a frente para bloqueá-lo. Antes que eu pudesse reagir, ele segurou o braço dela e a puxou para dentro do véu.

O mesmo véu que Jack Landers tinha usado.

Em sacudia as pernas para encontrar apoio e poder atingi-lo, mas Poe a estava segurando longe do chão. Ela rosnava por causa do esforço, a fúria intensa. Eu mantinha meus olhos na faca.

— Solte a garota.

Quando ele balançou a cabeça de forma negativa, me joguei sobre o véu.

E bati contra o que parecia ser uma parede de pedra.

Caí no chão, de barriga para cima, desorientado, minhas costelas gritando em protesto. Algo que tinha a aparência de água não deveria ser tão sólido. Tentei novamente, usando meu ombro desta vez. Ainda assim não cedeu.

Só havia uma forma de Poe ter entrado no véu. Ele era um viajante.

Empurrei o véu com as palmas, com a esperança inútil de que aquilo cedesse de algum modo.

— Você não pode viajar com ela. Você não tem o que é necessário.

— Quem disse que sou um viajante?

A voz dele parecia levemente abafada. Levantei a cabeça. Que diabos era aquilo?

— Como você entrou no véu?

Ele deu de ombros e sorriu.

— Solte a garota — repeti entre dentes, socando o véu a cada palavra. — E eu passarei o recado que você quiser.

Mantendo os olhos sobre mim, ele baixou Em o suficiente para que as pontas dos pés dela tocassem no chão. Porém manteve um dos braços em volta do pescoço dela, a faca apontada na direção do queixo. A fúria de Em perdeu força quando o medo começou a tomar seu lugar.

— A Hourglass fez algumas escolhas muito ruins.

— Pessoas fazem escolhas ruins todos os dias. — falei, devolvendo as palavras dele.

— Pessoas como Emerson. Michael. Seu pai. Jack.

— Não somos responsáveis pelo que Jack fez.

— Seu pai é. — A voz ainda era monótona.

— Meu pai não estava vivo quando Jack nos traiu — argumentei, a falta de reação dele causando uma reação maior em mim. — Porque *Jack* o matou.

— Mas ele estava vivo quando Emerson voltou para salvar Michael. Jack não desestabilizou o *continuum* sozinho.

— Ela foi *enganada*. — Afundei meus dedos contra o véu, mas ele se manteve tão inflexível quanto pedra. — Cat a enganou propositalmente. Em não sabia o que estava fazendo quando voltou para salvar Michael. Meu pai não sabia que ela estava...

As palavras morreram em meus lábios. Toda a raiva de Em tinha esmorecido, e ela estava puxando o antebraço de Poe freneticamente.

Ele estava cortando seu suprimento de ar.

— O Tempo — falou Poe —, a ordem natural das coisas, não é algo que você possa alterar. Acredito que Emerson soubesse que existiriam consequências. — A ponta da faca tocou a garganta de Em, logo abaixo da orelha. Um arrepio nefasto desceu minha coluna.

— O padrão do tecido na malha do tempo está mudando, e sabemos exatamente em quem colocar a culpa.

— Não é culpa dela. Podemos consertar isso. — Continuei a falar, sem estar totalmente ciente do que estava dizendo, sem saber quem estava com mais medo, eu ou Em. Focando exclusivamente na ponta da faca e no fato de Em não estar conseguindo respirar. — A Hourglass vai consertar isso.

— A Hourglass não pode consertar isso.

Minhas mãos se fecharam quando falei entre dentes:

— Podemos tentar.

Em se esforçava para puxar o ar, afundando as unhas na carne de Poe. Agora não havia nenhuma emoção vindo dela. Não havia absolutamente nada vindo dela.

— Não — falou Poe, satisfeito demais consigo. — Vocês não podem consertar nada.

Ele se movimentava tão lentamente, de forma tão estudada que, se estivesse fora do véu, eu o teria jogado ao chão, atingindo sua garganta com meu cotovelo em menos de um segundo. Mas ele estava do lado de dentro, com Em, e sabia que não precisava se apressar.

Poe olhou em meus olhos, sorrindo, e executou um movimento ágil com sua lâmina.

De um lado a outro na garganta de Em.

Tudo ficou em silêncio.

Capítulo 4

O sangue se derramou sobre a gola do suéter branco de Em antes de se espalhar como o oceano sobre a areia, escurecendo tudo que tocava. Apesar de Poe a manter de pé, ela tombou para a esquerda, os pés dependurando-se como os de uma criança pequena. O líquido vermelho formava uma poça na cavidade rasa acima da clavícula dela.

— Não! — O grito veio bem do meu âmago, retesando todos os meus músculos, me fazendo estremecer. Ataquei o véu com fúria, batendo meus punhos contra ele com tanta força que eu podia sentir meus vasos sanguíneos estourando. — Emerson! *Emerson!*

Poe não estava simplesmente olhando para mim, ele estava me observando, como se eu fosse um animal em uma jaula. Sua calma inexpressiva era tão incomum quanto um cadáver caminhando. Então ele a deixou cair no chão e limpou as mãos despreocupadamente.

Pesar e raiva lutaram para tomar conta de meu peito. Nenhum dos dois venceu. Tentei gritar o nome de Emerson novamente, mas ele ficou preso em minha garganta, me sufocando. Chutei o véu repetidamente, sem parar, até que caí de joelhos no chão.

Ela estava deitada imóvel aos pés de Poe, sangue escorrendo da garganta. Seus olhos estavam abertos, porém vazios.

Pequenos. Desamparados.

Mortos.

— Você precisa entregar uma mensagem ao seu pai. — A expressão de Poe era vazia. Ele me fazia lembrar de um robô, programado para uma tarefa específica e nada mais. — Encontre Jack Landers.

— Venha aqui fora. Venha aqui fora e traga Em com você.

Eu mantinha os punhos junto ao corpo, falando através de dentes cerrados, mas ainda tentando soar calmo. Pensei na faca e em como eu a tomaria dele. E então o estriparia. Eu queria ver o sangue dele derramado, juntamente de tudo que estivesse dentro dele. Eu queria triturar o coração dele com a sola de meu sapato.

— Se Jack for encontrado, existe uma chance de tudo que aconteceu ainda ser consertado. Então a Hourglass pode escolher a linha do tempo na qual gostaria de prosseguir. Se o pedido for negado ou não for cumprido, o tempo voltará.

Inspire. Expire. Inspire. Expire. Eu precisava respirar. Precisava fazer Poe pensar que eu não era uma ameaça, assim ele sairia daquele véu. Ele tinha que sair daquele véu para que eu pudesse destruí-lo.

— Não estou entendendo.

— O tempo voltará e sua linha do tempo será escolhida por outra pessoa. — Poe olhou para mim como se eu fosse estúpido, antes de continuar, falando lentamente. — Há apenas um jeito de limpar sem consequências a bagunça que a Hourglass fez.

— Já existem consequências.

O fluxo de sangue no pescoço de Em estava começando a diminuir. A poça tinha acabado de tocar o sapato de Poe. Ele deixaria um rastro do sangue dela ao sair do restaurante e seguir pelas ruas de Ivy Springs, caso saísse.

Mas ele não sairia.

— Há uma grande possibilidade de o *continuum* ser reparado sem consequências a suas linhas do tempo pessoais, e existem várias linhas do tempo dentre as quais vocês podem escolher. Aquela na qual seu pai é uma pilha de cinzas ou aquela na qual está a salvo. O mesmo acontece com Michael. E Emerson poderia estar em um manicômio ou poderia ser parte da Hourglass. — Era como se ele estivesse checando algo tão irrelevante quanto uma lista de compras. — Ou você escolhe ou nós escolheremos por você.

— Por que se dar ao trabalho de mencionar a linha do tempo de Em como uma ameaça? Ela está morta.

E você será o próximo.

— Está mesmo?

Poe estendeu os braços, ainda segurando a lâmina.

O sangue passou de escuro e seco a brilhante e molhado.

Em se levantou do chão em um movimento invertido, voltando aos braços de Poe. A mancha em seu suéter foi sumindo, começando pela parte inferior e subindo, a poça de sangue em seu ombro desapareceu, mas a vida ainda estava ausente de seus olhos.

Poe parou então, olhando fixamente para mim.

— Você vai repassar minha mensagem?

— Sim. — Minha voz era um sussurro suplicante. — Por favor, sim.

Lentamente, muito lentamente, a faca fez um caminho de volta de um lado a outro no pescoço de Emerson. O sangue desapareceu completamente, e as mãos dela puxavam o braço de Poe novamente.

Congelei, com medo de me mexer. Temendo que Poe a matasse novamente.

— Você tem até o dia 31 de outubro. À meia-noite.

Poe baixou Em até ela ficar sobre os próprios pés, então sorriu.

Estremeci com o desejo de pular em cima dele e arrancar-lhe o rosto. Quando eles saíram do véu, tomei Em dos braços dele e a puxei para meu lado. A pele dela estava fria.

— Ah, mais uma coisa. Qualquer coisa tomada pode ser devolvida. Qualquer coisa dada pode ser destruída — disse Poe, ainda sorrindo, caminhando de volta para a saída. — Teague disse que seu pai compreenderia.

Com isso, ele se virou e saiu do Phone Company.

Em balançou a cabeça, parecendo confusa.

— O que acabou...

Eu a segurei e a apertei com tanta força, que agora eu era a pessoa a lhe cortar o suprimento de ar. Ela socou meus braços, e eu afrouxei meu abraço.

— Kaleb? — A voz dela estava abafada, o hálito, quente, através do algodão fino de minha fantasia de pirata.

A camisa tinha estado em uma quantidade enorme de eventos, e nenhum do tipo bom. Quando chegasse em casa, eu a queimaria.

— Você está bem? — Uma torrente de alívio substituiu a raiva em meu sangue enquanto eu a soltava, examinando-a dos pés à cabeça. — Você está se sentindo bem?

— Eu não me lembro do que aconteceu exatamente. Eu pensei... Pensei que Poe fosse esfaquear você, então pulei na sua frente...

Eu queria abrir mão da minha carteirinha de homem e chorar.

— O que foi uma coisa insanamente estúpida.

— Instinto protetor?

— Você, me protegendo. — Tomei o rosto dela em minhas mãos, sabendo que não deveria tocá-la, mas incapaz de parar. — Insanamente estúpida.

Ela estremeceu, e, quando falou, a voz falhou um pouco:

— Eu o chamaria de porco sexista, mas não estou na minha melhor forma.

— Eu pensei que tivesse perdido você.

— Mas não perdeu. — Levantando a mão para entrelaçar nossos dedos, ela puxou nossas mãos para longe de seu rosto. — De qualquer forma, ele me puxou para o véu, e então as coisas ficaram...

— Em? Você está bem?

Ela segurou a bainha de seu suéter e a puxou, os olhos procurando por algo que não estava mais lá. Então suas mãos seguraram o próprio pescoço.

— Ele me cortou... ele cortou minha garganta.

— Para provar algo.

Ela afundou em uma cadeira.

— E o que ele queria provar?

— Temos que encontrar Jack.

O queixo dela caiu e as ondas de sua confusão e indignação me varreram. Antes que ela pudesse dizer qualquer coisa, as portas da frente se abriram com força.

Preocupação, então uma fração de segundo depois, um medo tão profundo que fez meus dentes doerem. Michael.

— Vocês dois estão bem? Alguém disse que um sujeito com uma faca acabou de sair pelos fundos... O que houve? — Michael atravessou o salão correndo antes de cair de joelhos em frente a Em, juntando as mãos dela dentro das dele. — O que aconteceu?

Em olhou para mim e então para meu pai, que tinha seguido Michael até o interior do restaurante.

— Acho... que vocês terão que descobrir os detalhes com Kaleb. Eu estava um pouco ocupada. Estava morta.

Capítulo 5

— roga.

O sol da manhã que inundava o escritório de meu pai me cegou temporariamente. Abaixei a aba do boné sobre meus olhos.

Para minha segurança, esperei até minha visão voltar antes de seguir caminhando. O escritório tinha definitivamente ficado mais bagunçado desde que meu pai tinha voltado do mundo dos mortos. Sem minha mãe para levá-las embora, canecas de café se espalhavam sobre a enorme escrivaninha e uma pilha de jornais no canto ficava mais alta a cada dia que passava.

— Você está atrasado. — A voz de Em soou rouca, não sei se por causa de lágrimas ou de sono. Ela e Michael estavam sentados lado a lado no pequeno sofá.

— Não sabia que era uma festa.

Esfreguei os olhos para colocar a sala em foco. Dune ocupava a poltrona no canto, enquanto Nate estava sentado no chão. Percebi a listra verde neon recém-pintada em seu cabelo preto quando me sentei ao seu lado.

— Usamos nosso tempo sabiamente. — Meu pai inclinou a cabeça para um lado e para o outro, alongando os músculos do pescoço. Já estava tenso. — Todos sabem sobre a aparição de Jack ontem à noite. E sobre a aparição de Poe, assim como sobre seu ultimato.

Aquilo explicava o medo e a incerteza que eu podia sentir pulsando ao redor da sala. Não havia nenhuma raiva da parte de Michael ou de Em por terem que esperar até aquela manhã para saber os detalhes. Só eu conseguia sentir isto. Mas havia algo errado com Em.

— Poe mencionou alguém chamado Teague ontem à noite. Quem é essa pessoa? — perguntei. Era melhor dar início aos trabalhos.

— Teague — falou meu pai, então ficou em silêncio por um minuto, como se estivesse folheando arquivos mentais atrás de informações. — Ela era a chefe do departamento de parapsicologia na Universidade Bennett antes de ele ser desmantelado — explicou meu pai. — Suas ideias nada convencionais acabaram com a credibilidade de uma pesquisa muito boa e levaram a uma perda significativa de dinheiro para financiar o departamento. Quando o dinheiro acabou, ela também se foi, assim como vários membros da equipe que optaram por ir embora.

Tudo, desde melancolia até medo, se amontoava dentro dele. O passado se misturava ao presente, emaranhado demais para que eu pudesse organizar.

— Espere um segundo. — Nate mudou de posição ao meu lado tão depressa que fez minha cabeça doer, e sua mente se movimentava tão rapidamente quanto seu corpo. — Você disse que a equipe *optou* por ir embora. Se permanecer na faculdade era uma escolha, qual era a outra?

— Se juntar a Teague. — Meu pai contraiu os lábios em uma linha soturna.

— Onde? O que a torna poderosa o suficiente para enviar um assassino e exigir... — Parei. Eu já sabia qual era a resposta.

Em também sabia.

— Ela é parte da consequência sobre a qual Cat me advertiu antes de eu voltar para salvar Michael. — Em deixou-se cair sobre o sofá. Poeira subiu 50 centímetros no ar. — Teague deve ser parte dos Donos do Poder.

— Os Donos do Poder. — Meu pai assentiu. — A Chronos.

Dune apoiou seus cotovelos nos joelhos, e um de seus dreads castanho-escuros escapou da tira de couro que os prendia, caindo sobre os olhos. Ele o ignorou.

— Achei que a Chronos fosse um mito.

— Isso é o que eles querem que você pense. — A voz de meu pai era sombria e tinha camadas do que pareciam ser anos de frustração.

O foco de Dune se moveu em direção à estante de meu pai e sua coleção de ampulhetas. Elas eram as únicas coisas nas prateleiras que não estavam empoeiradas.

— Eu não segui Teague — explicou meu pai, a expressão resignada. — Eu tinha começado a pesquisar o gene do tempo e estava pronto para começar a Hourglass. A Cameron College me ofereceu uma posição e Cat e Jack vieram comigo até Ivy Springs. Já havia passado da hora de sair. Ela não sabia exatamente como funcionava, mas Teague sabia sobre minha habilidade e a de Cat, assim como a de Grace.

Meu estômago embrulhou ao ouvir o nome de minha mãe.

— Por que Teague quer Jack agora? Como ele pode consertar o estrago que ele... que *nós* causamos ao *continuum*?

Em focou em uma mancha no chão. *Dor. Tristeza.* Mas nem um pingo de arrependimento. Michael segurou a mão dela.

— Poe não disse que Jack poderia consertar o *continuum* — Cutuquei o joelho de Em com meu cotovelo. — Ele disse que se encontrássemos Jack haveria uma possibilidade de o *continuum* ser reparado. Você estava meio que... fora de alcance naquela parte.

— Ah, sim. Eu estava no chão sangrando até morrer. — Em riu sem muita convicção.

Ninguém mais riu.

— Jack *pode* consertar o *continuum*? — perguntei.

Meu pai colocou as mãos nos bolsos e se encostou na estante. Ele estava escondendo tantas coisas. Eu podia sentir, mas não era capaz de explicar nada daquilo.

— Não acho que seja por isso que Teague o quer.

— Por que, então? — perguntou Em.

— Isso não é algo com que vocês jovens devam se preocupar. — Ele estava nos protegendo. Ele também estava apavorado. Depois de fazer uma pausa por um momento, ele pareceu tomar uma decisão. — Já falei demais. A mensagem de Teague era para mim, não para vocês todos.

— O quê? Não pode ser assim. Ainda temos perguntas. — Eu me coloquei de pé, irritado. — Você tem que nos deixar ajudar.

— Não, não tenho. — Meu pai deu de ombros com um ar decidido e então andou para a frente para folhear papéis em sua escrivaninha.

— Sim, você tem. — Eu estava falando com firmeza, de forma sucinta, deixando claro para meu pai que eu não planejava recuar. — Todos nessa sala fizeram parte do plano para trazê-lo de volta. Se isso não nos dá direitos plenos como membros da Hourglass, então algo está muito errado.

— Eu tenho a ajuda da qual preciso.

As palavras de meu pai não entregavam a resposta, mas as emoções de Michael, sim. Eu me virei para encará-lo. Sacudi a cabeça com asco.

— Por que alguém não faz uma maldita capa de super-herói para você?

A expressão de Michael não mudou.

— Filho. Michael é um adulto e ele é capaz de tomar as próprias decisões.

— Ele tem 19 anos.

— Eu me recuso a colocar qualquer outra pessoa em risco, especialmente se a pessoa for menor de idade. O que aconteceu no ano passado quase nos arruinou.

— Oh, o quê, você está falando de como as matrículas caíram depois que você explodiu dentro de seu laboratório? — Eu ri de maneira amarga. — Ou de como elas caíram depois que você voltou dos mortos? Posso ver por que você corre para Michael atrás de ajuda, levando em consideração a forma "adulta" como ele cuidou da situação.

— Tudo isso é diretamente minha culpa. — Em se manifestou. — Jack comprometeu o *continuum* porque queria minha habilidade de viajar para o passado. Não é certo eu ficar em segurança e agir como se não fosse responsável.

— Jack não me matou por sua causa, Emerson — assegurou meu pai. — Ele queria a Hourglass e, depois que ela passou a ser dele, ele ficou ganancioso. Ele tentou usá-la como ferramenta para um esquema mais grandioso, para mudar algo no passado dele.

— Por favor, Liam. — Em se sentou na beira do sofá e inclinou o corpo para a frente, encarando-o até meu pai olhá-la nos olhos. — Quero ser uma ferramenta pelos motivos certos. Deixe-me ajudar.

— Michael e eu podemos cuidar disso — insistiu meu pai, os olhos fechando as portas a qualquer emoção. — Eu só queria deixá-los a par de tudo. Ah, mas eu preciso de uma coisa. Que alguém conte a Ava que Jack está de volta.

Todos olharam para mim.

Capítulo 6

Eu não era adepto de adiar tarefas desagradáveis.

Segui diretamente do escritório de meu pai até a casa de pedra que ficava em nossa propriedade e bati à porta.

— Precisamos conversar — falei, quando Ava atendeu.

Ela tentou bater a porta na minha cara.

Enfiei o pé na abertura para bloqueá-la, grato por estar de botas. A porta bateu no meu pé e se abriu.

— Estou falando sério.

— Também estou falando sério. Não quero lidar com você hoje. — Ignorando minha presença, ela foi até o sofá e pegou o controle remoto da televisão. Quando apertou um botão, uma cena da Inglaterra do século XIX desapareceu da tela da TV. — Além disso, não há nada que precisemos discutir.

Ela estava usando uma camiseta sem mangas, e eu podia ver cada detalhe de seus ombros e clavículas sob as alças finas. Muito magra para início de conversa, ela estava começando a me lembrar aquelas modelos de passarela que comiam algodão em vez de comida de verdade porque era mastigável e isento de calorias.

— Na verdade, há muita coisa a ser discutida.

— Vá para casa, Kaleb — disse ela, mal escondendo a aversão.

Duas semanas atrás, Ava e eu trombamos depois da escola. Trombamos fisicamente. Eu tinha acessado as emoções dela contra minha vontade. Ela estava tão tensa que contrariei meu bom senso e lhe perguntei se estava bem. Uma palavra de bondade e ela abriu seu coração. Nós acabamos encolhidos no chão enquanto ela chorava até não lhe restarem mais lágrimas.

Jack Lander fez coisas horríveis a ela, coisas que ninguém merecia sofrer. Coisas das quais ela não conseguia se lembrar, mas que ainda era capaz de sentir.

Até aquele dia, eu não fazia ideia. Não éramos exatamente amigos agora, mas também não éramos inimigos. Eu já não a chamava mais de A Iluminada, mas as coisas estavam extremamente constrangedoras entre nós.

Toquei meus cabelos, grato por ter começado a deixa-los crescer, pois assim eu tinha algo para puxar em frustração. Tentei novamente:

— Eu sei que você não gosta de mim...

— E eu sou sua pessoa favorita?

Mantive minha posição.

— Tudo bem — disse ela. — Por que você está aqui? Você incluiu sadomasoquismo à sua lista de atividades extracurriculares?

— Não. É sobre Jack...

Ela levanto u um braço longo e magro e apontou para a porta:

— Saia.

— Pare de me excluir — gritei, instantaneamente arrependido quando ela se encolheu. Tentei novamente, com uma voz mais baixa. — Você precisa escutar isso. Nós declaramos uma trégua, lembra-se? Tudo que estou pedindo são alguns minutos.

O rosto dela permaneceu sem expressão.

— Eu lhe darei três.

— Ele está de volta.

Ela olhou fixamente para mim, o rosto ficando mais pálido a cada segundo que passava.

— Você tem certeza?

— Sim.

— Você o viu? Com seus próprios olhos?

Assenti.

Ela pareceu perder a força para ficar de pé e deslizou pelo braço do sofá até a almofada, com uma queda suave.

— Onde?

— Ontem à noite. Ele apareceu no baile de máscaras, mas desapareceu antes que eu pudesse alcançá-lo. Apareceu e sumiu. Não sem antes tentar atirar em mim. Com uma arma.

Do outro lado da sala, uma caneca em um aparador chacoalhou e então saltou antes de bater com força contra a parede. Café preto escorreu pelo papel de parede estampado.

Fiquei olhando, boquiaberto. Eu nunca tinha presenciado nenhuma prova da habilidade de Ava.

— O que você quer dizer com apareceu e sumiu? — perguntou ela, ignorando o café derramado. — Por que você não o impediu?

— Eu tentei. — Expliquei sobre a Chronos e o ultimato, mas deixei de fora a parte sobre Em e a garganta cortada. — Temos até o dia 31 de outubro para encontrar Jack. Ou estaremos à mercê da Chronos.

Quando ela estremeceu, eu lhe entreguei um suéter que estava nas costas do sofá. Ela enfiou os braços nas mangas e se envolveu nele.

— Ei — falei, com uma voz que eu esperava ser reconfortante —, vai ficar tudo bem. Ele não vai chegar até você novamente. Não vamos deixar.

— Como? Alguém vai ficar comigo em tempo integral? — O controle remoto chacoalhou na mesa lateral de vidro, porém permaneceu no lugar. Ava fechou os olhos e respirou fundo algumas vezes. — Não sou apenas eu. E quanto a Emerson? E a sua mãe? Ele trabalhou aqui, durante anos. Ele conhece esse lugar até do avesso.

Pavor.

— Você está sozinha aqui — falei, me tocando daquilo repentinamente.

— Obrigada, Capitão Óbvio.

Uma das garotas que dividiam o alojamento com Ava tinha se formado; as outras duas não voltaram à escola da Hourglass no início do ano letivo. Provavelmente por causa daquela coisa de "o fundador da escola explodiu em seu laboratório e então voltou dos mortos, e, por falar nisso, sua colega de turma o matou". Tomei uma decisão rápida:

— Acho que você deveria se mudar para o nosso quarto de hóspedes.

— O quê? — Ava bufou, sem acreditar no que estava ouvindo. *Choque. Uma pontinha de esperança.* — Você está bêbado?

— Não nesse momento. — Olhei para a mancha de café na parede. — O que Jack fez com você é errado. As coisas que ele fez com todos nós são erradas. Vamos ter que superar tudo isso se quisermos achá-lo, e você vai ter que confiar em mim.

— Confiar em você? — Ela balançou a cabeça. — Eu, confiar em você?

— Por favor, pare de brigar comigo o tempo todo.

Abruptamente, ela se levantou e desapareceu da cozinha minúscula, ficando lá tempo suficiente para eu me perguntar se devia ir atrás dela. Então voltou com as mãos cheias de papel-toalha e se ajoelhou para esfregar furiosamente a parede manchada de café.

— Kaleb, não quero brigar com você. Não quero brigar com ninguém. Mas você acabou de me pedir para confiar em você. E quanto a você confiar em mim? Como qualquer um de vocês é capaz de olhar para mim? — Um oceano de tristeza e solidão passou pela sala como uma onda. — Depois de tudo que aconteceu, como você poderia me convidar a me mudar para a *sua casa*? Eu matei seu pai.

— O passado é passado. — Um mundo de dor revolveu dentro dela, tão deturpado que eu não sabia muito bem como responder.

Eu me levantei, cheguei até ela em três passos e ajoelhei ao seu lado. Ela ficou parada, mas não me encarou. — O que aconteceu não foi culpa sua. Foi culpa de Jack e de Cat. Eles usaram você, obrigaram você.

— Isso não é verdade. Como eu poderia ter feito aquelas coisas... ter perseguido Michael daquela forma, ter ciúmes de Emerson a ponto de odiá-la, ter tentado *matar* seu pai... com sucesso... a não ser que eu quisesse fazer aquilo? — Havia lágrimas em seus olhos, e sua pele estava manchada. — Eu tinha que querer fazer aquilo, não é mesmo?

— Eu não acho que tenhamos compreendido tudo a respeito de Jack. Nós nem mesmo sabíamos sobre a habilidade dele de roubar as memórias das pessoas. Pense nisso. Ninguém nunca perguntou por que ele estava aqui. Ou talvez tivéssemos perguntado e ele nos tenha roubado esta memória.

Ava pegou a caneca de café, agora vazia, e colocou o papel-toalha que restou sobre o aparador:

— Levar muitas memórias sem substituí-las deixa um vazio.

Um vazio como o que existia dentro dela. Era aterrorizante, os bolsões de aversão a si, perversos, sombrios e repletos de ódio, os espaços vazios onde o medo e a dúvida fixaram residência. Nada mudou seu panorama emocional. A alegria nunca conseguiu entrar na mistura, sobrepujar a escuridão, oferecer esperança.

Se minha mãe um dia despertasse, me pergunto se ela iria se sentir da mesma forma.

— Bem, então vamos nos assegurar de que isto não aconteça novamente. — Peguei a caneca de café da mão dela e apontei com a cabeça para o quarto dela. — Apenas comece a fazer suas malas.

Eu havia acabado de carregar a última mala para o novo quarto de Ava em minha casa quando meu celular tocou.

— É a Em — disse ela, quando atendi. Ela nem mesmo esperou pelo meu "alô" nem respirou antes de continuar. — Depois da reunião de hoje, Michael e eu tivemos uma discussão... Quero dizer, uma conversa... E agora precisamos que você venha ao centro da cidade.

— Não faço terapia de casais.

Ela bufou impacientemente do outro da linha:

— Apenas venha nos encontrar. Você já ouviu falar do Café Lei de Murphy?

Capítulo 7

*E*u entrei na cafeteria, e uma campainha soou acima da minha cabeça.

Eu já havia passado em frente ao Lei de Murphy um milhão de vezes, mas nunca tinha entrado. Eu não era muito de sentar e tomar uma bebida quente enquanto passava uma cantada numa garota, isso não estava na minha lista de coisas favoritas a se fazer. Mesmo assim, inspirei com vontade, apreciando os diversos aromas de comida saída do forno e café recém-moído.

Havia estonteantes fotografias da natureza penduradas em cada pedaço das paredes amarelo-vivo. Prateleiras estavam abarrotadas de livros novos e usados, e uma seção destinada às crianças ostentava mesas baixas cheias de quebra-cabeças e brinquedos.

Encontrei Em e Michael no canto do salão, em uma mesa cercada por várias poltronas alaranjadas superestofadas. Elas me faziam lembrar dos cogumelos gigantes de *Alice no país das maravilhas.*

— O que é tão misterioso que você não podia compartilhar por telefone? — perguntei a Emerson, quando me aproximei deles.

Joguei-me sobre uma das poltronas e tentei relaxar entre as almofadas fofas.

— Nada, agora — disse Em, olhando pela enorme janela de vidro laminado, segurando uma xícara minúscula que continha algo muito escuro.

A voz dela não sustentava um décimo da energia que eu tinha ouvido quando ela telefonou.

— O que está acontecendo? — perguntei.

— Achei que tivesse uma resposta. Para a coisa de encontrar Jack. — Ela virou a xícara e acabou com seu conteúdo antes de colocá-la no pires vazio diante de si. — Mas eu estava errada. E fui estúpida. E uma péssima amiga.

— Não, você não é — Michael a confortou, tocando o joelho dela levemente. — Não é como se você tivesse pedido por um motivo fútil.

— Ela nunca me pediria para fazer algo assim.

A confiança que Em tinha nele — a confiança que eles tinham um no outro — era tão intensa que eu me sentia um forasteiro e intrometido.

Bati os dedos contra a mesa, desejando ter algo produtivo para fazer com minhas mãos:

— Posso ir embora... se vocês precisarem de mim para...

— Não, não vá embora — disse Michael. — Ele inclinou a cabeça levemente para longe da mesa. — Apenas nos dê um segundo.

Segui o cheiro de guloseimas assadas. Apesar de o prédio estar ali por muito tempo, tudo no lugar era limpo e organizado, desde o chão extremamente polido, que estava tingido com um tom escuro de chocolate, até a seleção de livros nas estantes. Cheguei até a vitrine de comidas e me inclinei para olhar através do vidro impecavelmente limpo.

Vi de relance algo que me seduzia muito mais do que qualquer bomba de chocolate ou rosquinha recheada seriam capazes de fazer.

Eu reconheceria aquela retaguarda em qualquer lugar. Afinal na noite passada minhas mãos a tocaram.

A Menina Tigresa estava atrás do balcão.

Sabendo que muito provavelmente ela não tinha me esquecido ou perdoado, permaneci abaixado e tentei descobrir um jeito de fugir sem ter que me arrastar até a saída. Então ela saiu do meu campo de visão, e ouvi a porta vai e vem que levava aos fundos se abrir e depois se fechar.

Levantei e voltei correndo para a mesa. Emerson e Michael olharam para mim com surpresa:

— Sabem de uma coisa? Preciso ir. Podemos nos encontrar mais tarde? Eu procuro vocês. Certo.

O foco deles mudou para algo atrás de mim, então praguejei baixinho.

— Em, podemos conversar nos fundos por um segundo? Acho que preciso explicar — disse a Menina Tigresa, a voz rouca insanamente próxima de meu ouvido direito. — Eu sinto muito mesmo...

Em a interrompeu:

— Não, eu sinto muito.

A Menina Tigresa conhecia Emerson. Emerson conhecia a Menina Tigresa.

Quando notou que eu não me mexi, Em começou a fazer apresentações. Balancei a cabeça furiosamente e olhei para a porta da frente. Tão perto e, ainda assim, tão longe.

Em me ignorou:

— Lily, quero que você conheça meu amigo Kaleb. Kaleb Ballard, essa é minha melhor amiga, Lily Garcia.

Melhor amiga. Ótimo.

Eu me virei para ficar de frente para ela, e toda a função cerebral parou. Longos cabelos escuros presos sobre a cabeça, pele amanteigada e curvas que imploravam que eu as tocasse, tudo contribuindo para apagar a lembrança daquela sólida bofetada em meu rosto.

Pela primeira vez na vida, a realidade da manhã era exponencialmente melhor do que a fantasia da noite anterior.

Quando encontrei minha voz novamente, falei:

— Sou Kaleb. E sinto muito.

Lily encostou seu quadril à lateral da poltrona de Em, cruzou os braços e olhou para mim com olhos castanho-claros.

— *Não* é um grande prazer conhecê-lo, sinto muito.

— Como vocês dois se conhecem? — perguntou Em.

O olhar nuclear de Lily permaneceu firme.

— Você se lembra de que lhe contei sobre o sujeito que apertou minha bunda logo antes de aquele lunático subir no palco com uma arma?

— Não. — Em respirou fundo. — Kaleb, você não fez isso.

— Ah, mas eu fiz.

— Você está de ressaca? — perguntou Lily.

Não por preocupação. Seus cabelos se soltaram do nó e caíram sobre os ombros.

Balancei a cabeça e tentei não prestar atenção.

— Que pena. Então. — Ela olhou para mim com a combinação perfeita de desinteresse e desdém. — Como é que você pode conhecer minha melhor amiga?

Os chiados e zunidos da máquina de café atrás dela pararam, e todos os presentes estavam prestando atenção.

— O pai dele é Liam Ballard. — Em, ansiosa para acabar com aquela situação, se apressou para responder por mim. — O homem que Michael e eu voltamos no tempo para salvar.

— O diretor da Hourglass? Ai, merda.

Lily se jogou numa poltrona vazia, e os frequentadores voltaram a suas conversas.

— *Ela sabe?* — perguntei a Em.

A careta de Lily começou em seus olhos, se espalhando pela testa e para a boca como uma reação tardia.

Em escolheu as palavras de sua resposta com cuidado.

— Ela sabe sobre a coisa da viagem no tempo, sabe o que aconteceu com seu pai e sabe sobre o propósito da Hourglass. Recebi permissão de seu pai para contar isso tudo a ela.

Então ela não tinha contado a Lily nada específico sobre as habilidades de outras pessoas. Tomara!

— O que *ele* sabe sobre mim? — perguntou Lily.

— Nada — respondeu Em.

— Nada — repeti. — Absolutamente nada.

Lily olhou para mim de forma maligna.

— Tirando a sensação de ter minha bunda na sua mão.

Um grupo de mulheres mais velhas entrou na loja, papeando alegremente. Turistas, definitivamente, estavam ali para fazer compras nos antiquários e incorporar a atmosfera de cidade provinciana.

— Preciso voltar ao trabalho — disse Lily, empurrando o corpo até se sentar na beira da poltrona. — A Temporada da Abóbora está começando, tenho que encher o mostruário de salgados e depois sair para distribuir doces.

— Você precisa que eu fique aqui para trabalhar?

— Não, vou ficar bem.

— Você me liga? — pediu Em.

— Depois do meu turno.

Lily levantou os braços para ajustar os cordões do avental em volta do pescoço e então sacudiu o cabelo antes de prendê-lo em outro nó. Ela me flagrou olhando.

— O quê? — perguntei, numa tentativa fracassada de mostrar inocência.

— Você precisava que eu me levantasse? Desse uma voltinha? — Lily esticou o dedo indicador e fez um movimento circular.

Tive o bom senso de responder com um murmúrio, balançando a cabeça e olhando fixamente para o chão.

Capítulo 8

A expressão de Emerson era impagável enquanto saíamos da cafeteria, em direção à calçada.

— Não consigo acreditar que você apertou a bunda de Lily... Quer saber, Kaleb, talvez você devesse começar a beber leite orgânico. Tem menos hormônios.

A praça da cidade fervilhava com pessoas e energia. O festival de outono durava todo o mês de outubro e era inaugurado pelo baile de máscaras. Hoje era o dia de distribuição de doces, e as crianças pequenas corriam por todo lado, estendendo suas sacolas e aceitando doces de donos de lojas e de seus funcionários. Um caldeirão com chocolates embalados individualmente estava posicionado sem que ninguém tomasse conta dele em frente ao Lei de Murphy.

— Quanto exatamente ela sabe sobre a Hourglass? — perguntei a Emerson.

Uma pequena bailarina com um tutu roxo veio dançando e estendeu seu balde. Peguei alguns chocolates no caldeirão e lhe dei dois. Ela sorriu para mim com lábios rosados cintilantes, expondo o espaço onde seus dois dentes da frente deveriam estar.

Eu lhe dei o restante dos chocolates que estavam na minha mão.

— Lily sabe que todos na Hourglass têm uma habilidade relacionada ao tempo — respondeu Em. — Mas guardei os detalhes para mim.

— Nós lhes demos detalhes sobre viajantes, mas não entramos em mais nenhum assunto — falou Michael. O celular dele tocou, e ele verificou o visor para identificar quem ligava. — Volto em um instante. Alô?

— Por que você e Lily estavam se desculpando uma com a outra?

Peguei o caldeirão e distribuí mais doces para dois meninos com fronhas enormes cujas costuras estavam quase arrebentando.

Em olhou para as costas de Michael e se sentou num banco que tinha ao lado um vaso cheio de crisântemos amarelos e amores-perfeitos roxos:

— Realmente não posso falar sobre isso.

Embora eu pudesse sentir emoções, nem sempre sabia a causa delas. Quando alguém estava com raiva, podia ser direcionada a mim, a algo que eu fiz, ou podia ser porque os Yankees venceram. Se alguém estava com medo, poderia ser por causa de uma determinada circunstância ou porque estava aguardando o resultado de um exame médico. Eu odiava nunca ter certeza.

Como naquele exato momento com Em. Eu não entendia por que sentia o medo vindo dela, especialmente medo envolto em culpa.

— Por que você não pode falar sobre isso? — perguntei.

Ela afundou a ponta de seu tênis no concreto.

— Isso seria trair a confiança de alguém. Não que eu não confie em você... é só que... eu não posso.

Peguei um pedaço de chocolate para mim mesmo.

— Mas Michael sabe?

Em hesitou por um breve segundo antes de responder:

— Bem, eu tive que contar a ele.

— Claro que teve.

Colocando o caldeirão de volta em sua cadeira, ofereci um sorriso amarelo, dei meia-volta e fui embora.

— Kaleb, espere!

Eu tinha acabado de atravessar a praça, abrindo caminho entre as barracas da feira de artesanato lotadas de vegetais enlatados e potes de geleia, assim como velas artesanais e bonecas de aparência realmente assustadora, quando Emerson me alcançou em frente ao cinema de Ivy Springs.

Ela agarrou meu braço.

— Por favor.

Seu rosto estava tão vulnerável, exatamente como estava no segundo antes de Poe lhe abrir a garganta. A lembrança do corpo dela sangrando inerte no chão me fez amolecer.

— O quê?

— Michael sabe dessa situação em particular há algum tempo... Não estou tentando esconder nada de você de propósito. Mas prometi guardar um segredo e não posso quebrar essa promessa.

A crua honestidade dela quase me derrubou. Essa garota não conheceria traição nem se ela lhe desse um soco na cara.

— Você é excelente em manter sua palavra. Não é?

A mão dela ainda estava em meu braço.

— Nunca contei a ele como você tirou a dor de mim quando achamos que ele estava... morto.

— Você quer dizer como eu *tentei* tirá-la.

Eu estava completamente disposto a carregar todo o pesar de Em, mas ela me impediu de fazê-lo.

— O que aconteceu foi algo só nosso — disse ela. — E não é como se fosse uma traição.

Eu sabia que parte dela sentia que era uma traição. Tirar emoções de alguém era intensamente pessoal. Isso criava um laço forte. E, com Emerson, esse era um laço que eu não queria romper, embora soubesse que precisava fazê-lo.

— Você pode contar a ele. Eu quero que conte. Era sua dor, assunto seu — argumentei, quando ela começou a discordar. — É obrigação sua compartilhar isso, não minha.

— Só se você prometer conversar com ele sobre isso depois que eu conversar.

Assenti. Ela lhe contaria como aquilo nos conectou. Eu teria que prometer nos desconectar.

— Em breve. E você precisa conversar com seu pai também. Depois da forma como você discutiu com ele hoje... Ele só quer o que é melhor para todos.

— Não estou pronto para falar com meu pai.

Olhei para a fila de cartazes de cinema na parede de tijolos em frente ao cinema. Deviam estar fazendo algum festival de filmes antigos, pois todos os cartazes anunciavam filmes em preto e branco, com a exceção de *E o vento levou.*

— Ele ama você. Ele tem orgulho de tê-lo como filho. Seu *único* filho.

— Sim.

Ele me amava. Mas confiava em Michael. Todos confiavam nele. A última coisa que eu queria fazer era entrar nesse assunto com Emerson.

Uma brisa fraca trouxe o cheiro de pipoca doce e cidra. O vento fez o cabelo de Em voar e ela o prendeu atrás das orelhas.

— Também, a respeito de Lily...

— Ah, não. — Sacudi a cabeça. — Você não pode brigar comigo agora. Lily já cuidou da parte constrangedora do dia. Não vou importuná-la novamente, juro.

Em riu.

— Não estou preocupada com a possibilidade de você importuná-la. Se você fizer isso, é você que vai estar em apuros.

Tive uma sensação muito estranha e olhei ao meu redor. Nós estávamos em meio a uma multidão, mas nenhuma das pessoas era uma criança fantasiada. Os aromas do festival tinham desaparecido e tinham sido substituídos pelo cheiro de pipoca.

— A fila do cinema está realmente longa — falei, mais para mim. — O que é tão emocionante...

— Todos estão usando chapéus. Aqueles são casacos dos anos quarenta — disse Em. — Minha nossa!

Erguemos os olhos em direção à gigantesca marquise exatamente no mesmo instante.

E O VENTO LEVOU
MIDDLE TENNESSEE
ESTREIA HOJE ÀS 19:45
INGRESSO $1,10

— O que fazemos? — perguntei, impressionado com o número absurdo de corpos enfileirados na calçada. Em e eu éramos as únicas pessoas modernas à vista. — Aonde foi parar *nossa* Ivy Springs? O que aconteceu?

— Houve um lapso de tempo. Talvez você possa me ajudar a resolver. — Em estendeu o braço para tocar uma mulher usando batom vermelho com uma franja que formava um grande tubo no alto da cabeça. — E quem decidiu chamar um penteado de *victory roll*, de qualquer forma? É o nome mais idiota de todos os tem...

Ela congelou.

Pavor, do tipo que faz seu estômago embrulhar.

— O que foi? — perguntei.

— Eles não podem me ver.

Em acenou com a mão na frente do rosto da mulher, tomando cuidado para não tocá-la. Quando a mulher não reagiu, Em caminhou por toda a extensão da fila do cinema, parando a cada metro para tentar chamar a atenção dos frequentadores.

Eu a segui, quase a derrubando quando ela parou abruptamente.

Em estava balançando a cabeça.

— Por que eles não conseguem me ver?

— Não sei bem se entendo o que você está perguntando.

— As dobras. Eu tive conversas com elas. Eles me notam, e eu as noto. Estas dobras não conseguem me ver. — Ela fechou os olhos. — A dobra na sua casa ontem... o soldado que eu toquei não me viu chegar. Aconteceu a mesma coisa com a dobra na noite em que voltei para salvar Michael. Eu estava em uma casa com uma mãe e seus filhos, uma casa pequena, mas eles não me *viam*.

— Ei — falei, preocupado com o redemoinho de medo e ansiedade dentro dela. — Está tudo bem.

— Na verdade eu acho que isso é um enorme sinal de que nada está bem. — Em esticou a mão para tocar na dobra mais próxima. Quando a cena se dissolveu, ela suspirou com alívio. — Temos que sair daqui. E então Michael e eu precisamos conversar com seu pai.

Capítulo 9

Pontas de dedos batucaram um ritmo bem cadenciado na porta do meu quarto. Tirei o saco de gelo das costelas e o enfiei debaixo do travesseiro antes de marcar meu livro com uma embalagem teimosa de bala. Abri a porta para meu pai.

— Ava está se acomodando. — Ele esticou o braço para afagar meu cabelo enquanto entrava. Há um ano eu teria desviado. Agora eu lutava contra o impulso de me inclinar na direção de seu toque.

— Fico feliz que você a tenha convidado para se mudar para cá. Eu gostaria de ter pensado nisso.

— Isso não significa que ela um dia vá sair do quarto.

Percebi uma tampinha de cerveja aparecendo debaixo de minha cômoda. Andei até lá, chutei a tampinha para baixo do móvel e me encostei em seu tampo.

— Talvez não, mas saberemos que ela está segura — falou meu pai, franzindo a testa ao ver a tampinha de cerveja.

— Tão segura quanto qualquer um pode ficar com Jack à solta.

— Torci os cordões pendurados no capuz do meu casaco de moletom. — Você, Em e Mike chegaram a alguma conclusão a respeito de como as dobras estão mudando?

— Apenas compartilhamos nossas observações.

Aquilo era tudo o que eu ficaria sabendo. Mais uma coisa que não confiariam a mim.

— Mudando de assunto. — Ele se sentou na beira da minha cama, esticando a colcha com estampa de círculos entrelaçados. Ela havia passado pela família de minha mãe e me pertencia desde que eu era pequeno. Eu adorava o conforto e o peso, saber que gerações dos Walker tinham dormido debaixo dela. — Você tem tomado regularmente os remédios para controlar suas emoções?

— Depende do que você considera regularmente. — Eu estava tomando. Mas o álcool definitivamente anulava o efeito.

— Diariamente é o preferível. Fiquei me perguntando se algo estaria acontecendo. Notei uma... mudança entre nós.

Dizer aquilo lhe causava dor. Eu não estava interessado em facilitar as coisas para ele.

— Você ficou morto durante seis meses. Muitas coisas mudaram.

Ele se encolheu, como se eu tivesse tentado lhe acertar um soco e tivesse errado por pouco:

— Faz sentido.

— Aonde você quer chegar?

O fato de as pessoas não dizerem o que queriam me cansava. Especialmente pessoas com quem eu me importava. Eu podia aguentar um pouco de honestidade plena, mas nunca encontraria isso ali. Não em meu pai.

— Você parece mais emotivo do que costumava ser. Nós não conversamos sobre sua mãe, você não a visita...

— Não quero visitá-la. — Eu nunca passava perto do quarto dela. Eu tinha muito medo de me deitar encolhido ao lado dela e nunca mais sair. Estiquei-me para pegar uma bala de canela em minha cama e a coloquei na boca, agradecendo a descarga de calor.

— É um direito seu. — Ele não tentou esconder sua decepção.

— Você também mudou. — Enfiei as mãos no bolso do casaco, esticando-o até os joelhos. — Você e Michael têm segredos. Vocês não tinham... antes.

— Eu tinha outros adultos nos quais podia me apoiar antes.

Mas eu sou seu *filho*.

Eu queria dizer aquilo em voz alta. Em vez disso, empurrei a bala para minha bochecha, sentindo sua forma redonda esticar minha pele.

— Você não vai mudar de ideia a respeito de o restante de nós ajudar?

— Não nesse momento. Não se passaram nem 24 horas. Por que você não tem um pouco de fé no seu velho pai?

— Talvez você devesse ter um pouco de fé na gente — falei, atrapalhado pela bala, soltando ar para refrescar minha boca e aliviar minhas emoções. Não adiantou. Mordendo com força, quebrei a bala na metade e tracei os círculos de seu interior com a língua.

— Não é uma questão de ter fé em vocês. Meu interesse é estritamente mantê-los em segurança. — Ele se levantou. — Considere isso o fim da discussão. Entendido?

Não respondi.

— Prometi a Thomas e a Dru que nós os ajudaríamos a terminar a mudança. Partiremos para a casa dos Cole às cinco horas. Encontro com você no carro.

Em estava se mudando para a casa ao lado. A um quilômetro e meio de distância rua abaixo, para ser preciso, mas ela e sua família ainda seriam nossos vizinhos mais próximos.

Como Thomas estava muito atarefado durante a Temporada da Abóbora, meu pai tinha oferecido a força de seus músculos para ajudar a colocar os móveis no lugar. O conversível de Michael já estava ocupando um lado da entrada da garagem quando chegamos. Fiquei no carro quando meu pai saiu.

— Certo — falei para meu reflexo no espelho, em tom ameaçador. — Você vai se comportar. Você não vai discutir com ninguém.

Dru está grávida, então você vai se concentrar em ajudá-la, e não a si, vai colocar as necessidades dela em primeiro lugar. Você é doçura e leveza. Um algodão-doce humano.

Minha risada começou comedida, mas se transformou em uma gargalhada que saía pelo nariz.

Abri a porta do jipe e saí no caminho asfaltado que levava à casa. E dei de cara com Lily Garcia.

— Você realmente leva a vaidade a um novo patamar. — As mãos dela estavam nos quadris. — Falar consigo no espelho, rir das próprias piadas...

O que ela havia escutado?

— Você estava me espionando?

— Sua janela estava abaixada, gênio. — Seu coque bagunçado combinado com os pequenos óculos de armação fina que ela estava usando lhe conferiam um jeito de bibliotecária. Um jeito de bibliotecária levemente sexy e seriamente crítica. — Imagino que você esteja aqui para ajudar a desempacotar caixas.

— Não, gênio, estou aqui para ajudar a colocar os móveis no lugar. — Exibi meu físico vergando exageradamente o peitoral.

— Colocar todos esses músculos para trabalhar. É uma pena que sua inteligência apenas se atrofie nesse cérebro minúsculo.

— Ahhh, você acha que eu sou inteligente?

Ela simplesmente suspirou e virou as costas. Eu a segui até a casa.

Arrumar os móveis não levou muito tempo. Thomas apareceu no meio da tarefa e roubou um beijo de Dru, esfregando a barriga dela antes de sair para o trabalho. Meu pai os observou de soslaio.

Ele não conseguia parar de olhar para eles. Sua dor intensa por causa de minha mãe nunca abrandava. Quando não consegui aguentar mais, fui lá para fora, no pátio dos fundos, para esfriar a cabeça, me afastar um pouco da tristeza do meu pai. Encostado à parede externa, fechei os olhos e percebi a brisa revigorante sacudindo os galhos das árvores. Senti o cheiro de folhas queimadas;

na minha opinião, a melhor parte de morar no interior durante o outono. A não ser que você inclua aí as fogueiras. E os passeios de carroça.

Passeios de carroça eram a ocasião perfeita para dar uns amassos numa garota e não ter problemas com a mão boba. Sempre era possível colocar a culpa nas estradas de terra desniveladas.

Eu estava quase pronto para retornar para a casa quando ouvi duas pessoas discutindo no jardim lateral. Eu não poderia subir as escadas para voltar à varanda sem que minhas botas ecoassem nos degraus de madeira, então fiquei escutando.

— Você tem que me deixar fazer isso. — A urgência saturava a voz de Lily. — Por que você não deixa?

— Sua avó vai surtar — respondeu Em. — Ela vai surtar, vai me causar danos físicos e nunca mais vai preparar outro Cubano para mim. Ela deixou bem claro que você não pode procurar pessoas.

— Você é minha *melhor amiga*. Isso torna tudo diferente.

Pela primeira vez notei o leve sotaque espanhol de Lily. Ele provavelmente ficava mais acentuado quando ela estava com raiva ou transtornada, como agora.

Espiei pela lateral da casa para descobrir se a ferocidade das emoções de Lily combinava com sua expressão.

— Eu falei não. — A recusa de Em quase desbancou a insistência de Lily. — Você é leal e sua lealdade a Abi deve ser mais forte do que qualquer lealdade que você tenha por mim. Ela é sua família.

Lily agarrou as mãos de Em.

— Você também é. Desta vez, o que Abi não sabe não vai feri-la. Não vou desobedecer a regra dela. Não exatamente.

— Como você vai contorná-la? — Os olhos verdes de Em estavam cheios de súplica. — Encontrar um megalomaníaco que pode viajar no tempo não é como encontrar um malote do banco em um prédio. Você pode ocasionalmente encontrar coisas, mas nunca pessoas, não é isso?

— Essa é a regra. — Lily soltou Em. — Abi nunca explicou por que não posso usá-la... disse apenas que não posso.

— Ela não seria tão insistente em relação a isso por tantos anos se não tivesse uma boa razão.

— Argh! Isso é tão frustrante. — Lily baixou as mãos. — Qual é o sentido de ser um radar humano se não posso detectar nada?

Um radar humano?

Pensei novamente na conversa que havia escutado sem querer entre Em e Michael na cafeteria.

A descrença explodiu como uma bomba em meu peito. Saí pela escada dos fundos em direção ao pequeno gramado.

Cheguei pisando em uma pilha de folhas secas, dando um baita susto nas duas.

Entrei no espaço pessoal de Em, tão perto que ela teve que erguer seu queixo ao máximo para me olhar nos olhos.

— Lily pode encontrar pessoas. Foi por isso que você quis que nos encontrássemos no Lei de Murphy. Você achou que Lily fosse nossa solução para encontrar Jack.

— Eu *sou* a solução — rosnou Lily, pondo-se entre mim e Em. — Talvez você precise aprender a cuidar da sua vida.

— Mas... — Olhei para Em e então para Lily, confuso. — ...você disse que não podia procurar uma pessoa. Apenas coisas.

— Estou descobrindo como funciona. Vai ficar tudo *bem* — disse Lily. — Vou ajudar. Mas tenho que fazer sob minhas condições.

— Suas condições? Não há espaço para *condições*, querida.

— Escute, zé ruela, eu não tinha noção até recentemente de que Ivy Springs é algum tipo de... — Lily sacudiu as mãos, buscando a palavra exata. — ...sei lá... ímã de aberração.

— *Aberração* é minha palavra, não dela — contribuiu Em, seu olhar se revezando sobre nós dois.

— E quem é *zé ruela*? — perguntei.

Lily continuou:

— Você pode estar confortável com qualquer que seja sua anormalidade, mas a minha não é algo sobre a qual costumo falar, e definitivamente não é algo que eu escolheria discutir com *você*.

— Em lhe contou quais são as consequências se não encontrarmos Jack?

— Não. — *Espanto.*

— As pessoas que querem Jack alegam possuirem uma forma de fazer o tempo voltar — informei a ela. — Se não o encontrarmos e o entregarmos, eles vão fazer o tempo voltar. Meu pai estará morto, e Em será um vegetal em um manicômio.

Frustração e raiva se transformando rapidamente em medo.

Lily balançou a cabeça como se não acreditasse que tinha me ouvido direito.

— Um vegetal em um manicômio?

— Certo, *chega.* — Emerson se colocou entre mim e Lily. — Não quero que a culpa seja a motivação de Lily para quebrar uma promessa que ela fez à avó.

— Quebrar uma promessa ou colocar vidas em risco — ponderei. — Qual é mais importante?

— Por que você não me contou sobre as consequências? — perguntou Lily a Em.

Segurei a mão de Em, me concentrando, lendo-a. Ela tentou se soltar, mas eu não deixei.

— Por que você está tentando esconder a verdade?

Em finalmente se soltou, me fazendo lembrar de quanta força existia naquele corpo franzino, e partiu em direção à varanda em uma corrida.

— Você pode nos dar apenas um segundo? — supliquei a Lily. Ela assentiu, e eu me juntei a Em.

— Nós vamos deter Jack — falei. — Mas temos que encontrá-lo para fazer isso.

— Não, não é isso. — Ela lutava contra as lágrimas. — Jack nunca mencionou Lily especificamente na lista de todas as coisas que ele "fez" por mim. Mas eu seria uma idiota de achar que ela não é uma dessas coisas. Uma melhor amiga com uma habilidade sobrenatural? Uma coincidência?

— Sinto muito, Em.

Seu medo era por Lily.

— E não sei onde ela vai acabar. A vida dela... já não tem sido fácil. E se ela passasse a ser tão fácil quanto Jack poderia torná-la?

— Por que você simplesmente não conta a ela?

Em baixou a voz quando Lily veio em nossa direção.

— Como você se sentiria ao ouvir isso? Saber que toda sua vida foi manipulada porque alguém queria algo de sua melhor amiga?

— Mas você não sabe se...

— Se ele realmente a colocou aqui, ele sabe qual é a habilidade dela. Jack tem motivos para tudo que faz. — As lágrimas contra as quais ela estava lutando encheram seus olhos. — Por que ele colocaria alguém que poderia encontrá-lo diretamente em nosso caminho, especialmente quando ele não quer ser encontrado?

— Chega. O tempo particular acabou. — Lily nos interrompeu e puxou Em para seus braços, dando-lhe um abraço longo e apertado. — Em. Vá para dentro.

— O quê? — Em limpou os olhos e franziu a testa.

— Quero conversar com ele. A sós.

Ela estava olhando para mim.

Capítulo 10

Assim que Em foi embora, me virei para Lily.

— Normalmente acho que ser mandona é um atributo sexy em uma garota. Você quebrou essa corrente.

— Não dou a mínima para o que você pensa de mim. — Lily não enrolava; suas palavras sempre correspondiam às suas emoções. — Você não quebrou absolutamente nenhuma corrente. Conheci centenas de garotos como você em centenas de cenários diferentes, até saí com um ou dois, e você é exatamente igual.

— Não é legal estereotipar as pessoas.

— Não fale comigo sobre estereótipos. — Ela olhou para o céu de coloração rosa pálida e franziu a testa. Seus olhos combinavam com o pingente de olho de tigre que estava pendurado em seu pescoço. — Não estou aqui para ter uma conversa amigável. Michael está totalmente ao lado de Em, então não vou conseguir nenhuma informação com ele. Mas você é egoísta o suficiente para me contar a verdade.

— Observadora.

— Muito.

— Talvez Em já tenha lhe contado a verdade — rebati. — Conte-me o que você sabe.

— Espertinho.

— Muito.

Lily suspirou.

— Sei que Jack Landers bagunçou a linha do tempo de Em. Sei mais ou menos o que a Hourglass faz e que vocês têm que encontrar Jack. — *Preocupação. Desamparo.* — Soube que houve um ultimato, mas não sei qual foi ou as consequências dele. Até você.

— Agora que você sabe, por que pediu para eu ficar aqui fora com você, a sós?

Ela cruzou os braços e levantou o queixo em minha direção.

— Vocês têm outra forma de encontrar Jack ou eu sou a única opção?

— Não sei — respondi honestamente. — Meu pai diz que ele vai cuidar disso. Bem, que ele e Michael vão cuidar disso.

— Então Em está agindo de forma habitual ao tentar contornar o problema e cuidar dele por conta própria?

— Sim.

O rosto de Lily estava perturbado, concentrado, as feições ficando mais suaves enquanto colocava as peças do quebra-cabeça nos lugares certos. Eu não queria que ela encaixasse a peça que revelaria como ela havia acabado neste exato tempo e local.

— Ivy Springs não é um ímã para aberrações — falei abruptamente, tentando interromper a linha de pensamento dela. Peguei um graveto de uma pilha de folhas e arranquei a casca, jogando-a no chão.

— Todas essas "habilidades especiais" em uma cidade minúscula fazem dela um ímã — disse ela, discordando.

— Como você sabe que não existem cinquenta aberrações vivendo em Nashville? Ou quinhentas em Atlanta? — Arranquei outro pedaço de casca. — Talvez eles também estejam mantendo isso em segredo.

— Há *pelo menos* quinhentas aberrações em Atlanta, mas isso não quer dizer que algumas delas têm uma habilidade especial.

Ela arrancou o graveto de minha mão e o partiu no meio.

— Certo. — Arqueei minhas sobrancelhas.

— Você está tentando mudar de assunto. — Ela arremessou um pedaço do graveto em direção à mata. — Não sei por quê, mas, se você quer ter sucesso, vai precisar se esforçar mais.

— Um ponto para Lily.

— Se vocês não encontrarem Jack, e o tempo recuar, como vocês sabem que as coisas não vão se desenrolar exatamente da mesma forma como aconteceram da primeira vez? — perguntou ela. Muito observadora. — Como vocês sabem que as pessoas não fariam as mesmas escolhas, não viveriam as mesmas vidas?

— Acho que as pessoas que querem Jack vão tirá-lo da jogada. Em que ponto eles o apagam? Depois que ele matou meu pai, mas antes de ele ter mudado a linha do tempo de Emerson?

Ela arremessou a outra metade, com mais força dessa vez.

— Isso é uma droga.

— Isso é uma droga — concordei.

— Se eu ajudar... — Ela parou, prendendo a respiração, e olhou por cima do meu ombro. Eu me virei.

Havia um homem sentado sobre um cavalo a 5 metros de nós.

— Isso... não está... certo — disse Lily, engasgando, atrás de mim.

A ponta de uma longa corda envolvia o pescoço de um homem em um laço improvisado, e a outra ponta estava pendurada no galho mais alto de uma nogueira preta. Nada daquilo estava ali dois minutos atrás. As mãos dele estavam amarradas atrás das costas, os pés enfiados em estribos. Uma espingarda entrou no campo de visão, atrás do cavalo sobre o qual ele estava sentado, apontada para o céu.

Um homem segurando uma arma surgiu na cena em seguida.

— Não gostamos de ladrões aqui. — Ele encostou a arma contra o tronco da árvore enquanto pegava a corda e a amarrava firmemente, prendendo-a nos sulcos do tronco. — Não de ladrões de nossos animais e de nossas mulheres.

— Eu não toquei em sua mulher.

O som da espingarda sendo carregada ecoou ao longo da paisagem vazia. Lily deu um tranco de susto diante do barulho.

— Eu não toquei. E não sou ladrão. Achei que fosse meu cavalo, achei... — O desespero estragou a desculpa. O suor escorria da testa do ladrão.

— Eu o flagrei com as mãos nos dois. Cuidei da mulher, mas você pode dar mais uma volta com o cavalo.

O homem armado apertou seu dedo indicador em volta do gatilho.

— Você vai se arrepender — disse o ladrão. — Meus homens vão fazê-lo se arrepender.

— Eles terão que me encontrar primeiro. Bom passeio.

Dei um pulo para a frente, segurando o braço de Lily. Ela soltou um som de protesto quando a girei e a puxei para junto de meu peito.

Um tiro ecoou no ar do crepúsculo.

O cavalo empinou e disparou a toda velocidade, e o homem foi puxado para trás com um estalo alto. Seus pés se contorciam enquanto seu rosto ficava vermelho e então azul.

Lily lutou para se livrar de meus braços. Eu a segurei com mais força.

— Não olhe. Por favor, não olhe.

O homem que disparou a arma tinha desaparecido.

— Kaleb? Lily?

Uma voz surgiu, fraca, parecendo distante. Olhei na direção de onde a casa deveria estar. Em.

Nós três estávamos parados no meio de um campo, vazio, a não ser por um homem pendurado em uma árvore.

Em observou o homem balançar de um lado para o outro, sem olhar para o rosto dele. Sua voz permanecia calma, mas ela estava com ânsias, como se estivesse tentando não vomitar.

— Lily?

Lily me empurrou para se livrar de meus braços antes que eu pudesse impedi-la. Seu foco mudou de Em para o homem pendurado na árvore e depois retornou a Em:

— O que diabos...

— Você consegue vê-lo? — sussurrou Em.

— Onde estamos? — perguntou Lily, girando em um círculo completo. — O que aconteceu à casa?

Em e eu trocamos um olhar que fazia uma única pergunta: se Lily conseguia ver a dobra completa, isso significava que as dobras estavam mudando? Ou significava que Lily tinha o gene?

Em se virou em direção ao homem enforcado e caminhou os 5 metros até o tronco da nogueira. Ela tentou tocar na árvore primeiro, mas nada aconteceu. Fechando os olhos com força, esticou o braço agilmente em direção ao pé do sujeito.

Quando ela fez contato, a cena diante de nós se dissipou de cima a baixo.

E aquilo revelou Thomas e Dru parados na varanda dos fundos, olhando fixamente para nós.

Em olhou de volta para eles, horrorizada.

— O que vocês estão fazendo?

— Checando para ver o que está mantendo vocês três aqui fora — disse Thomas. — O que *vocês* estão fazendo?

— Vocês... vocês viram aquilo? — Em sacudiu a mão em direção ao local onde a dobra tinha desaparecido segundos antes.

Thomas e Dru responderam em uníssono:

— Vimos o quê?

Capítulo 11

Eu tinha certeza de que estava acordado, mas se eu realmente estava, por que Lily Garcia estava sentada junto à mesa de minha cozinha numa manhã de domingo? Esfreguei meus olhos com os punhos.

— Você se esqueceu da sua camisa? — perguntou ela.

Eu pisquei. Ainda estava lá. Fiquei feliz por ter colocado um short de basquete em vez de descer até a cozinha de cueca boxer.

— Não. Eu não estava esperando ver... ninguém.

— Surpresa. — Ela agitou os dedos de forma exagerada.

Peguei um pouco de suco de abacaxi com laranja na geladeira. Abrindo a tampinha plástica de rosca, comecei a beber diretamente da caixinha antes de perceber o que estava fazendo. Ofereci a bebida a Lily:

— Está com sede?

— Não — disse ela, torcendo o nariz.

— Sem querer ser grosseiro, mas por que você está na minha cozinha?

— Estou aqui para ver seu pai. Ele foi correndo até a faculdade para buscar suprimentos no departamento de ciências. Imagino que ele não esperava que eu viesse fazer o teste tão cedo.

Ansiedade.

— Para o gene — falei.

— Parabéns por se manter informado. Você vai me dizer que Ivy Springs não é um ímã de aberração agora?

Evitando a pergunta, virei o que tinha sobrado do suco e joguei a embalagem vazia na lata de lixo.

— Você dormiu?

— Minha avó disse que eu gritei o nome dela algumas vezes.

Havia leves círculos escuros sob os olhos de Lily.

Eu não tinha dormido absolutamente nada. Na minha mente, o homem balançou na árvore a noite inteira.

— Você mora com sua avó e não com seus pais?

— Nós fugimos de Cuba quando eu era pequena. Meus pais ainda estão lá. — *Dor.* Aquilo tantas vezes levava à fuga. — Você sempre morou aqui em Ivy Springs?

— Não. Nós nos mudamos para cá quando meu pai aceitou o trabalho na Cameron College. — Fechei a porta da geladeira. — Mas essa casa é da família do meu pai há gerações.

— Legal.

Ficamos alguns segundos nos encarando — nenhum de nós sabia para onde olhar —, mas pude sentir que Lily estava realmente tentando *não* olhar para meu peito nu ou para minhas tatuagens.

Em vez de subir para pegar uma camisa, como uma pessoa normal faria, estiquei o braço em direção ao gancho de ímã que ficava na lateral da geladeira, peguei meu avental que dizia BEIJE O CO-ZINHEIRO e o coloquei.

— Você está de sacanagem com a minha cara? — As sobrancelhas de Lily quase se colaram ao couro cabeludo.

— Não. Estou... com fome. — Repentinamente desesperado para fazer o avental parecer minimamente normal, peguei uma frigideira de ferro fundido no suporte sobre a ilha da cozinha. — Quanto ao avental, eu gosto de cozinhar. Eu gosto de beijar. Eu gosto de dar ordens. A respeito das duas coisas.

Fiquei olhando para Lily até ela ruborizar.

— Você gosta de alho? — Peguei uma cabeça no balcão e a ergui. Um pedaço de pele fina como papel flutuou até o chão.

— No seu hálito ou na minha comida?

Bela resposta.

Eu sorri.

— Para o caso de sobrar o suficiente para eu fazer uma quentinha.

— Se "quentinha" tem a intenção de ser um insulto, no seu.

Liguei a chama sob a frigideira, triturei um dente de alho com o espremedor e então adicionei cebolas picadas e pimentões vermelhos. Depois de juntar algumas colheres de sopa de manteiga, ajustei a chama para média.

— Por que você está sendo... bem, não simpático, mas não completamente detestável? — As bochechas dela ainda estavam coradas.

— Não sou bom pela manhã. Preciso de uma barriga cheia para dar partida no modo bad-boy. — Olhei para ela de soslaio. — Eu não ficaria por aqui até a hora do almoço, se fosse você.

— Por nada nesse mundo. — Ela se inclinou para a frente em sua cadeira, batucando os dedos na mesa. Ela estava se preparando para algo. — Em disse que seus pais são viajantes, assim como Michael e ela.

— É verdade.

— Isso me fez me perguntar...

— Se perguntar o quê? — indaguei.

— Quero saber qual é a sua habilidade.

— Uau. — Peguei a espátula e mexi os vegetais na frigideira. — Quanta sutileza. Nunca esperaria isso de você.

— Você descobriu a meu respeito escutando escondido. — Ela deu de ombros. — Achei que seria melhor manter a classe e perguntar.

Repousei os cotovelos sobre a ilha da cozinha, abaixando a cabeça para não bater nas panelas penduradas.

— Empatia. Sentir as emoções de outras pessoas. Consigo com a maioria das pessoas que conheço, mas até mesmo com aquelas que não conheço... se eu tocá-las.

— Foi por isso que você passou a mão em mim no baile de máscaras? Para sentir minhas emoções?

— Não. — Sorri. — De jeito nenhum.

Lily revirou os olhos.

— Como você descobriu que essa era sua habilidade?

— Minha mãe é uma atriz. — Eu me virei para o fogão para despejar os ovos batidos. Para dar à dor uma chance de ir embora dos meus olhos antes de encarar Lily novamente. — Ela largou a carreira para ficar em casa comigo, mas ainda faz um trabalho ou outro.

— Não pode ser! Sua mãe é Grace Walker — disse Lily. — Você é exatamente igual a ela.

Isso era o que todos sempre diziam.

— Sorte a minha.

Isso era o que eu sempre respondia.

— Não estou entendendo. O que o fato de sua mãe ser atriz tem a ver com empatia?

— Minha mãe começou a trabalhar em uma refilmagem de *Cleópatra*, com várias cenas comoventes. Eu tinha por volta de 3 anos. — Balancei a frigideira para me assegurar de que os ovos não estivessem grudando. — Alguns dias depois de ela ter saído de casa para a locação, comecei a ter reações irracionais a coisas. Meu pai ligou para ela para conversar a respeito. Eles descobriram o que era. Eu estava reagindo às cenas enquanto ela estava filmando.

— Isso não é tão estranho, não é mesmo? Quero dizer, ela é sua mãe.

— Ela estava filmando no Egito.

— Oh. — Lily mordiscou a unha de seu polegar. — Como a empatia é relacionada ao tempo?

— Todos têm uma linha do tempo emocional. — Salpiquei um punhado de queijo sobre a omelete, dei uma olhada e então adicionei mais. — Posso viajar pela sua, na situação correta.

— Para trás ou para a frente?

— Não me meto com o futuro.

Não mais.

— Como você usa isso?

— Algo está cheirando bem. — Meu pai passou a cabeça pela porta da cozinha e tomei um susto. — Obrigado por esperar, Lily.

Salvo.

— Sem problemas. — Ela sorriu para ele antes de olhar de volta para mim, sem expressão. — Obrigada por lutar contra seu bad-boy interior por tanto tempo. Parece que o café da manhã é todo seu.

Meu pai estendeu a mão para conduzi-la para fora da cozinha. Antes de segui-la, ele olhou para meu peito e para o avental.

— Filho?

— Sim?

— Talvez você devesse vestir uma camisa.

Capítulo 12

Depois de Lily e suas perguntas, não consegui parar de pensar em minha mãe.

Peguei o carro e fui até a academia em busca de um pouco de paz na piscina coberta.

Descobri a importância que a água tinha quando eu era pequeno. Minha mãe me levava para nadar todos os dias, fizesse chuva ou sol, calor ou frio. Quando nos mudamos para a casa em Ivy Springs, ela insistiu para que construíssemos uma piscina na propriedade.

Desde que Jack a tinha deixado em coma, eu não conseguia mais suportar nadar nela.

Por causa de minhas costelas, entrei na piscina andando em vez de mergulhar. Descendo até o fundo da piscina, bolhas subiam enquanto eu soltava o ar lentamente, e eu me permiti pensar em minha mãe. As emoções de ninguém mais se intrometeriam para me confundir, distorcer a tristeza.

Ela abdicou de tudo por mim. Uma carreira bem-sucedida, um lugar sob os holofotes, qualquer chance de normalidade. Ela nem ao menos sabia que era uma viajante até ficar grávida de mim. Quando começou a ver dobras, meu pai estava lá para guiá-la.

Então nasci, e ela se tornou a mãe de um menininho que era constantemente bombardeado por cada emoção à sua volta.

Assim que ela e meu pai compreenderam como as coisas funcionavam para mim, e descobriram quais eram minhas necessidades, ela abandonou sua vida para me manter em segurança. Protegido. Ela fez seu trabalho tão bem que, até chegar o momento em que eu deveria começar a ir à escola, a única emoção que eu sentia era amor.

Ela me cercava de amor.

Deixei meu corpo voltar à superfície. O ar frio foi um contraste agudo com o calor da água. Enchi os pulmões de ar novamente.

Desta vez, dei impulso na lateral da piscina e nadei estilo crawl. Meus braços e pernas bombeavam, agitando a água, porém abrandavam minhas emoções.

Ainda não sabíamos exatamente o que Jack Landers tinha feito à minha mãe. Ele disse a Emerson que tinha tomado o suficiente de suas memórias para deixá-la suicida. Não sei se ele havia tirado as memórias que ela possuía de mim.

Minha mãe não teria vivido sua vida por mim da forma como fez para jogar tudo fora. Nunca percebi nela desejo de estar em qualquer outro lugar que não fosse conosco.

O fato de ela ainda estar respirando confirmava aquilo, embora estivesse inconsciente há quase oito meses.

Eu realmente gostaria de ter dado um fim a Jack com aquela espada quando corri em direção a ele.

Como matá-lo poderia ser um erro?

Agora minhas emoções e meu propósito estavam tão lineares quanto a faixa azul no fundo da piscina. Dei impulso para nadar toda sua extensão mais uma última vez e então subi até a superfície para respirar.

Futebol americano na TV no domingo à noite.

A casa da piscina era toda cor de café com leite, com couro marrom-escuro e janelas enormes. Hoje, a noite cheirava a nachos e chili. Eu não queria pensar em qual seria seu cheiro mais tarde.

— Bum! — Nate gargalhou e arremessou o controle remoto da televisão com tanta força que ele quicou nas almofadas do sofá. — Eu falei que ele ia marcar três touchdowns. Você vai ter que cuidar do lixo por mim durante uma semana.

— É mesmo? — Dune mirou pelo menos 10 centímetros abaixo para ver o rosto triunfante e retesado de Nate. — Quero ver você me obrigar.

Nate grunhiu.

Nenhum dos dois notou minha presença.

Fui diretamente ao quarto de Michael, mas parei com a mão na maçaneta quando a TV ficou muda e as luzes piscaram no corredor.

Meus pais tinham as mesmas habilidades de Michael e Em e a mesma conexão elétrica. Desde que eu podia me lembrar, a eletricidade estava estabelecida e o amor entre eles era tão constante que se transformara em ruído de fundo emocional. Eu mal notava aquilo, até os dois partirem.

O amor de Michael e Em criava o tipo de eletricidade que as pessoas notavam.

Eu tinha soltado a maçaneta e me afastava quando Em abriu a porta abruptamente:

— Kaleb! Ei. Você estava nos procurando?

Michael estava esparramado em sua cama, vestindo jeans e uma camiseta, e sorrindo. A colcha estava amarrotada e um casaco de moletom pequeno com capuz se encontrava no chão, junto ao All Star preto de Em. Meu estômago se revirou em uma ânsia de arrependimento.

Pelo menos eu não tinha interrompido nada sério. Michael ainda estava de meias.

— Posso voltar depois.

— Fique. — Os pés de Em estavam descalços, as bochechas coradas, o cabelo todo bagunçado. — Eu ia pegar um pouco de água, de qualquer forma.

Ela passou por mim, e eu ouvi a televisão na sala ligar novamente.

— Sinto muito — murmurei para Michael, quando entrei no quarto dele. — Talvez seja melhor pendurar uma meia na maçaneta da próxima vez.

— Vou me lembrar disso. — O sorriso desapareceu, e ele se levantou. — Estamos apenas aproveitando nosso tempo juntos.

As palavras soaram casuais, mas a dor que vinha de Michael equivalia a que meu pai vivia todos os dias. Eu a deixei entrar, tomar o meu peito, se difundir e assentar.

— Nós encontraremos Jack. Ele não fará mal a ela ou a qualquer um, nunca mais — prometi, do fundo do meu coração.

— Em me contou o que aconteceu, como você tentou tomar a dor dela.

Meu coração teve um sobressalto doloroso.

— Achei que ela deveria fazer isso.

Michael estava olhando fixamente para o chão, parecendo tão inseguro sobre como continuar com a conversa quanto eu, mas determinado a falar sobre aquilo:

— Não sabia que você era capaz de fazer isso.

— Isso não é algo sobre o que eu costume falar.

— Seus pais sabem?

— Minha mãe sabe. Meu pai? Ele tem alguma ideia. Não faço isso por qualquer um.

Mas Em parecia tão pequena em meus braços. Esforçou-se tanto para não chorar. Eu a embalei quando ela cedeu, desejando que ela tivesse permitido que eu levasse tudo embora.

Ela lidara com aquilo por conta própria.

— Acho que o que eu não entendo é... — Michael fez uma pausa, procurando as palavras exatas. — ...depois de anos guardando isso para si, por que você fez isso por ela?

O violão de Michael estava encostado à cômoda. Ele tinha tentado me ensinar acordes durante anos, mas eu só conseguia me lembrar de três. Eu peguei o violão e toquei cada um deles duas vezes antes de encostar a palma nas cordas para silenciá-las.

— Na manhã em que conheci Em, eu estava de ressaca. Você se lembra?

Ele assentiu, curioso, mas disposto a aguardar por uma resposta.

— Minhas emoções estavam escancaradas e... ela penetrou bem ali. — Coloquei a mão sobre o coração, esperando por uma dor que não veio. — Ela percebeu.

Antes de Em, ninguém me compreendia há muito tempo.

— Ela ficou completamente arrasada quando perdeu você — falei, me lembrando de como ela havia ficado abalada. — Como uma repetição do ocorrido com minha mãe, depois de meu pai e do laboratório. Você sabe como foi terrível.

— Eu me lembro.

Minha mãe era impressionante, porém muito de sua vida tinha girado em torno de meu pai. Eu tinha acompanhado enquanto ela se fechava em si depois do acidente, convencida de que seu amor por mim era a única coisa que a mantinha respirando.

Descobri que tinha falhado com ela na manhã em que a encontrei inconsciente no chão de seu banheiro. Ela permanece assim desde então.

— Eu sabia que podia melhorar as coisas para Em. Mudar algo. — Parei e olhei para o teto por um segundo. — Não consegui mudar as coisas para minha mãe. Eu a deixei carregar consigo todo aquele pesar em vez de interceder e tomá-lo. Não tentei isso até ela já estar em coma. Não havia mais nada lá. Tarde demais. Não fiz nada que tivesse feito diferença.

— Em disse que aquilo machucou você, fisicamente.

— Isso não teve importância.

A dor emocional ficava disposta em camadas. Tomá-la para melhorar uma situação abria as portas para o passado, onde cada emoção ficava apoiada àquela que estava ao seu lado. Quando você tirava uma, todas as outras caíam. Era difícil sabem onde interromper, se você tinha tirado tudo ou se alguma dor ainda permanecia ali pront⌐ para destruir, como câncer.

— Sua mãe sabia? Ela teria deixado que você tomasse o pesar dela?

— Eu teria insistido. — E ela estaria aqui agora.

— Ninguém sabia o que Jack estava fazendo. Eu devia ter prestado atenção, feito mais coisas para ajudar vocês dois — disse Michael.

— Você fez o suficiente. Você teve atitude. É por isso que meu pai está sentado ao lado da cama de minha mãe nesse exato momento. Se há alguém capaz de trazê-la de volta, esta pessoa é ele.

— Obrigado — falou Michael, me fitando nos olhos. Não havia absolutamente nenhum orgulho nele. Tudo o que ele sentia era por Em, sobre Em, sobre o que seria melhor para ela. — Por cuidar dela. Se... alguma coisa acontecer um dia, espero que você faça tudo novamente.

Tristeza. Tristeza demais para um comentário espontâneo. Comecei a perguntar o que ele queria dizer quando Em entrou no quarto, com um copo na mão.

— Vocês já acabaram?

Em pegou impulso e se sentou na beira da escrivaninha de Michael. Ela ajeitou o cabelo e então sorriu, como se estivesse se lembrando de como ele tinha ficado daquele jeito.

— Sim. — Coloquei o violão de volta em seu canto. — Vou parar de atormentá-los.

— Não, sente-se. Eu queria falar com vocês dois. Sobre Jack.

Eu me sentei cautelosamente em uma poltrona no formato de uma luva de beisebol gigante. Ver Em animada me deixava nervoso.

Deixando o copo de lado, ela pigarreou:

— Tenho pensado sobre Liam e em como ele não quer nossa ajuda para encontrar Jack.

— Ele tem os motivos dele. — Os dedos de Michael se dobraram na beira da cama.

— Oh, eu sei que ele tem — disse ela. — Mas não gosto deles.

Eu bufei.

Em sorriu para mim.

— Há um jeito fácil de encontrar Jack e essa jeito é viajando no tempo até algum ponto no qual ele possa ser interceptado. Dune rastreou Jack e Cat fazendo uma retirada de dinheiro em Nova York e em seguida comprando passagens de avião para Heathrow, então temos datas e locais onde procurar.

— Mas viajar sem matéria exótica é impossível — falou Michael.

— O que dá a Liam uma boa razão para ficar no laboratório, procurando o que está faltando na fórmula da matéria exótica. Michael e eu precisamos estar lá para ajudá-lo. — Ela virou seus olhos arregalados e inocentes para mim. — É aí que entram você e Lily.

— Achei que você não queria que ela ajudasse — falei, mais do que nervoso, quase me contorcendo.

— Eu não queria. Então ela brigou comigo. — Em se retraiu diante da lembrança. — Um bocado.

— O que isso tem a ver comigo? — perguntei.

— Ela nunca realmente usou sua habilidade fora do Lei de Murphy. Ela também me contou que não consegue rastrear coisas, a não ser que as tenha visto, então, para encontrar Jack, ela terá de ver algo que ele carrega consigo. O tempo todo.

— Isso é impossível, a não ser que o encontremos. — Michael olhou para Em como se ela tivesse ficado louca.

— Não é nada — respondeu Em, de forma orgulhosa.

— Como? — perguntou Michael.

— Você se esquece de que Lily estava no baile de máscaras. Kaleb a empurrou para debaixo da escadaria, mas ela deu uma boa olhada em Jack antes. — Ela esperou até a resposta ser registrada, e todos nós falamos exatamente ao mesmo tempo.

— O relógio de bolso.

Capítulo 13

Levei uma foto de Jack e do relógio de bolso ao Lei de Murphy na tarde de segunda-feira. Ele sempre carregava o relógio. Sempre achei aquilo meio pomposo, mas também sempre achei que ele fosse um babaca, então não prestei muita atenção.

Esperei por Lily numa mesa no fundo. Ela cuidava de seus clientes com eficiência e um sorriso. Confiança. A escola da Hourglass era muito pequena para gerar complicações como popularidade e fofoca, mas eu conhecia outras garotas que se importavam com essas coisas. Eu era capaz de apostar que Lily não era assim.

Ela sabia o que queria e fazia tudo para conquistar o que desejava.

— Onde estão Em e Michael? — perguntou Lily, quando finalmente veio até a minha mesa. Ela se espreguiçou, esfregando o cóccix. Estava usando o avental do Lei de Murphy novamente, e os cordões estavam dando a volta nas costas, amarrados na parte da frente.

Foquei na estante de livros logo atrás dela e tentei não notar como ela era curvilínea.

— Meu pai precisou deles depois da aula para algum tipo de pesquisa.

— Então eles mandaram você? — Ela parecia desapontada.

— Fique calma, você vai assustar os clientes — falei, de forma exagerada. — Esse parece ser um problema persistente em nossas interações.

— É nesse momento que me lembro do quanto amo minha melhor amiga. Abi está na feira em Nashville, então tenho algumas horas. — Ela suspirou e tirou o avental. — Deixe-me tirar isso aqui para que ninguém me peça ajuda.

Eu a observei enquanto ela se afastava. Que tremenda gostosa. Que tremenda chata de galocha.

Ela desapareceu atrás da porta vai e vem e retornou com um prato de biscoitos e um chá quente com cheiro de hortelã. Posicionando os biscoitos entre nós dois e empurrando uma garrafa de água gelada em minha direção, ela perguntou:

— Qual é o plano?

— Quem é Abby?

— Abi é minha avó. Abreviação de *abuelita*.

Abri a garrafa, mas não bebi. Apenas fiquei girando a tampinha de um lado para o outro.

— Como você vai manter em segredo o que estamos fazendo?

— Serei muito cuidadosa. — Ela olhou fixamente para sua xícara de chá por um segundo antes de inclinar a cabeça em direção à fotografia sobre a mesa. *Mais determinação.* — Esse é Jack, não é?

Empurrei a foto para ela.

— Esse é Jack.

Recostando na cadeira, ela gritou por cima do ombro:

— Sophie, você pode jogar meus óculos?

Lily pegou os óculos com apenas uma das mãos e os colocou, sem nunca largar seu chá.

Peguei um biscoito. Manteiga de amendoim.

— Foi um lance realmente impressionante para uma garota.

Ela se inclinou tanto sobre a mesa que seu nariz quase encostou na foto.

— Sua boca continua falando. Talvez você queira fazer alguma coisa para resolver isso.

Mordi um pedaço do biscoito e a ignorei.

— Precisa de uma lupa?

— Sim. — Ela colocou seu chá sobre a mesa abruptamente, foi até a seção infantil, procurou em uma caixa e tirou um livro. Ele era quase do mesmo tamanho do tampo de nossa mesa e tinha fotos de ímãs, microscópios e papel milimétrico na capa. — Devia ter uma lupa de plástico aqui dentro, a não ser que algum fedelho a tenha roubado. Ahá!

Ela a removeu delicadamente, com cuidado para mão danificar o livro, e a segurou sobre a foto. Arrastei minha cadeira para perto dela e senti o cheiro de baunilha e hortelã.

— Você tem certeza de que ele carrega o relógio o tempo todo?

— Ela olhou para mim de soslaio. — Os entalhes são detalhados. Parece realmente valioso.

Larguei meu biscoito, limpei as mãos e me estiquei para pegar a lupa.

— Posso?

Quando ela me entregou a lupa, levantei a fotografia sob a luz e estudei os entalhes.

Símbolos do infinito.

— Parece durônio — falei.

O disco de durônio que meus pais tinham feito para mim quando completei 16 anos estava em meu bolso, como sempre. Passei a mão para verificar se estava ali, do jeito que sempre fazia, me sentindo reconfortado pelo formato, senão pelo sentimento entalhado nele. *Esperança.*

— Os anéis que Michael e Em usam não são feitos de durônio?

— perguntou Lily. — Em disse que é tão raro que eu nunca veria esse elemento em uma tabela periódica.

Devolvi-lhe a lupa.

— É raro e é muito difícil de encontrar. O público em geral não sabe de sua existência. Nem a maior parte da comunidade científica.

Ela fechou o livro e o colocou em uma cadeira vazia.

— Por quê?

— Ninguém é capaz de explicar suas propriedades. Nem mesmo meu pai.

Fragmentos de informação começaram a se juntar em minha mente. Jack tinha um relógio de bolso de durônio e era capaz de se esconder em véus. Ele os tinha usado para se disfarçar quando se aproximou de Emerson pela primeira vez no último verão. Poe tinha uma faca de durônio. Ele foi capaz de puxar Emerson para dentro de um véu, matá-la, e então trazê-la de volta para fora novamente sem nenhuma repercussão.

— Como Jack conseguiu arranjar durônio, se é tão raro? — perguntou Lily.

— Não faço ideia. Nunca vi o relógio de bolso dele de perto. Jack e eu nos evitávamos, era como se nos repelíssemos. — Tirei meu disco de durônio do bolso e o apertei com força na palma da mão. — Não sei se o relógio de bolso sempre foi de durônio. Ele pode ter substituído outra peça que era de prata.

A loja estava lotada quando cheguei, mas agora as coisas estavam começando a se aquietar. Do nada, tive a sensação estranha de que alguém estava me observando. Olhei em torno da cafeteria e, então, lá para fora. Tudo o que eu podia ver era um homem lendo um jornal. Ele estava lá quando entrei, com um copo cheio de café diante de si. Continuei olhando fixamente, e ele abaixou o jornal.

Cabelo louro. Olhos azuis frios. Sorriso satisfeito. Relógio de bolso na mão.

Jack.

Empurrei minha cadeira, fazendo a mesa tremer. Lily segurou sua caneca de chá para evitar que caísse no chão.

— Ei! O que está acontecendo?

Em um segundo ele estava ali, no seguinte tinha sumido. Corri até a porta da frente, abrindo-a com tanta força que as dobradiças rangeram em protesto. Havia um véu ao lado da mesa onde ele estava sentado. Ele tinha deixado uma mensagem em um guardanapo branco, escrito com tinta preta.

Agora você o vê, agora não o vê mais.

Capítulo 14

Lily saiu correndo pela porta da frente do Lei de Murphy.

— Aquele era...?

— Sim.

Enfiei o guardanapo com a mensagem misteriosa em meu bolso. Eu não queria que ela visse o que Jack tinha escrito ou a ameaça que ele sugeria. Que ele estava em todos os lugares.

— Eu olhei bem para ele. Eu lhe servi café. *Toquei* nele. — Ela estremeceu e esfregou os braços. — Mas não o reconheci.

— Ele está fazendo um jogo. Isso é o que ele faz. Expõe fraquezas e deixa possibilidades pendentes. — Eu me encostei à janela. O frio do vidro laminado em minhas costas era um alívio bem-vindo. Mas no instante em que comecei a relaxar, a tensão de Lily deu um salto e me pegou como um soco no estômago. — Algo mais a está incomodando. O que é?

Ela se encostou à janela ao meu lado.

— Você acabou de me ler?

— Como se eu pudesse evitar. — Olhei para ela de soslaio. — Você está explodindo de ansiedade, como fogos de artifício e suas fagulhas.

— Seu pai ligou mais cedo. — Ela suspirou. — Eu não ia lhe contar.

— Oh, oh. — Virei minha cabeça para olhar para ela. — Qual de nós está em apuros?

— Tive resultado positivo para o gene do tempo. — A risada dela foi curta e amarga, e ela segurou o rosto nas mãos. Suas unhas eram curtas, formas ovais perfeitas. — Que dia. O que vem agora? Água repleta de sangue? Uma praga de gafanhotos?

— Referências apocalípticas? — Cruzei os braços e fiquei olhando para o trânsito da tarde. Um carro esportivo vermelho dava voltas na praça da cidade. Ou era por diversão ou ele estava perdido.

— É tão ruim assim?

— Acho que vou classificar sua visita na categoria Pústulas.

— Ai.

— Tudo bem — disse ela, cedendo. — Talvez sapos.

— Você sabe o que acontece quando você beija um sapo, não sabe? — perguntei, apreciando o momento de leveza no meio do desastre.

— Eu acho que eles mijam. — Ela caminhou até ficar na minha frente, com as mãos na cintura. — Você não ficou surpreso por saber do telefonema de seu pai.

Balancei a cabeça:

— Nada mais me surpreende.

— Por quê?

— Alguma coisa está... esquisita. Em nosso mundo.

Eu não quis dizer "errada", porque isso seria como dizer "bem-vinda ao inferno, agora mais quente".

— Esquisita? É tudo o que você tem a dizer? — Ela jogou as mãos para o alto, derrotada. — Isso é triste. Achei que você e eu chegaríamos a um acordo.

— Que tipo de acordo?

Eu não conseguia entender por que ela se sentia tão desapontada.

— Que você vai me contar a verdade. — Ela apertou os lábios.

Embora não gostássemos um do outro, aquele lábio inferior ainda era tentador.

— Não sou conhecido exatamente pela honestidade.

— Isso é diferente. Estamos trabalhando juntos por um objetivo comum. Não sou uma conquista — disse ela — ou mesmo uma possibilidade, então, por favor, seja honesto comigo.

Pedido incomum.

— Certo.

— Acho que minha teoria de Ivy Springs ser um ímã de aberração está correta — disse ela. Seu cabelo estava torcido em um coque desleixado. — Três pessoas da mesma cidade natal com um gene do tempo?

— Tecnicamente, minha cidade natal é Memphis.

— É mesmo, Kaleb?

— Estou apenas sendo específico. — Fiz um gesto de rendição.

— Não importa se nascemos fisicamente aqui, fomos atraídos para cá. *Ímã.* — Lily esticou a palavra, falando com a pronúncia exata enquanto juntava seus dedos indicadores.

Tentei não rir.

— Qual é a outra possibilidade?

— Que estou aqui por causa dele. Aqui nessa situação e aqui nessa cidade. Por causa de Jack. — Quando não respondi, ela deixou as mãos caírem ao lado do corpo. — Por que qualquer um de vocês manteria isso em segredo?

— Porque não temos certeza de nada.

Eu não era capaz de responder à pergunta dela honestamente. Não queria lhe dar nenhuma informação que não fosse absoluta.

— Se ele não for encontrado e o tempo voltar, isso poderia me afetar.

— Se você está aqui por causa dele, sim, você seria impactada pela volta.

— E isso significa que minha avó também seria. — Sensibilidade se manifestava na voz dela. — Possivelmente outros membros da minha família.

— Possivelmente.

— Isso dá uma perspectiva totalmente diferente às coisas. — Ela respirou fundo e fui capaz de perceber sua relutância em aceitar a verdade. — Eu realmente sou a única opção para encontrar Jack.

— Não. Se meu pai for capaz de recriar a fórmula necessária para viajar no tempo, isso geraria uma solução realmente fácil. Interceptar Jack em um ponto conhecido de seu passado seria a forma mais rápida de encontrá-lo.

— Como isso está se desenvolvendo? — perguntou ela, os olhos fixos nos meus.

Franzi a testa.

— Não está exatamente se desenvolvendo.

— O passado dele — divagou ela. — O que há com o passado dele?

— Se eles fizerem a fórmula funcionar, não tenho certeza de onde eles irão para encontrá-lo.

— Não estou falando da fórmula. Jack criou todo esse problema porque ele quer que algo seja mudado. Ele quer uma passagem de volta a seu passado. — Ela quase quicou ao fazer a próxima pergunta: — Alguém já se perguntou por quê?

Eu me sentei à mesa com as costas viradas para a porta. Sophie tinha ficado encarregada de vigiar Abi. Mesmo assim, Lily ficou de pé com um bloco de pedidos na mão, encostada à mesa, ao invés de se sentar comigo. Sua apreensão em relação a ser descoberta pela avó me deixava um pouco receoso. Abi parecia o tipo de mulher com quem você não quer se meter, e eu estava ajudando a neta dela a desobedecer uma regra muito importante.

Eu gostaria de poder enxergar o suficiente para ficar de olho em Abi também.

— Nunca tentamos descobrir por que ele quer que o passado seja mudado — falei, continuando a conversa que estávamos tendo no lado de fora. — Simplesmente por que o próprio Jack não mudou seu passado e por que ele precisou de Em para fazer isso por ele.

— Ninguém sabe a razão?

— Existem algumas teorias. Em acha que talvez exista um motivo para ele não querer mexer na própria linha do tempo, mas não acho que Jack se importe em desobedecer a regras. Michael acha que era porque a fórmula da matéria exótica era instável e Jack não podia viajar longe o suficiente para fazer o que queria.

— Não tenho nenhuma teoria. Viagem no tempo faz minha cabeça doer. — Ela mordeu o lábio. — Quantos anos Jack tem?

— Trinta e poucos.

— Seu pai tem quarenta e poucos. — Ela fez uma anotação no outro bloco. — E Jack conhece seu pai há quanto tempo?

— Cerca de quinze ou dezesseis anos. Foi quando Jack se tornou assistente de laboratório de meu pai.

— Quinze anos é muito tempo — observou Lily, ainda escrevendo. — E muitas memórias. Sem contar como seria difícil manter um registro de quem sabia o quê. Muitas pessoas estão envolvidas no campo universitário. Funcionários, alunos, colegas e outras universidades.

— Continue.

— Concordo com você. Não acho que Jack se importe com regras, o que me leva a pensar que o que ele quer modificado não aconteceu recentemente. Acho que isso aconteceu muito antes de ele vir a Ivy Springs. Talvez até antes de ele começar a faculdade em Bennett.

— Não sabemos de onde ele veio. — Esfreguei minhas têmporas. — Nosso amigo Dune vem pesquisando, mas não sabemos nada sobre o passado dele.

— Mas alguém, em algum lugar, tem que saber. — Ela apoiou uma das mãos sobre a mesa e bateu a ponta de sua caneta contra os lábios. — Ele poderia apagar memórias, talvez até mesmo encontrar alguém para ajudá-lo a apagar bancos de dados completos de computadores, mas não os rastros em papel. Não cada um deles. Pense em todas as coisas que eram registradas em papel há 25 anos e que estão em computadores agora. Boletins de colégio, arquivos escolares, anuários.

Sorri para ela de forma sarcástica.

— Tenho certeza de que Dune levou tudo isso em consideração.

— Não seja condescendente comigo, Kaleb Ballard. — pediu Lily, com um estalar de dedos, aprumando a postura. — Estou pensando em voz alta, e você deveria estar me ajudando em meu *brainstorm* em vez de fazer julgamentos.

Recostei em minha poltrona e passei as mãos em volta de um joelho.

— Desculpe.

— Nós já estabelecemos que você lamenta. — Senti uma ponta de diversão por baixo da dureza das palavras dela. — Só estou dizendo que não há mal nenhum em perguntar a Dune se ele pensou nessa possibilidade e, se tiver pensado, perguntar se ele tem um plano a respeito de como vocês vão abordar isso.

— Lily — sussurrou Sophie, com urgência, sobre o balcão. — Ela está de volta.

— Então — falou Lily animadamente, caneta apoiada sobre o bloco de pedidos com eficiência. — São dois paninis de queijo e tomate, uma guarnição de batata doce frita, outra guarnição de salada de macarrão e dois bolinhos de baunilha? O que posso trazer para você beber?

Olhei fixamente para ela.

— Uma torre de água?

— É para já.

Ela sorriu, arrancou o papel do bloco, o bateu em minha mesa e caminhou em direção à cozinha. Gritou algo em espanhol enquanto entrava pela porta vai e vem.

Olhei para baixo para ver o que dizia a conta. Ela tinha escrito toda a lista que ela havia recitado para mim, com o acréscimo da *torre de água.*

E, mais abaixo, *25 por cento de gorjeta incluída.*

BEIJOS, Lily.

Capítulo 15

Olhei para o outro lado do pátio no prédio de ciências e esperei. Uma pilha de folhas vermelhas e marrons se levantou como um pequeno tornado e bateu contra a fundação de tijolos.

— Bem? — perguntei a Dune.

— Nada na internet — disse Dune. Ele tinha deixado seu laptop em casa. Mau sinal. — Nenhum sinal da existência dele.

Além de sua excelência em pesquisa, Dune tinha a habilidade sobrenatural de controlar a maré e as fases da lua. Eu ficava feliz em saber que o poder para causar múltiplos desastres naturais estava contido em uma das pessoas mais amáveis e lógicas que conhecia.

— Não consegui encontrar nada no escritório de meu pai. — Enfiei meus polegares nos bolsos traseiros. — Contracheques da Hourglass não passam exatamente por nenhum dos processos normais do governo.

Nate chutou uma pedra no chão.

— E não há ninguém a quem perguntar por aqui, porque Jack usou um de seus truques mentais de Jedi em qualquer um que pudesse ter qualquer informação decente.

Dune virou seu enorme corpo para o lado e encarou Nate.

— Por favor, não deprecie a Força ao incluí-la na mesma frase que o nome de Jack Landers.

— Você acabou de fazer isso — comentou Nate, soltando um "urgh" quando Dune lhe deu uma cotovelada.

Eu sabia que aquilo devia doer. Dune tinha nos contado que era o menor de seus irmãos samoanos, chegando a *apenas* 100 quilos e 1,80m. Apenas um dos motivos pelo qual eu tentava manter uma boa relação com Dune.

Pigarreei:

— Então Lily estava certa. Um arquivo de evidências é a melhor chance que temos para descobrir o que Jack quer. E como ele um dia trabalhou aqui...

Meu pai tinha acabado de começar uma reunião longa com o restante da equipe do departamento de física, então estávamos livres e desimpedidos para entrar e vasculhar. Ficamos esperando atrás de algumas árvores e ficamos observando enquanto eles iam do prédio de ciências até a sala de conferências.

— Vamos — disse Dune, e o seguimos pelo gramado.

Entrar no prédio foi muito fácil, assim como entrar na sala de arquivos, graças à chave que eu tinha roubado de meu pai. Em vez de um depósito empoeirado, aquela era uma antiga sala de aula, um tanto pequena. Lá estavam pelo menos 20 caixas cheias de pastas, ao lado de um modelo do sistema planetário, com Plutão incluído, alguns microscópios fora de uso e um esqueleto didático faltando o osso da perna esquerda. A cabeça do esqueleto ficava pendurada por um gancho prateado, em um suporte com rodas.

A sala também tinha uma janela, o que significava que não precisávamos acender as luzes e chamar atenção desnecessária.

— Nate, você pode ficar vigiando?

Tirei a caixa no topo de uma pilha e a entreguei a Dune, então peguei a que estava debaixo dela.

— Por que você me faria ficar de vigia quando posso inspecionar essas caixas dez vezes mais rápido do que vocês dois? — perguntou Nate.

— Excelente argumento.

Empurrei a caixa que estava segurando em cima dele e soltei. Ela escorregou das mãos dele e caiu no chão fazendo um barulho pesado e levantando uma nuvem de poeira.

— Nate o que você está...

— Minha nossa.

A voz de Nate alcançou um tom realmente agudo. Ele estava apontando para o lado de fora da janela.

Cerca de cem jovens com becas e capelos estavam sentados no meio do pátio em cadeiras dobráveis brancas dispostas em fileiras, todos olhando atentamente para o palco e o pódio adiante. As folhas caídas que cobriam o chão há dois minutos tinham sumido, sendo substituídas por um exuberante tapete de grama verde própria de verão.

No pódio, um homem de aparência distinta comandava as festividades, vestindo beca e capelo.

A faixa atrás dele trazia a mensagem: PARABÉNS TURMA DE 1948.

— Por favor, me digam que vocês estão vendo aquilo — disse Nate. — Vocês estão vendo aquilo?

— Eu estou — respondeu Dune, colocando no chão a caixa que estava em suas mãos. — Não há nenhuma mulher. Onde estão as mulheres?

Prestei um pouco mais de atenção ao cenário. Estava faltando uma quantidade significativa de musgo na pedra na lateral dos prédios, em relação ao que eu estava acostumado a ver, e o prédio de artes estava completamente ausente.

— Essa era uma universidade só para homens até os anos cinquenta.

— Então isso é um desdobramento — disse Nate. — De antes disso.

Ouvi uma colisão e um uivo atrás de nós.

Nate e eu nos viramos e demos de cara com Dune no chão, emaranhado ao esqueleto didático.

— Sei que isso provavelmente é plástico e é usado com objetivos didáticos — falou Dune, entregando a Nate uma tíbia com um pé anexado —, mas o quero *longe de mim*.

Nate resolveu usar os metatarsos para coçar as costas de Dune e então começou a rir.

Eu interrompi:

— Rapazes, olhem ao redor.

Não sei se foi meu tom de voz ou a situação que acabou com as risadas.

O depósito era agora uma sala de aula. Carteiras alinhadas em fileiras e um quadro negro cheio de equações. A única semelhança entre essa sala e aquela na qual tínhamos entrado há cinco minutos era o esqueleto. Dune ainda estava embolado nele.

— Onde estamos? — Nate tocou algumas carteiras com sua mão livre. — Isso é um desdobramento? Porque ainda estou segurando esse osso. Isso não é normal. Certo?

— Cale a boca — sussurrei. — Alguém está vindo.

A porta se abriu lentamente. Uma mulher pequena segurando um esfregão enfiou a cabeça para dentro da sala de aula. Olhando ao redor, viu o osso da perna.

— Sinto muito — disse Nate, gesticulando com o osso. — Foi um acidente. Nós... nós somos visitantes de... fora do... estado?

Soltei um grunhido. Aquilo não ia acabar bem.

A mulher não parecia escutá-lo ou vê-lo, mas, pelo modo que seus olhos se moviam, ela via o osso. Pela forma como deixou o esfregão cair e cobriu a boca para abafar um grito, ele parecia estar flutuando no ar. Atravessei a sala correndo e toquei em seu ombro antes que ela pudesse correr.

As caixas de pastas empoeiradas reapareceram, e ouvi uma arfada combinada de Dune e Nate.

O esqueleto estava de pé e pendurado em seu gancho, levemente mais amarelado do que estava há alguns segundos na dobra do passado. E ele não tinha um osso da perna esquerda.

Exatamente o mesmo osso que Nate ainda tinha em sua mão. Este parecia novo em folha.

Capítulo 16

— Podemos simplesmente... nos reajustar? — Em se sentou no canto da minha cama, olhando fixamente para Dune, Nate e para mim. — Número um, Lily assinalou que precisamos saber qual é o objetivo supremo de Jack, para podermos entender melhor onde procurar por ele.

Concordei com a cabeça.

— Número dois — continuou ela, voltando sua atenção para Dune —, você fez uma busca no computador e não há nenhuma informação sobre Jack em nenhum banco de dados em lugar nenhum.

Dune assentiu.

— E número três. — Em respirou fundo algumas vezes e olhou para Nate e então para cada um de nós, um de cada vez. — Vocês vasculharam registros de papel na universidade e isso os levou a tirar um *osso da perna* de um desdobramento?

Nate concordou e então bateu a mão no osso de forma constrangida:

— Eu o devolveria, mas... não sei como.

105

— Por que vocês o tiraram da dobra com vocês, para início de conversa? — perguntou Em, descrente.

— Não fizemos de propósito — garantiu Nate a ela. — Não se preocupe. Ele não pertencia a ninguém... que precisava dele.

— Não importa por que ou como isso aconteceu, mas isso aconteceu — falei. — Eu não poderia contar a meu pai porque não queria que ele soubesse que roubei sua chave ou sobre o quê estamos procurando, mas também não podia deixar o resto do esqueleto lá. É uma prova.

— É assustador. — Em olhou para mim. — E é um esqueleto. No seu armário. No armário do seu *quarto*. Quero dizer, a ironia...

Fechei a porta do armário.

— Vamos voltar a nos reajustar.

Em fechou os olhos e deixou a cabeça cair em suas mãos.

— Você está bem? — perguntei a ela. — Quer que eu vá buscar um pouco de água para você ou algo assim?

Ela me espiou por entre os dedos.

— Que tal sua garrafinha de bolso?

— Acredite em mim, essa não é a solução.

— Essa é a coisa mais sábia que ouço você dizer há muito tempo — disse Michael da soleira. Os olhos de Em se arregalaram e pude ver e sentir o alívio dela. Ele ia até sua alma.

Dune bateu de leve no braço de Nate.

— Devíamos ir embora. Liam vai saber que algo está acontecendo se encontrar todos nós no quarto de Kaleb.

— Espere. — Depois que Nate colocou o osso sobre minha cômoda, joguei para ele a chave do depósito do departamento de ciências. — Você pode colocar isso de volta no chaveiro de meu pai?

— É pra já.

Ele desapareceu antes que eu pudesse piscar. Dune revirou os olhos e o seguiu, porém um pouco mais lentamente.

Michael jogou seu casaco sobre minha cama e se sentou ao lado de Em.

— É esse aqui? — Ele apontou para o osso.

— Sim.

Abri a porta do meu armário, liguei a luz e o deixei comparar a cor dos ossos.

— Só para eu entender direito, quando vocês entraram no depósito, o esqueleto estava lá. Ele tinha um osso da perna faltando — confirmou Michael.

Respondi positivamente com a cabeça.

Michael continuou:

— Quando vocês entraram na dobra, o esqueleto inteiro estava lá e, quando saíram da dobra, trouxeram o osso da perna com vocês.

— Sim. — Deixei o osso da perna cair sobre meus sapatos e fechei a porta do armário. — Isso faz minha cabeça doer.

Em estava em silêncio até então. Michael se aproximou, batendo o ombro no dela.

— Em quê você está pensando? Porque eu sei que seu cérebro está a mil por hora.

Ela levantou as pernas e passou os braços em volta dos joelhos.

— As dobras. Elas estão ficando cada vez mais fortes, mudando. De repente as pessoas dentro delas não nos veem mais e agora podemos remover coisas fisicamente. Estou apenas esperando que o passado tome o lugar do presente.

— E quanto ao futuro? — Franzi a testa. — Tudo o que vimos até agora foi do passado. Nenhuma dobra do futuro.

Michael não respondeu.

— Quando foi a última vez que você viu uma dobra do futuro, Michael? — perguntou Em, puxando seus joelhos com mais força para perto do peito.

— Há um tempo. Não vejo nenhuma desde o final do verão. Elas começaram a desaparecer na época em que as dobras de cena inteira surgiram.

— Na época em que Jack começou a bagunçar as linhas do tempo — falei.

— Não entendo o que está acontecendo — disse Em. — E não é muito reconfortante saber que você também não entende.

— Jack ainda está causando estragos ao *continuum* — falou Michael. — Para ser sincero, não acho que temos até o Halloween para encontrá-lo. Receio que o mundo não dure tanto.

Capítulo 17

Se o mundo estava em perigo, era razoável que eu e Lily tivéssemos muito trabalho a fazer.

O Lei de Murphy estava tão cheio que tive que esperar para me sentar ao balcão. Todos tinham um laptop aberto, conectado a um filtro de linha na parede. Tentei parecer ocupado e importante enquanto enviava algumas mensagens de texto, mas apenas recebi olhares maldosos de pessoas que esperavam por uma mesa.

— Agora. Não. — Lily passou direto por mim com uma jarra de café fumegante, e me afastei bem a tempo de evitar ser atingido no rosto por ela. — Minha avó está na cozinha.

— Desculpe, eu não sabia — falei. — Aonde você quer que eu vá?

Sorrindo, ela completou as xícaras das pessoas na mesa ao lado da minha, servindo com graça e precisão. Obviamente, ela quase tinha me acertado de propósito.

— Escadaria da torre do relógio. Daqui a vinte minutos. Caia fora.

A torre de pedra do relógio era o testemunho perfeito de quão longe Ivy Springs tinha chegado. Conectada à velha estação ferroviária, ela agora era o lar da câmara do comércio. Tinha até hera escalando sua lateral. Os braços do relógio se moviam com eletricidade em vez de um mecanismo de corda, deixando espaço suficiente para que os dois andares mais altos fossem alugados para reuniões e festas.

Eu me sentei no lado mais afastado da escadaria e me apoiei sobre meus cotovelos.

Michael tinha deixado bem claro que nosso tempo estava se esgotando. Enquanto ele e Em continuavam a ajudar meu pai a resolver a charada da fórmula da matéria exótica, Dune e Nate seguiam com as pesquisas eletrônicas e físicas em busca de qualquer registro sobre Jack.

Com isso só me restava me juntar a Lily.

— Kaleb?

Excitação nervosa. Abri os olhos para ver a fonte. Uma garota loura que quase fui capaz de reconhecer.

— Sim?

— Eu sou Macy? — indagou, como se ela mesma não tivesse certeza. — Nós nos conhecemos no centro no último verão? Você me deixou dirigir seu jipe na Broadway.

Eu a tinha deixado estacionar também.

— Macy. — Se eu reclinasse mais dois centímetros, seria capaz de olhar por baixo de sua saia incrivelmente curta. Batendo a palma da mão no espaço ao meu lado, sorri. — Eu me lembro.

A risada dela me fazia lembrar de sinos de vento. Ela se sentou graciosamente no degrau acima do meu, retribuindo o sorrindo e esticando suas pernas macias e nuas.

— Estou chocada que você se lembre de qualquer coisa sobre aquela noite.

— Eu me lembro que você usava gloss de melancia. — Dei uma piscada e ganhei a risada novamente. — Mas eu *não* me lembro de ter pegado seu telefone.

— Talvez você devesse pegá-lo agora.

— Talvez eu devesse.

Toquei o joelho dela levemente e fiquei satisfeito de ver que sua pele ficou arrepiada. Aparentemente eu já havia lhe causado arrepios antes. Mas poderia ter sido outra pessoa.

— A-ham?

Macy e eu olhamos para cima.

— *Sério?* — perguntou Lily. — Você está aqui há quanto tempo... cinco minutos? Você não tem coisas suficientes acontecendo em sua vida? Você realmente precisa honrar o estereótipo?

— Pelo menos consigo honrar — devolvi.

— Sinto muito. Não sabia que você estava com alguém.

Macy se levantou rapidamente.

Vi sua calcinha cor-de-rosa de relance.

Lily me flagrou espiando. Ela balançou a cabeça com desprezo suficiente para desencadear minha ira.

— Ah, eu não estou com ela. — Apontei a cabeça para Lily. — Apenas a estou ajudando com uma coisa para uma amiga. É uma espécie de caridade.

Congelei quando as emoções de Lily me atingiram. Ela não estava irritada, mas ofendida. Ela falou algumas palavras bem escolhidas e então saiu correndo, as pernas compridas percorrendo rapidamente a distância entre mim e o Lei de Murphy.

Eu não podia permitir que Lily ficasse com raiva de mim.

Além disso, eu meio que não queria que ela ficasse com raiva de mim.

— Macy, foi ótimo vê-la. — Eu me levantei, ficando nas pontas dos pés para manter os olhos sobre Lily. — Mas tenho que ir embora.

Eu a ouvi dizer algo sobre seu número de telefone, mas não me virei.

Repassei a conversa em minha cabeça para descobrir o que eu tinha dito de errado. Quando finalmente alcancei Lily, estiquei o braço para segurar a mão dela, mas parei bem a tempo. Ela não queria ser tocada por ninguém. Especialmente por mim.

— Lily, eu estava brincando com você — falei, com uma voz reconfortante, tentando acalmá-la. — Não há motivo para levar para o lado pessoal.

Minha tentativa de acalmá-la não funcionou. Aquilo a deixou ainda mais exaltada.

— Não há? — Ela parou e cutucou meu peito, semicerrando os olhos de forma perigosa. — Você não me conhece. Você não sabe nada sobre mim. Você não pode fazer julgamentos sobre o que posso e não posso levar para o lado pessoal.

Dei um passo para trás para evitar o dedo dela.

— Você fez um julgamento sobre mim e Macy e não estava lá nem há dois segundos.

— Aquilo foi uma observação. — Agora ela tinha punhos cerrados apoiados na cintura. — Eu sei reconhecer quando um clima está rolando.

— Não havia nenhum clima rolando. Estávamos conversando. Eu andei direto com Macy no último verão. Somos amigos.

— Qual é o sobrenome dela?

Pisquei.

— O quê?

— Qual é o sobrenome dela?

— Eu... hum... — De repente, minha boca ficou muito seca. — Está bem na ponta da língua.

— Hummmmm...

Lily girou novamente e saiu em direção ao Lei de Murphy.

— Espere...

— Não! — A palavra explodiu como se ela a tivesse jogado por cima do ombro sem olhar para mim. — Volte à sua casa chique e procure os contatos no seu telefone. Tenho certeza de que, se ela era boa, você tem o número dela em algum lugar. Eu serei a caridade de outra pessoa.

A ofensa surgiu novamente, tingida com ciúme desta vez. Aquilo não podia ser por causa da garota, então devia ser por causa da... minha casa. Eu tinha me referido a ela como objeto de caridade, mas não tive nenhuma intenção de dizer isto, muito menos dessa forma.

— Ei. — Dessa vez eu segurei o braço dela, fazendo-a dar meia-volta. — Não sou rico.

A risada de Lily era doce e rouca.

— Certo. Sua *família* é que tem dinheiro. Você precisa esperar alguns anos até que seu fundo fiduciário esteja disponível.

— Isso não é verdade.

— Ah, então você o receberá quando fizer 18 anos — disse ela, friamente. — Que bom para você.

— Escute. — A irritação começou a se transformar em raiva. — Eu lhe disse que nossa casa está na família do meu pai há gerações. Nós não a compramos, e, sim, ele a herdou, mas apenas a casa, não o dinheiro para mantê-la. E precisamos de muito dinheiro para isso.

— Então sua mãe faz um filme e embolsa cinco milhões de dólares. O *nome* Grace Walker já vale pelo menos isso.

— Sim. — Eu não fazia ideia do motivo, mas fui inundado pela vontade de contar a verdade a Lily. Libertar aquilo e parar de esconder. — Mas isso não nos ajuda muito no momento. Minha mãe está em coma.

Ela inspirou profundamente.

— Ninguém na mídia sabe. Não que eu ache que você falaria alguma coisa, mas... nós mantivemos isso em segredo. As pessoas simplesmente acham que ela está em algum lugar tropical, bebendo piñas coladas e fazendo uma plástica de corpo inteiro.

Fechei os olhos e esperei a raiva ir embora — a raiva pela situação e a raiva de mim por contar qualquer coisa a Lily.

— Há quanto tempo? — perguntou ela.

Abri os olhos para lhe examinar o rosto. Não senti pena da parte dela ou a ouvi em sua voz. Havia apenas empatia. Normalmente eu era a pessoa que fornecia aquilo.

— Quase oito meses.

Ela segurou meu braço e me puxou em direção a um dos bancos que margeavam a rua principal.

— Sente-se. Você não precisa me contar nada. Mas... sente-se.

Nós dois nos sentamos. Agora que eu tinha me aberto com ela, era como se eu não conseguisse parar. Eu apenas continuava a falar, independentemente do quanto eu desejasse me calar.

— Aconteceu logo depois que meu pai morreu. Não foi um acidente ou qualquer coisa do tipo. Não sabemos o que há de errado com ela. Exatamente.

— O que você quer dizer com "exatamente"?

— Ela não desceu certa manhã, então fui até seu quarto e a encontrei. Ela estava no banheiro. No chão. Havia... pílulas. Elas estavam em volta dela. — Soltei um suspiro, tentando não vê-la naquele instante. Tentando não reviver o medo e a dor. — Minha mãe nem mesmo bebe.

Lily não disse nada. Foi a reação perfeita.

Ficamos sentados em silêncio por alguns momentos enquanto eu tentava descobrir como explicar as coisas e selecionar o que eu queria que ela soubesse.

— Jack disse a Emerson que ele levou as memórias da minha mãe, de tudo que a estava mantendo viva. As memórias de meu pai.

— E de você.

Eu queria acreditar naquilo. A dúvida sobre se, de alguma forma, minha mãe não me amava o suficiente para aguentar firme só tinha crescido nos últimos meses. Eu sabia bem no fundo que não era verdade, mas a mentira se apresentava nos momentos mais inoportunos. Como quando uma garrafa ou uma garota estavam à mão.

— Quando Jack tomou as memórias de Emerson, ele as substituiu — expliquei. — Mas minha mãe está simplesmente... vazia, eu acho. Jack alegou que isso a tornou suicida.

O trânsito acabou na rua principal, e ouvi os sons familiares e reconfortantes de uma cidade pequena chegando ao fim do dia. Chaves tilintando em trancas de lojas, portas de carro abrindo e fechando, trechos débeis de conversas sobre planos para o jantar.

— Em me contou sobre Michael — disse ela —, sobre quando ele estava morto. Seu pai também estava. Isso é tão estranho.

Não mencionei que Em também tinha estado bem morta recentemente.

— Mas Michael e seu pai estão vivos e bem agora. — A mão de Lily se moveu em direção ao meu braço, mas então ela mudou de ideia e rapidamente a levou de volta ao próprio colo. — Você precisa manter as esperanças de que um dia sua mãe vai ficar bem.

Não apenas ela acreditava no que estava dizendo, como queria que eu acreditasse. A sinceridade em sua voz estava embalada em 'm calor no qual eu queria me apoiar.

— Obrigado.

— Você é realmente só metade babaca, sabe? Talvez quarenta e nove porcento. Mas os outros cinquenta, ou cinquenta e um? Estes são consistentes. E aposto que é por causa da sua mãe.

Não consegui responder. Cedi ao instinto, segurando sua mão e a apertando delicadamente antes de soltá-la.

Depois de um minuto inteiro de silêncio, Lily pigarreou:

— Fico feliz por termos compartilhado um momento comovente e tudo o mais, mas você deve ficar ciente de que eu ainda não gosto de você.

— Nem mesmo dos cinquenta por cento que são consistentes? — Lutei contra o desejo de gargalhar.

Ela manteve o foco na rua, mas, de soslaio, pude ver os lábios dela se contorcendo:

— Não force a barra.

— Tudo bem, então. — Mantive meu foco na rua também. — Também não gosto de você.

— Ótimo — disse ela, soando autoritária. — Você acha que podemos trabalhar nessa coisa de "achar porcarias" por alguns minutos antes de escurecer? Meu dever de casa de cálculo não vai ficar pronto sozinho.

Não consegui segurar meu sorriso.

— Vamos lá.

Capítulo 18

Três dias.

Esse foi o tempo que Lily levou para encontrar um objeto que não pertencia a ela.

— Consegui, uhu, consegui.

Ela ficou dançando na minha lavanderia, rebolando, exibindo a camisa que eu tinha vestido de noite na casa de Em quando descobri a habilidade de Lily.

Foi necessário um grande esforço, mas mantive meu foco longe dos quadris dela e na situação presente. Apesar de estar feliz a respeito do mais recente avanço, eu tinha que lutar para ignorar a pontada em meu estômago que dizia que não estávamos evoluindo suficientemente rápido.

— Certo, pense. Qual foi a sensação? Como você soube onde estava?

— É meio que como um anzol no meu umbigo. — Ela passou a mão sobre a barriga. — Mas eu também podia ver a camisa, como uma fotografia. Bem ali debaixo da sua cueca boxer do Batman.

— Aquela cueca foi um presente de inimigo oculto. E era minha última cueca limpa.

— Não sei qual dessas declarações é mais perturbadora.

— Tente novamente — falei. — Encontre minha espada.

Ela inclinou a cabeça para o lado.

— *Sem graça...*

— Que mente suja, Tigresa. — Não consegui soar nem perto de tão frustrado quanto gostaria. — Estou falando da espada do baile de máscaras.

— Minha mente não é nada suja. Mas a sua está precisando de uma boa faxina. — Saímos da lavanderia e fomos até o corredor. — Só quis dizer que encontrar a espada deveria ser moleza.

— Ah, claro que foi isso que você quis dizer.

Chegamos a alguma espécie de trégua profissional depois da conversa sobre minha mãe. Eu não queria estragar tudo por pressioná-la demais, mas eu precisava de mais resultados. Todos nós precisávamos.

Ela havia acabado de fechar os olhos para se concentrar quando a porta dos fundos se abriu de supetão.

Dune tinha uma pasta cheia de papéis e um grande sorriso.

— O que você encontrou? — perguntei.

— O prêmio acumulado. Vasculhei os sistemas das escolas públicas ao redor de Memphis. — Dune soltou a pasta sobre a mesa da cozinha. — Oh, olá, Lily.

— Oi, Dune.

Eles passaram mais tempo do que o necessário sorrindo um para o outro.

— Eu não tinha me tocado de que você dois tinham se conhecido — falei, uma ponta de ciúmes saindo no nada. Por que eu me importava com para quem Lily sorria?

— Sim — falou Dune. — Em nos apresentou depois que você me contou sobre as ideias de pesquisa de Lily.

Quando Dune notou que eu o estava encarando, ele parou de sorrir.

— Certo, então. Trabalhei um pouco em uma foto de Jack e passei em um programa de reconhecimento facial. Levei apenas doze horas para conseguir um resultado.

— Quem é você? O irmão mais novo de Bill Gates?

Peguei a pasta.

— Não me insulte. — Dune virou uma cadeira ao contrário e sentou nela como se montasse um cavalo. Ela rangeu sob seu peso.

— Minha associação de genes é muito mais impressionante do que a dele.

Lily riu. Foi uma risada um pouco rouca e realmente sexy. Eu nunca tinha ouvido aquela risada antes.

Dune começou a sorrir novamente e tirou uma fotografia da pasta.

— Aqui está a foto que eu criei.

— Bom trabalho de edição — comentou Lily, colocando a mão no ombro dele e se inclinando para olhar a foto. — Essa é a versão 9.5 ou 9.7?

Ele a olhou de soslaio, e sua expressão se rivalizou com a de um garoto se preparando para soprar as velas em seu bolo de aniversário.

— É a 9.5, mas instalei uma atualização e fui capaz de manipular...

Limpei a garganta e batuquei meus dedos no tampo da mesa.

O sorriso de Dune desapareceu, e ele sacou um pedaço de papel. Era uma foto em preto e branco, e estava granulada.

— Isso foi o que a busca descobriu.

Uma cópia de uma fotografia. Olhei para o rosto. Não estava extremamente clara, apenas uma pequena reprodução de um anuário, mas não havia como confundir.

— É ele. Jack. Com um penteado realmente horroroso.

— Alguém colocou essa foto em um site de relacionamentos muito recentemente. Estão tentando organizar uma reunião da turma do segundo grau, e Jack estava na lista das pessoas que não foram encontradas. Ele cresceu em Germantown. Na parte barra pesada. — Dune folheou os papéis um pouco mais e tirou um conjunto de registros da escola. — Não tem irmãos ou irmãs, não tem pai. Nem mesmo em sua certidão de nascimento.

— Você encontrou a certidão de nascimento dele? — perguntou Lily, parecendo impressionada.

— É mais fácil do que a maioria das pessoas pensa — respondeu Dune, soando modesto.

— Bem — falei, parecendo irritado —, nós obviamente precisamos concentrar nossa busca no oeste do Tennessee.

Entreguei os registros da escola a Lily. Pelo menos o fato de Dune ter achado uma localização facilitava um pouco as coisas para ela.

— A notícia ruim é que isso é tudo que consegui encontrar — disse Dune, batucando na pasta. — Então se vamos focar na busca, teremos que ir ao oeste do Tennessee para isso.

— Então alguém precisa ir a Memphis — falou Michael, quando Dune acabou de explicar seus resultados.

Eu fiquei parado de pé no canto, observando Lily não olhar para Dune.

— Sim. Talvez mais de um de nós — disse Dune. — Alguém lá ainda pode ter uma lembrança dele. Acho que vale a pena sair perguntando, pois, a essa altura, qualquer informação ajudaria.

— Não acho que vários de nós aparecerem e fazerem um monte de perguntas seja uma boa ideia — falou Em. Eu vinha fingindo que ela não estava olhando para mim enquanto eu observava Lily. — A última coisa que precisamos fazer é chamar atenção para nós.

— Então é melhor não perdermos tempo. — Dune recostou em sua poltrona. — Podemos mapear a cidade, dividi-la em seções. Você está com seu laptop, Kaleb?

— A bateria está queimada — falei. — Michael ainda me deve dinheiro por causa da última que ele e Em queimaram.

— Se ninguém tem um mapa à mão, posso abrir um no meu telefone. — Dune começou a enfiar a mão no bolso. — Mas uma tela grande seria mais fácil para todos vocês olharem em vez de se amontoarem e se apoiarem no meu ombro.

— Ninguém precisa se amontoar — falei, dando impulso para me afastar da parede. — Tem um atlas no escritório do meu pai. Vou pegá-lo.

Quando voltei, entreguei o mapa a Dune, que tinha acabado de dizer algo para fazer Lily rir. Ela pegou o atlas de minhas mãos sem olhar para mim.

Dune cruzou os braços enquanto observava Lily passar pelos mapas dos estados. Ele sempre tinha sido forte, mas não exatamente sarado. Seus bíceps estavam mais definidos do que eu me lembrava. Assim como seu peitoral. Provavelmente por malhar com Nate, que estava em uma missão perpétua de ganhar corpo.

Eu precisava voltar à academia.

— Liam nunca vai nos deixar ir a Memphis sem se opor. — Em olhou para Michael. — Você vai ter que persuadi-lo.

— Nem todos nós precisamos ir.

Michael estava agindo como o superior. Em chamava aquilo de ser protetor, mas eu não precisava de proteção. Nem ela.

Em lhe deu um soco no ombro.

— Nem comece, Michael Weaver. Você não vai me deixar fora disso.

— Nem a mim — falei.

Todos começaram a falar ao mesmo tempo, discutindo sobre quem iria aonde e quando.

Bem quando estávamos próximos de uma confusão generalizada, Lily deixou o atlas cair e se engasgou.

Choque. Descrença.

— Qual é o problema? — perguntou Em, abandonando a discussão e indo até o lado de Lily.

Lily cobriu a boca com as mãos. Elas estavam tremendo.

— O mapa... — Ela as abaixou lentamente. — Toquei em Ivy Springs. Eu ia traçar o caminho daqui até Memphis.

— Certo.

Em esperou pelo restante. A preocupação que ela estava demonstrando me deixou tenso. Lily não me parecia o tipo de garota que reagiria de forma exagerada sem necessidade.

— Eu ia procurar a espada de Kaleb do baile de máscaras mais cedo, usando minha habilidade. — Lily respirou fundo. — Nós não chegamos a fazer isso. Mas bem agora, quando toquei o mapa, vi a espada. Imediatamente e exatamente. Na minha mente... através dos meus dedos. Como se eu estivesse lendo braile ou algo assim.

— Onde? — perguntei a Lily, as palmas sobre a mesa. — Onde ela estava?

— No seu quintal. — Ela me olhou nos olhos. — Em sua fogueira, cercada de cinzas.

— Tentei atear fogo à espada — falei.

— À fantasia também? — perguntou Lily.

— Sim. A fantasia foi a única coisa que queimou. Eu precisava fazer isso. — Eu não sabia como explicar mais sem mencionar o fato de Poe ter cortado a garganta de Em, e não sabia o quanto Lily sabia. — Foi... catártico. Mas como você a encontrou?

— Senti um instinto e soube que deveria colocar a mão sobre o mapa. — A voz de Lily estava mais forte agora, e a cor começava a voltar a suas bochechas. — Senti um impulso, o mesmo tipo de impulso que senti mais cedo quando Kaleb e eu estávamos praticando.

— Alguma coisa assim já aconteceu a você antes? — perguntou Michael, preocupado.

— Não. — Ela mantinha as mãos acima do mapa, a 2 centímetros do papel. Então ela encolheu os braços e os dobrou sobre o colo. — Mas eu também nunca procurei coisas ativamente antes.

— Tenho uma ideia — disse Dune. — Uma forma de testar isso. Emerson, pense em algo seu que Lily tenha visto antes, mas que não tenha visto recentemente. De preferência que não esteja em algum lugar que Lily possa adivinhar facilmente, mas você tem que saber exatamente onde está.

Em pensou durante alguns segundos.

— Certo. Sei o que é e onde está.

Dune se abaixou, e ele e Em tiveram uma conversa apressada e sussurrada. Depois que chegaram a algum tipo de acordo, ele se levantou.

— Mapa? — pediu Dune.

Lily o entregou a ele, desta vez sem flertes.

Dune o abriu nas páginas adjacentes que mostravam um mapa completo dos Estados Unidos:

— Certo, Em. Diga a ela em qual objeto você está pensando.

— É um filme, *My fair lady*. Nós costumávamos vê-lo sem parar durante o ensino médio — explicou ela. — Nós duas queríamos ser Audrey Hepburn.

Lily riu suavemente:

— Nós ficávamos tão tristes por nenhuma de nós se parecer nem um pouco com ela. Uma cubanita sinuosa e uma garota branca pequenina.

— Mas nós tentamos. — Em riu também, e o laço entre elas pareceu caloroso e sólido. — Você se lembra dos chapéus?

— E os cigarros com as piteiras compridas? Pensei que sua mãe fosse nos matar.

— Ela nunca me perdoou por causa do buraco que fizemos no sofá. — Em gaguejou, e lágrimas se formaram em seus olhos. Michael segurou a mão dela, e ela se inclinou sobre o ombro dele, em silêncio por um momento. — De qualquer forma, sei exatamente onde o DVD está.

Dune colocou o atlas sobre a mesa e alisou o vinco.

— Pronta?

Lily assentiu e levantou as mãos. Elas pairaram 2 centímetros sobre a forma dos Estados Unidos antes de pousar em algum lugar nos arredores de Kansas. Ela fechou os olhos e respirou fundo algumas vezes. Quando moveu as mãos, pensei no movimento que as pessoas fazem quando usam o tabuleiro Ouija. Indo e voltando, em repetitivas formas de oito.

— Alguma coisa? — perguntou Dune, dividindo seu foco entre o rosto de Lily e o mapa.

Ela parou e seus olhos se abriram de repente.

— Thompson's Hill? — perguntou Lily, se referindo à cidade mais próxima. — Atrás do tribunal?

Em mordeu o lábio e então balançou a cabeça de forma positiva.

— Sim. No depósito, juntamente ao resto das coisas de meus pais.

A lembrança custou caro. O nível de energia de Em caiu e vincos se formaram nos dois lados de sua boca. Michael lhe beijou a testa, e seu ânimo voltou um pouco enquanto ele a ajudava a suportar o peso.

— Essa é uma boa lembrança — disse Lily, limpando as lágrimas dos olhos de Em. — E fico feliz por você ainda ter todas as coisas deles.

— Eu também. Tive a crise antes de podermos cuidar de tudo aquilo. Desde que voltei, ainda não estou pronta. Nem meu irmão. Acho que Thomas e eu nunca estaremos prontos.

Em se levantou e pegou um copo de água no armário da cozinha, enchendo-o com água da pia.

— Você está pronta para tentar o relógio? — perguntei a Lily, sentindo a necessidade de desviar a atenção de Em.

Ela mordeu o lábio.

— Acho que sim.

— Talvez todos devessem sair — sugeri. — Lily e eu deveríamos estar trabalhando nisso juntos, afinal.

Michael olhou nos meus olhos e vi o "obrigado" silencioso. Já Dune... não ficou tão contente.

Quando Lily e eu estávamos sozinhos, posicionei o mapa diante dela na mesa.

— Pronta?

— Espere. — Ela colocou a mão em meu braço. — Foi realmente decente de sua parte tirar Em daqui antes que fizéssemos isso. Não devíamos ter trazido aquelas lembranças à tona.

— Discordo. — Eu me sentei ao lado dela. — Algumas vezes é bom lembrar, e você foi a pessoa perfeita para fazer isso com ela. Se ela não confiasse totalmente em você, não teria se sentido segura o suficiente para se abrir. Ela tem sorte por ter você.

Ela olhou para mim durante um longo minuto.

— Certo. Vamos tentar fazer isso. — Houve um momento de completo silêncio, e então Lily se afastou como se o mapa fosse lenha em chamas. — Eu posso ver. O relógio de bolso, mas na noite do baile de máscaras. Pude ver os detalhes da costura no colete de Jack.

— Certo. — Isso me deu uma ideia. — Tente novamente, mas concentre-se no dia de hoje, exatamente nesse segundo de agora. Mas desta vez quero que você feche os olhos.

Avancei as páginas do atlas até chegar no Alaska. Eu o coloquei aberto sobre a mesa, em frente à Lily.

A concentração dela pairava pesadamente no ar, como lençóis molhados pingando em um varal.

— Não.

— Tente relaxar. — Virei para o Havaí, mas marquei o Tennessee com meu dedo. — E tente novamente.

— Nada.

Da forma mais furtiva possível, virei as páginas.

— Mais uma vez.

Lily tocou o mapa do Tennessee, e seus dedos deslizaram rapidamente de um lado para o outro. Kingsport, passando por Knoxville, então até Memphis.

— Aqui. Exatamente aqui e agora. Ele está usando um terno diferente, mas o mesmo colete. O relógio de bolso está guardado dentro dele.

Os olhos dela se abriram abruptamente. Seu dedo estava sobre Memphis, bem sobre a marca da Universidade Bennett.

Capítulo 19

No fim das contas, Michael se apresentou para nos salvar. E ele nos salvou. Obviamente.

Eu arrumava minha mala enquanto meu pai argumentava:

— Posso não ser capaz de impedir Emerson e Michael, mas você é meu filho. Eu poderia impedir Lily, pois ela está prestes a perder aulas...

— Mas você não vai fazer isso. Lily está chamando a viagem de visita à universidade, o que não é uma mentira, e Em não pode ir, a não ser que tenha uma acompanhante. — Joguei meu kit de barbear na mala, que já tinha minhas roupas dobradas, pensando que deveria usar o visual desleixado na manhã seguinte. Talvez aquilo me fizesse parecer mais velho.

Nate e Dune concordaram que Em, Michael, Lily e eu deveríamos ser as pessoas que iriam a Memphis. Eles permaneceriam aqui e ficariam de olho nas coisas. Incluindo Ava.

Joguei minha escova de dente na mala aberta e olhei para ele.

— Vou fazer 18 anos em pouco tempo. O que você vai fazer então?

— Beber.

Característica de família.

Levantei as mãos.

— Só estou preparando a mala para o caso de não encontrarmos o que precisamos a tempo de pegar a estrada de volta. Provavelmente estarei em casa amanhã à noite.

— Você estará em casa o dia inteiro porque não vai a lugar nenhum.

Eu me virei para me controlar e para me assegurar de que minha garrafa de bolso estava escondida. Fechei o zíper da mala para garantir.

— Dune encontrou as informações de quando Jack estava no ensino médio. E como a universidade ainda está no processo de digitalizar os registros dos alunos antigos, temos que ir lá pessoalmente para ver o que conseguimos achar. — Guardei para mim a parte sobre rastrear o relógio de bolso de Jack. — Esse é o próximo passo lógico. Você sabe que não pode ir sem chamar atenção.

— Então deixe Michael cuidar disso.

Ignorei o nó em meu estômago, mas só porque eu queria que as coisas acontecessem do meu jeito em vez de provocar uma briga.

— Michael pode ser o Super-Homem, mas até mesmo o Super-Homem tinha Jimmy Olsen e Louis Lane.

Meu pai bateu de leve dois dedos no próprio queixo, um sinal seguro de que estava prestes a ceder.

Chutou, e é gol!

— Ainda não gosto disso — disse ele, cedendo no entanto. — Você vai mandar notícias. A cada hora.

— Pai.

— Vocês podem se revezar.

— Tenho certeza de que Michael vai se assegurar de que você saiba de tudo. — Tirei meu estoque de balas da gaveta do criado-mudo. Uma caixa aberta de bala de canela virou, e as balas se espalharam pelo chão do quarto. Abaixei para apanhá-las. — Droga!

— Não é porque não confio em você — disse meu pai, contemporizando.

Olhei fixamente para suas botas pretas arranhadas, com lama incrustada e escamando em volta dos calcanhares. Minha mãe teria surtado por ele estar dentro de casa com elas.

— Mas você confia mais nele.

— Você é meu filho...

— Fico feliz que tenha notado — falei, me aprumando.

Mesmo com ele estando de botas, eu ainda era 3 centímetros mais alto.

— Minha função é protegê-lo.

Extremamente reconfortante.

— É que... sua mãe era a pessoa que tomava conta da parte de sua criação. Eu não sou... — Ele parou, os ombros largos caindo, e tentou se explicar. — Estou tentando, posso não demonstrar da forma que ela fazia, mas eu amo você.

— Por que você se refere a ela no passado? — A bala ficou grudenta em minhas mãos. — "Era". "Fazia".

Seu sussurro me feriu mais do que um grito:

— Não houve nenhum avanço; na verdade, ela está piorando. Você saberia disso se fosse vê-la.

— Você está dizendo que é minha culpa ela estar piorando?

— Não, mas ouvir a voz do filho, sentir seu toque, isso não poderia fazer mal a ela. Você sabe o quanto ela amava...

— Ama. *Ama*. Ela me ama. Eu fiquei com ela quando você estava morto. Fiz tudo que pude. Eu até tentei... — Parei de falar bem a tempo. — Sei quais são meus erros; não preciso de uma lista. Vou me assegurar de que Michael entre em contato com você enquanto estivermos em Memphis. Não há mais nada a dizer.

Fiquei olhando para meu pai quando ele fechou a porta depois de sair, e uma amargura inundou meu peito até eu não conseguir respirar.

Joguei minhas balas no lixo e tirei a garrafa de bolso da mala.

Capítulo 20

— Minha bunda vai estar tão achatada quando sairmos desse carro que vou ter que inflá-la com uma bomba de encher pneus de bicicleta — disse Lily, se inclinando para a frente para massagear o cóccix.

Mordi a língua para não lhe dizer que nada deixaria seu traseiro menos do que perfeito. Estava muito cedo para ficar inconsciente, especialmente se a responsável por isso fosse uma garota gostosa.

Em vez disso, procurei meu gorro no chão do carro de Em, o recuperei, e o coloquei sobre meus olhos. Meus óculos escuros não estavam se provando suficientes para lutar contra os resquícios das escolhas ruins da noite anterior.

Dru tinha uma amiga da faculdade que trabalhava no Hotel Peabody e ela havia conseguido uma suíte de graça para nós. Em nos fez sair assim que o sol nasceu para podermos ir direto à universidade. Ainda era cedo quando estacionamos o carro do lado de fora do prédio principal. A Universidade Bennett ficava a leste nos arredores de Memphis, e seus muros cercavam quase cem acres de floresta e ambiente acadêmico.

— Aqui é como o interior da Inglaterra — disse Lily, enquanto entrávamos de carro pelos portões de ferro que levavam à propriedade. O campus era mais uma vila de conto de fadas do que uma universidade. Arcos góticos, pedaços escuros de floresta, calçadas de paralelepípedos. Tudo era verde, dourado e em tons de vermelho.

Saí do carro e dei a volta para abrir a porta de Lily. Ela foi capaz de tirar os olhos do cenário.

— O que é isso? Cavalheirismo?

— Não. Você está com as balas de canela. — Estiquei a mão. — Preciso de uma dose.

Ela empurrou a caixa na minha barriga, e a conexão causou um barulho de impacto alto.

— Hot Tamales. Atomic Fireballs. Sizzling Cinnamon Jelly Bellys. Red Hots. Fico surpresa por você ainda ter papilas gustativas. Ou dentes.

— Será que eu faço a piada óbvia nesse momento ou me abstenho?

— Abstenha-se.

Ela pegou uma bolsa de lona quadrada acolchoada no porta-luvas e saiu do carro. Depois de abrir o zíper, sacou a câmera, tirou a tampa da lente e começou a clicar.

— Não deveríamos estar pensando no que precisamos fazer em seguida? — perguntei a Em, observando Lily se afastar.

— Não. Deixe-a ir — disse Em, ao meu lado. Michael ainda estava no carro. Mandando notícias para meu pai, eu tinha certeza. — Ela vai se livrar desse desespero em um ou dois minutos.

— Ela é sempre assim?

— Sim. Ela fica um pouco possuída. Ou obcecada.

Embora estivesse perto o suficiente para escutar a conversa, Lily não vacilou em nenhum momento, concentrando sua atenção em uma única folha amarela pendurada na ponta de um galho de árvore. Ela deitou de costas na grama para tirar uma foto de baixo e então subiu até metade do tronco para tirar uma de cima.

— Ela descobre de repente algo que quer fotografar e vai embora. Se não fisicamente, se dependurando na beira de um prédio ou escalando a encosta de uma montanha para conseguir uma fotografia perfeita, pelo menos mentalmente. Ela enquadra fotos e brinca com a profundidade do campo e as aberturas de diafragma, e normalmente fica nessa até perceber que existe um mundo fora de suas fotografias.

— Ela é boa?

— Inacreditável. — Em sorriu como uma mãe orgulhosa. — Você viu as fotografias no Lei de Murphy.

— Aquelas são dela? — perguntei, me lembrando de como eram incríveis. — Aquelas fotos são obras de arte.

— São mesmo.

Finalmente Lily caminhou em nossa direção, se livrando de pedaços de folhas e grama dos cabelos, sorrindo de orelha a orelha. Sua felicidade era contagiante. Eu também estava sorrindo.

— Eu poderia passar dias aqui. Todas aquelas curvas, linhas e sombras. Como eu não sabia desse lugar até agora? — Ela enfiou a câmera na bolsa, pegou uma tangerina e exibiu a Em uma expressão de quem pede desculpas: — Sinto muito. Você sabe como eu fico empolgada.

— E é por isso que amamos você — disse Em.

— Você está bem? — Michael saiu de dentro do carro, fechou a porta e se aproximou de Em. Ele lhe massageou os ombros e a nuca. — Seria bom se você tivesse me deixado dirigir parte do caminho.

— Dirigir me ajudou a focar em algo além do que estamos prestes a fazer.

Ela relaxou ao sentir o toque dele.

— Podemos repassar o plano? — Lily arremessou na floresta a casca da tangerina que ela havia tirado em uma espiral completa e perfeita. A calma que ela conseguira manter no carro estava desaparecendo. — Imagino que ainda estejamos procurando por *informações* sobre Jack primeiro, em vez do próprio Jack.

— Você ainda sabe onde ele está? — perguntou Em, a tensão lhe tomando a voz novamente. — Ou onde está o relógio de bolso?

Lily enfiou um gomo de tangerina na boca e balançou a cabeça afirmativamente. Ela havia carregado o atlas aberto durante todo o trajeto no carro, suas mãos voltando à página constantemente.

— Próximo do rio. Acho que saberei exatamente onde quando chegarmos mais perto.

— Lily e eu vamos verificar na secretaria e então tentaremos achar a papelada de Jack. — Michael mostrou a chave que Dune tinha feito para ele. Ela deveria garantir sua entrada no depósito de arquivos. — Kaleb, acho que você e Em deveriam ir ao departamento de física para ver se conseguem qualquer informação sobre Jack e sua época aqui e, se tiverem oportunidade, talvez conseguir alguma informação sobre Teague e a Chronos.

— Por que Kaleb e eu vamos juntos, e não você e eu? — Em se encostou no peito dele e o encarou.

Aquilo não provocou faíscas.

— Porque se formos juntos, nós dois só podemos fazer perguntas e só. A percepção de Kaleb é inestimável numa situação como essa.

— Ohh, obrigado por perceber — falei.

— Contanto que Lily concorde com isso. — Em deu de ombros.

Lily concordou com a cabeça.

— Tudo bem.

— Certo. — Michael parecia aliviado. — O chefe do departamento de física se chama Gerald Turner. Ele está no campus hoje e tem horário de atendimento a alunos bem agora.

Todas as curvas, linhas e sombras sobre as quais Lily estava tão animada se tornaram ainda mais evidentes quando cruzamos o campus até o prédio de ciências.

Arquitetura gótica, arcos quebrados e pedras cinzentas frias faziam eu me sentir como se estivesse em outro lugar e época que não fosse a cinco minutos do centro de Memphis.

— Ei — falei, apontando para cima. — Lá está uma torre do sino. Onde está o Quasímodo?

— Veja — disse Em, também apontando para cima. — É um arcobotante!

— Um o quê? — Inclinei a cabeça para o lado.

— Deixa para lá.

Entramos no prédio e nos aproximamos do departamento de ciências. Segurei o braço de Em.

— Vá atrás de mim.

— Kaleb Ballard. Isso fere meu feminismo.

— Isso não tem nada a ver com feminismo e tudo a ver com o fato de uma garota estar sentada ao balcão — sussurrei, esticando a mão em direção à maçaneta.

— Como você sabe que faz o tipo dela? — perguntou Em, desconfiada.

— Faço o tipo de todas as garotas.

Ignorei o sorriso sarcástico de Em, pois eu tinha me preparado totalmente para isso, e abri a porta.

Passamos pela garota em tempo recorde. O sorriso sarcástico de Em se transformou em um revirar de olhos.

O blues de Muddy Waters se expandia para o corredor enquanto nos aproximávamos, juntamente ao odor leve de fumo de cachimbo. Fizemos uma pausa do lado de fora da porta entreaberta, tomando um susto quando ouvimos uma voz rouca.

— Posso senti-los espiando. Não fiquem parados aí. Entrem. Os horários de atendimento estão divulgados; vocês estão bem no horário. — A voz era grave, a voz de uma pessoa que tinha fumado a vida toda ou possivelmente o irmão mais novo de James Earl Jones. — Vinte anos no departamento e os alunos ainda acham que meu horário de atendimento é alguma espécie de piada cósmica.

O fato de ele estar há vinte anos naquele departamento significava que ele estava ali quando meu pai e Teague estavam, e quando eles saíram. Isso também significava que ele era um daqueles que tinha decidido permanecer.

— E então? — latiu ele.

Olhei para Em para obter confirmação visual e então empurrei a porta. Fui imediatamente surpreendido por couro preto brilhante, gravuras Art Deco e uma gigantesca cabeça de alce na parede mais à esquerda. Uma pequena placa estava pendurada debaixo dela com apenas uma palavra: FREDDY. Um chapéu fedora estava pendurado no ponto mais elevado de cada galhada. Um dos chapéus tinha uma tira de estampa de oncinha.

Um homem com a cabeça repleta de cabelos brancos e um cavanhaque preto salpicado de prateado estava sentado atrás de uma escrivaninha. A pele dele, da mesma cor do cacau em pó, mostrava rugas profundas quando sorria. Seu olhar se demorou sobre Em quando ela entrou debaixo do portal ao meu lado.

— Posso ajudá-los?

Estudei suas emoções. *Curiosidade. Leve impaciência temperada com tolerância.*

— O senhor é o Dr. Turner? — perguntou Em, sem cruzar o portal. Esperando ser convidada para entrar, como um vampiro.

— Isso depende. Vocês são dois caçadores de fantasmas?

Ele ficou nos examinando através de suas lentes bifocais enquanto tirava um saco de fumo da gaveta mais alta da escrivaninha.

— Não, senhor — respondi, franzindo a testa para Em. — Não somos caçadores de fantasmas.

— Bom. Esses reality shows criaram uma quantidade grande demais de amadores, se vocês querem saber. Nenhum deles encontra porcaria nenhuma. É porque eles estão procurando nos lugares totalmente errados.

— Meu nome é Emerson, a propósito. — Ela apontou para si e então para mim, como se o professor fosse ter dificuldades em chegar a essa conclusão sozinho. — Esse é Kaleb.

Desta vez, ele olhou para mim por um pouco mais de tempo do que deveria.

— Sou o Dr. Turner. Chefe do departamento de física. Prazer em conhecer vocês dois.

Em um estilo não vampiresco, entrei na sala sem ser convidado.

— Gostaríamos de saber se poderíamos conversar com o senhor.

— Certamente. Contanto que vocês estivessem dizendo a verdade sobre a caça a fantasmas. — Ele girou sua cadeira para baixar o volume de uma vitrola de aparência antiquíssima. O som áspero do blues foi desaparecendo, e ele se virou para nós novamente, gesticulando para Em. — Entre.

Usava uma gravata-borboleta, e um cravo cor-de-rosa estava pendurado de forma aleatória na casa de botão de seu colete. Quando tirou o cachimbo de um bolso interno, a flor caiu sobre a mesa. Ele a pegou e a girou entre os dedos.

— Recebi uma visita dos meus netos esta manhã. A menina mais nova me trouxe um presente. — Ele sorriu, colocou o cravo em um porta-lápis de couro no canto da escrivaninha e apontou para o cachimbo. — Posso?

— Claro. — Em assentiu. — Gosto do cheiro de fumo de cachimbo. Meu avô fumava cachimbo.

— Ótimo, então. — Ele encheu o bojo do cachimbo com fumo, o movimento habitual. Estava fazendo tudo de forma mecânica, mas aquilo pareceu uma distração velada. — Sentem-se.

Em escolheu uma poltrona de couro, decorada com tachinhas de latão. A única outra cadeira na sala parecia que ia desmoronar se eu a tocasse, então encostei meu ombro contra as estantes de livros construídas na parede, notando as muitas fotos de família, assim como os títulos nas prateleiras. *Física quântica para iniciantes, O homem holográfico, O tao da física* e uma coleção decente do que pareciam ser as primeiras edições de Mark Twain.

— Como posso ajudá-los, crianças? — *Direto, porém simpático.*

— Tínhamos algumas perguntas. — Em quicou levemente em seu assento. Ou a poltrona tinha molas excepcionalmente fortes ou seus nervos estavam levando a melhor.

— Sobre o programa de física?

— Não — disse Em, esticando a palavra, olhando para mim em busca de apoio.

— Não — falei, desejando que tivéssemos discutido um plano.

— Estávamos falando sobre o... hum...

— Sobre o departamento de parapsicologia — disse ele, como se tivesse dito aquilo um milhão de vezes antes. — Vocês o descobriram na internet.

— Hum, sim — falou Em, sorrindo de uma forma um pouco desequilibrada. — Foi isso.

Pude sentir a hesitação dele. Ainda assim, de alguma maneira, ele perguntou:

— O que vocês querem saber?

— Estávamos apenas interessados nas... informações básicas sobre o departamento. — Em olhou para mim em busca de confirmação.

— O básico. — Balancei a cabeça. Éramos péssimos em táticas evasivas.

— Estamos fazendo... um projeto para a escola? — falou Em. Aquilo acabou soando como uma pergunta.

O Dr. Turner pressionou o conteúdo do bojo do cachimbo com seu polegar e olhou para Em de soslaio.

— Primeiro de tudo, nunca foi verdadeiramente um departamento, não um departamento reconhecido, pelo menos. Ele ficou ligado aos departamentos de engenharia e física. Começou como um projeto de graduação sobre geradores e máquinas de eventos aleatórios. Acabou resultando em todo tipo de pesquisa fantástica.

— Que tipo de pesquisa fantástica? — perguntei.

— Vida além do nosso espaço aéreo, visão remota. — Ele pegou outra pitada de fumo, a colocou no cachimbo com um desembaraço oriundo da prática e então fechou a embalagem. — Arqueocústica, radiestesia.

— Nunca nem ouvi a palavra *arqueocústica*. — Em se empoleirou ansiosamente na beira de sua poltrona, seus pés mal tocando o chão.

— É uma teoria complicada essa. A ideia é que objetos gravam som. Memórias de conversas. — Ele deu de ombros. — E é um exemplo perfeito de uma das coisas que levou os tradicionalistas daqui à loucura.

— E a universidade fez com que os alunos de graduação parassem?

— Foi o que fizeram. — Seus dedos apertaram o bojo do cachimbo. — O departamento foi fechado.

— Mas a pesquisa continuou. — Em não estava lendo a linguagem corporal dele ou não se importava. — Certo?

— Havia certas coisas que despertavam a curiosidade de todos.

— Ele falava com cuidado, como se tudo o que tivesse dito até o momento tivesse sido ensaiado e agora estivéssemos nos aproximando de território desconhecido.

— Como o quê? — forçou Em.

Sua pontada de irritação me fez imaginar se não tínhamos ido longe demais.

Mantendo meus olhos no Dr. Turner, me movi para ficar ao lado de Em, minha mão nas costas da poltrona dela. Ele me encarou por um instante, como se estivesse pesando algo. Então pareceu tomar uma decisão.

— Mais especificamente, eles estavam curiosos a respeito da manipulação do *continuum* espaço-tempo.

Em se engasgou, então tentou disfarçar tossindo.

O Dr. Turner não afastou os olhos de mim.

— Não exclusivamente nos domínios da física, mas nos domínios de algo... além.

— Achei que universidades deviam encorajar o pensamento livre.

Não parei de encará-lo. Ou ele estava nos testando ou nos enganando. De qualquer forma, eu não pretendia perder.

— Testar uma hipótese e alcançar um resultado concreto é desafiador, mesmo quando a pesquisa pode ser provada. — Ele tirou um pequeno objeto de metal do bolso interno do paletó. Ele era achatado no fundo e tinha uma curva aguda de metal arqueada sobre uma pequena gárgula... como uma alça. Ele segurou o objeto com cuidado quando o usou para empurrar o fumo para baixo. — A ideia abstrata de uma pessoa com habilidades sobrenaturais não se encaixa na ciência pura. Mas muitos acreditavam que o abstrato era uma possibilidade.

— Você acreditava — falou Em.

— Eu acredito no abstrato e no concreto.

Decidi parar de perder tempo e colocar as cartas na mesa.

— Então por que você não seguiu Teague quando ela saiu para a Chronos?

O cheiro de enxofre encheu o ar quando ele acendeu um palito de fósforo de madeira, o encostou no fumo e deu algumas baforadas.

— Já estava imaginando quando isso viria.

— Estamos interessados na verdade — falei.

— Estão mesmo?

Ele colocou o palito de fósforo em um cinzeiro em formato de tartaruga. Obviamente produzido por mãos pequenas, parecia deslocado na escrivaninha monstruosa.

— É tudo o que queremos. Nós achamos... estávamos esperando conseguir isso do senhor. O senhor pode nos contar? — perguntei. — A verdade sobre a Chronos?

— Isso é um pouco complicado — disse ele, tragando mais uma vez —, porque a verdade está misturada à lenda.

Franzi a testa. E esperei.

— O maior desejo da Chronos é ser parte de algo tão antigo quanto o próprio tempo. — Ele ficou olhando para o cachimbo até o fogo apagar. — E acho difícil de acreditar que o filho de Liam

Ballard esteja me interrogando sobre esse assunto, quando seu pai sabe muito mais sobre isso do que eu.

Meu queixo caiu.

— Como o senhor sabia quem...

— Você tem a estrutura corporal de seu pai. Você tem até a mesma forma de escutar, absorvendo coisas sem revelar nada. — Ele riscou outro palito de fósforo e reacendeu o fumo. — E também, obviamente, os famosos olhos azuis de sua mãe.

A última observação me passou uma rasteira. Em deve ter percebido, porque ela tomou as rédeas da conversa novamente.

— O senhor disse que a Chronos queria fazer parte de algo "tão antigo quanto o próprio tempo". O que isso quer dizer?

O Dr. Turner deu uma longa tragada em seu cachimbo.

— Por favor, nos diga. — Em inclinou o corpo para a frente, colocando as mãos na beira da escrivaninha.

— Novamente, estas são respostas que vocês deveriam conseguir através de Liam.

O Dr. Turner soltou a fumaça, enchendo o ar com o cheiro aromático de baunilha.

— O senhor fala isso como se fosse fácil. — Soltei uma risada de forma debochada. — Ele não me conta nada. Eu nem mesmo sei que perguntas fazer.

— Então devo respeitar a escolha de Liam, pois ele é seu pai. — Ele quase soou arrependido. — Mas posso dizer que quando Teague abandonou a Universidade Bennett, o... âmbito... dos interesses dela se estreitou.

— Em que ela focou? — perguntei.

— Não posso lhe contar mais nada sobre Teague. — Ele virou com um olhar muito sério para mim. — Exceto que... nenhum homem... ou mulher... é uma ilha.

— Certo. — Em moveu seu olhar do Dr. Turner para mim e de volta para ele. Franzindo a testa, ela tirou as mãos da escrivaninha do Dr. Turner e recostou de novo na poltrona. — Se o senhor não vai nos contar mais nada sobre Teague, será que pode nos falar algo sobre Jack Landers?

— Ele não trabalha com Liam na Cameron? Ou isso mudou no ano passado depois do... acidente? — Ele estava fingindo inocência. Eu teria percebido pela sua expressão com olhos arregalados mesmo se não tivesse sido capaz de sentir.

— Mudou. — Nossa desculpa para explicar a "morte" de meu pai era que ele tinha sobrevivido à explosão, mas com uma lesão na cabeça que havia causado amnésia. Não tínhamos uma desculpa boa para Jack. — Então... o senhor o tem visto? Jack?

— Ele não está mais empregado na Cameron? — perguntou o Dr. Turner, ignorando minha pergunta e dando outra baforada em seu cachimbo.

Impasse.

— Talvez o senhor devesse perguntar a meu pai.

— Touché. — Ele levantou uma sobrancelha. — Obviamente, se perguntasse a seu pai, eu teria que informá-lo que você veio me visitar. Que fez muitas perguntas.

— Certo. — O velho homem fazia um jogo realmente duro. Ele sabia que minhas perguntas tinham ido longe demais. — Não. Jack não é mais empregado da Cameron. Ou de meu pai.

— Entendi. — Ele abaixou seu cachimbo sobre o cinzeiro de tartaruga. — Não. Não o vi recentemente.

Tudo que tínhamos conseguido estabelecer era que nenhum de nós sabia onde Jack estava, mas o Dr. Turner parecia satisfeito. Eu fiquei me sentindo como se tivesse dado uma informação e não tivesse recebido nada em troca.

— Sinto muito por não poder lhe oferecer mais informações. — O Dr. Turner se levantou e pegou uma pasta ao lado de sua escrivaninha.

— Espere! — Emerson levantou com um pulo. — É isso? Isso é tudo?

— Não tenho mais nada para lhes dizer e tenho uma aula para dar. Mas... — Ele olhou para mim por um longo momento. — Vocês vão visitar pontos turísticos enquanto estiverem por aqui?

— Pontos turísticos? — perguntei.

— Eu sugiro a visita. Se você vai a Londres, você visita o Palácio de Buckingham. Se vai ao Egito, visita as pirâmides. — Ele olhou para nós como se quisesse dizer algo.

— Vamos pensar sobre isso — disse Em.

— Espero que pensem com carinho.

Nós fomos embora, e segui Emerson até a esquina, onde não podíamos mais ser ouvidos.

— Você acha que ele realmente tem uma aula? — sussurrou ela.

— Acho que fomos um pouco específicos demais com nossas perguntas.

Descemos a escada e seguimos em direção ao estacionamento.

— Por que ele estava falando aquelas coisas sobre pontos turísticos e olhando para nós daquela maneira?

— Não sei, mas foi esquisito.

— Ele sabia sobre Teague. Gostaria que tivéssemos perguntado a ele sobre Poe — disse ela. O vento soprou seu cabelo em seu rosto, e ela esticou o braço para enrolá-lo em volta da mão. — Fico imaginando se esse nome causaria uma reação.

— Fico um pouco feliz de não termos feito isso. Entregamos muito mais do que recebemos.

— Eu continuo esperando ver Jack. — Ela soltou os cabelos e envolveu os braços em torno de si. — Fico imaginando se há segurança se ficarmos em grupo ou se ele pode roubar memórias de duas pessoas ao mesmo tempo.

— Vou mantê-la em segurança, Baixinha. — Coloquei meu braço sobre os ombros de Em e a puxei para perto de mim para um abraço rápido. — Nós vamos achá-lo.

— Caramba, assim espero. — Ela rosnou baixinho. — Acabei de perceber que não tomo café há duas horas.

— Oh, não. É melhor fazermos algo a respeito disso imediatamente. Eu odiaria se você ficasse irritadiça.

A resposta dela foi uma cotovelada na minha barriga.

Michael e Lily apareceram em nosso campo de visão. Os dois estavam sentados no para-choque do utilitário e tinham uma expressão triste.

— Ai, não — falou Em.

Medo. Terror. Derrota.

— Rápido.

Acelerei o passo. Como minhas pernas eram muito mais compridas, Em correu para me acompanhar.

— O que está havendo? — perguntou Em.

Lily se levantou, e eu podia dizer que ela tinha chorado.

— Vasculhamos os registros. Nenhum detalhe sobre Jack — disse Michael, parecendo derrotado. — Tudo tinha desaparecido.

— Isso não é tão ruim — falou Em, dando um abraço rápido em Lily. — É o que esperávamos, não é mesmo? Temos as coisas do ensino médio com as quais podemos trabalhar, e Lily pode procurar o relógio de bolso.

— Ausência de detalhes não é o único problema. — Quando a voz de Lily ficou aguda, percebi exatamente como ela estava perto de chorar novamente. Ela limpou as lágrimas que se formavam.

Michael explicou:

— Quando voltamos, tentamos encontrar o relógio de bolso no mapa. Estamos tentando há vinte minutos.

Lily deixou os braços caírem.

— Sumiu.

Capítulo 21

Mantive a porta do elevador do Hotel Peabody aberta para Lily. Estávamos em uma missão que se originou ao nos oferecermos para fazer o café de Emerson na cafeteira do quarto do hotel. Ela jogou um sapato em nós.

— Sinto muito.

A culpa de Lily inundava o espaço à nossa volta.

— Pare.

Ela recostou na parede do elevador e encontrou meus olhos nas portas espelhadas enquanto elas se fechavam.

— Lily, estamos procurando um homem desesperado que não quer ser encontrado. Você escolheu se envolver por causa de sua amizade com Em. — Apertei o botão da portaria. — Encontrá-lo não é responsabilidade exclusivamente sua.

— Mas é como se ele tivesse sumido do mapa. Ele *realmente* sumiu do mapa. Como ele desapareceu tão rápido?

— Não sei, mas não estamos em um beco sem saída. Temos as informações da escola e ainda podemos procurar pessoas que devem ter conhecido Jack naquela época. E existem outras opções.

As portas se abriram, capturando o olhar de Lily. Parei no balcão da recepção em nosso caminho até o saguão para descobrir como chegar à cafeteria mais próxima. Tanto Lily quanto Em insistiram que não comprássemos de uma cadeia de lojas. Apoiar os comerciantes locais etc., etc.

— Descendo a rua, no cruzamento da Union com a South Second — expliquei a Lily, e então a segui pelo saguão.

Ela estava usando jeans e uma espécie de camisa branca larga com bordados em marrom. A camisa não deixava nenhuma pele à mostra ou era justa no corpo, mas eu podia ver os contornos das curvas através dela.

— Você vai ficar suficientemente agasalhada? — Apontei em direção à camisa, mas não olhei exatamente para a peça de roupa. Ou para Lily.

— Está preocupado se eu vou pegar um resfriado? — Havia uma ponta de provocação na voz dela.

— Fui criado para ser um cavalheiro. — Continuei sem olhar para ela. — E me comporto de acordo. Na maioria das circunstâncias.

— Ficarei bem. Não é tão longe. Qual é o nome do lugar que estamos procurando?

— Cockadoos.

— Cockadoos — repetiu ela.

— Foi o que eu disse.

O saguão do Peabody era grandioso, beirando o excesso. Muito mármore e madeira reluzente. Cadeiras agrupadas intimamente e jazz como música de fundo amenizavam o clima suficientemente para mantê-lo acolhedor.

— Qual é a do fetiche de Memphis por aves? — Lily apontou para o chafariz cheio de patos enquanto passávamos por ele. — Eles são acompanhados até aqui todos os dias em um tapete vermelho e então voltam para a cobertura. Patos. Têm uma cobertura. Em um telhado. Não compreendo.

O ar gelado passou pelas portas quando saímos do hotel.

Lily esfregou os braços de forma vigorosa.

Comecei a desabotoar minha camisa.

— Uau, mesmo? Bem aqui no meio da rua?

— Cale a boca. Você está com frio. Minha camisa é de flanela e é quente, e também estou usando uma camiseta de manga comprida.

Tirei meus braços das mangas da camisa e a segurei para Lily como se a estivesse ajudando a colocar um sobretudo. Quando ela não reagiu, tremi um pouco.

— Não vou deixá-lo usando apenas uma camiseta e nada mais nesse vento. Vou ficar bem. — Ela acenou com a mão indicando que não queria a camisa e começou a andar novamente. — Vamos apenas nos apressar.

— Lily. — Não me mexi.

Ela se virou.

— Não vou vencer, vou?

— Não.

Exibindo um meio-sorriso, ela voltou e enfiou os braços nas mangas.

— Obrigada. Isso foi muito... gentil.

— Algumas vezes eu sou gentil. — Enfiei minhas mãos nos bolsos. — Vamos nos mexer. Estou com frio.

Ela sacudiu uma manga longa demais e bateu em meu braço com a ponta. Parti em um trote.

— Certo, retiro o que eu disse — disse Lily, parando imediatamente quando chegamos ao nosso destino. — A coisa das aves funciona perfeitamente.

O exterior da cafeteria tinha mesas antiquadas, um toldo azul-celeste e um letreiro de neon com a figura de um galo. Do lado de dentro encontramos paredes amarelas, tijolos aparentes e assentos que pareciam confortáveis.

Entramos na fila de pedidos para viagem em vez de ocuparmos uma mesa. Pedi um expresso duplo para Em e um chocolate quente mexicano para mim. Lily pediu um chá de hortelã e então observou cada movimento que o barista fazia, parecendo satisfeita com os resultados.

Paguei, Lily reclamou por eu ter pago, e então voltamos para o lado de fora.

— Quais outras opções você e Em descobriram para encontrar Jack? — perguntou Lily. — O Dr. Turner lhes contou alguma coisa?

— Não exatamente. — Bebi um gole do meu chocolate quente, grato pelo efeito rápido e pelo calor da pimenta caiena.

— Não perca tempo sendo misterioso. — O vento soprou o cabelo escuro sobre os ombros dela. Ele se soltou do coque bagunçado, como se estivesse metade preso e metade solto. Aquilo a deixou menos sisuda. — Estamos todos no mesmo time, com o mesmo objetivo.

— Ele realmente não entregou nada, mas uma parte da conversa pareceu esquisita. Eu lhe perguntei sobre Teague e a Chronos, e então sobre Jack, e ele sugeriu que fôssemos visitar os pontos turísticos.

— Isso é estranho.

— E ele mencionou uma ilha. Talvez ele estivesse se referindo à Mud Island. A Pyramid Arena também.

— E se isso era uma pista? Você acha que deveríamos tentar procurar Jack por lá? — perguntou ela.

— Talvez. Ou... — O café para viagem de Em balançou dentro do copo quando parei. — Talvez devêssemos focar em procurar Chronos e Teague lá.

Lily tirou o saquinho de dentro de seu chá e o jogou em uma lata de lixo de metal na calçada.

— Ele teria lhes dado a localização deles assim tão facilmente?

— Acho que não, mas ele não declarou ter nenhuma afiliação com ninguém. Talvez ele antipatize com Teague e a Chronos tanto quanto nós. Ele não abandonou a universidade com Teague. — Dei de ombros. — Pode ser que exista alguma animosidade ali.

— Vale a tentativa. Vamos voltar depressa e dar uma olhada no mapa. — Ela recolocou a tampa de plástico e soprou pelo buraco minúsculo para esfriar o líquido.

Eu estava evitando olhar para os lábios dela quando então o vi. Poe, cabeça abaixada contra o vento, na Union Avenue. Ele atravessou a rua sem olhar.

Entreguei o expresso de Em a Lily.

— Volte para o quarto.

— Aonde você está indo?

Ela seguiu meu olhar.

— Para lá.

— Por quê? Quem é ele, Kaleb?

Virei o resto de meu chocolate quente.

— O nome dele é Poe.

Terror. Em tinha contado a Lily sobre Poe. Um caminhão se arrastou pela rua, bloqueando minha visão. Assim que o caminhão passou, ele reapareceu.

— Sei exatamente quem ele é e estou indo com você — insistiu Lily.

— De jeito nenhum. — Eu não podia justificar arrastá-la para uma situação desconhecida e não queria nunca mais que alguém que eu conhecesse terminasse com uma faca na garganta. — Já vi o que ele faz com observadores inocentes.

— E eu soube. — Ela me atingiu com um olhar, mantendo sua posição. — Ainda bem que não sou inocente.

Sacudi a cabeça.

— Volte. Conte a Em e Mike o que está acontecendo. Eu ligarei assim que souber de alguma coisa.

— Vou com você. — Ela jogou o café de Em e o chá na lata de lixo e então apontou para mais adiante na rua. — Você também não tem tempo para discutir. Você precisa de mim porque Poe já sumiu e eu sei exatamente onde encontrar as botas dele.

— Droga. — Olhei para os dois lados, e então foi nossa vez de atravessar a rua de maneira arriscada. — Assim que eu o vir, você vai voltar imediatamente. Se estivesse apenas um pouco mais perto, eu poderia rastreá-lo por suas emoções.

Subimos na calçada simultaneamente.

— Você é capaz de fazer isso? Rastrear através das emoções?

— Posso, se estiver próximo o suficiente de uma pessoa, física ou emocionalmente.

Ela entrou abaixada em um beco, gesticulando para que eu a seguisse.

— Como isso funciona?

— Ninguém sente apenas uma emoção... tudo está disposto em camadas. Por exemplo, ódio puro é impossível. Ou ele é tingido por vingança ou tristeza ou alguma coisa. Qualquer coisa pura é impossível. Toda pessoa tem um... sabor diferente.

— Você sente as emoções das pessoas ao prová-las? — Ela não parecia convencida.

— É por aí.

— Qual é o gosto de Poe?

— Na única vez que o vi? Desespero.

Ela pensou por um momento e então deu de ombros:

— Melhor do que short suado.

Soltei uma risada, apesar da situação.

— Por que você não é capaz de rastrear Jack, então? — perguntou ela.

— Existem algumas razões. Não estou próximo dele fisicamente nesse momento, mas nunca fui próximo dele emocionalmente. E meu pai e eu achamos que Jack pode ter encontrado uma forma de me bloquear.

— Por quê?

— Pensei que não era capaz de sentir o que ele e Cat estavam tramando porque não estava prestando atenção. Meu pai diz que tem certeza de que Jack encontrou uma forma de me impedir de ler sua mente. Seria muito difícil para Jack agir de outra forma. Eu saberia que algo estava acontecendo. — Eu tentava me convencer a acreditar naquilo diariamente. Se eu tivesse descoberto, as coisas seriam diferentes agora. Chegamos ao fim do beco. — Para qual lado?

— Vou poder ir com você?

— Lily.

Ela levantou o queixo, com uma expressão desafiadora:

— Ou você concorda ou pode farejar por aí atrás do *desespero* de Poe.

— Certo, certo. Para que lado nós vamos?

Ela se virou para a esquerda. Estávamos diante do rio Mississipi.

E Poe estava subindo no bondinho.

Capítulo 22

Nós corremos, abrindo caminho entre a multidão, e conseguimos subir no mesmo bondinho de Poe. Ele caminhou até a parte da frente e se sentou em um banco de couro vermelho. Segui Lily até a parte traseira.

— O que ele está fazendo? — perguntei baixinho.

Ela se segurou a uma das barras prateadas e balançou um pouco para a esquerda.

— Não está apreciando a viagem como todos os outros. Está olhando para seu telefone, mandando mensagens.

— Agora que estamos aqui — perguntei a ela —, qual é o seu plano para quando saltarmos?

— Apenas aja como se você soubesse o que está fazendo. — Ela disse as palavras através de um falso sorriso enquanto fingia apontar pela janela para algo na água.

Sorri de volta, certo de que aquilo se assemelhou muito mais a uma careta dolorida.

— Que tal você agir como se soubesse o que está fazendo e eu fico atrás de você?

O corpo dela se retesou e seus olhos apontaram para o lado.

— Merda.

Eu tinha virado de costas para me esconder de Poe e não estava gostando do que era capaz de sentir vindo da outra ponta do bondinho.

— Ele está olhando para você??

Ela acenou com a cabeça de forma imperceptível.

Passei minha mão na cintura dela e tentei parecer possessivo.

— Ria, não muito alto, mas como se eu tivesse acabado de lhe contar um segredo ou tivesse dito algo inapropriado.

Ela obedeceu, e, por um breve segundo, desejei que a situação fosse diferente. Que eu a tivesse feito rir daquela forma de verdade.

Poe podia não ter notado Lily antes, mas seu pico de interesse me dizia que ele definitivamente a tinha notado agora.

— Droga.

— Qual emoção você está lendo nele? — Ela estremeceu levemente. — Algo em seus olhos... ele está me assustando.

— Ótimo. — Eu a puxei para mais perto e falei logo acima de seu ouvido, em seu cabelo. Ele era tão macio quanto parecia e tinha cheiro de toranja. — É esperado que você fique assustada. Ele não é um cara bonzinho.

Nós andamos por seis estações, pessoas subindo e descendo do bondinho, os músculos em meus ombros ficando mais tensos a cada segundo. Poe não olhou na direção de Lily novamente.

Quando o condutor chegou à sétima estação, Lily segurou minha mão.

— Hora do show.

Nós seguimos 10 metros atrás dele.

— A Pyramid Arena — falei, quando percebi aonde ele estava indo. — Mas está fechada. Totalmente vazia desde que os Grizzlies se mudaram para o FedEx Forum.

— A Pyramid pode estar fechada, mas o estacionamento está bombando. Parece alguma espécie de festival. Está sentindo esse cheiro? — Ela inspirou longamente e o soltou. — Churrasco. Acabamos não almoçando.

Havia pelo menos vinte tendas com listras vermelhas e brancas montadas em um semicírculo. A 100 metros dali, operários estavam montando um palco, completo com equipamento de som e iluminação.

— O que fazemos agora? — perguntou Lily, olhando fixamente para a barraca de churrasco mais próxima.

— Observamos, esperamos e seguimos. — Nós ainda estávamos de mãos dadas. Eu a afastei da comida, embora meu estômago também estivesse roncando. — Vamos comer mais tarde.

Caminhando lentamente, mantivemos pelo menos 8 metros entre Poe e nós dois. Quando ele disparou e seguiu em direção à Pyramid, nós ficamos parados e observamos.

Ele ignorou completamente a enorme estátua de Ramsés, o Grande na entrada e subiu a escada até o prédio, dois degraus de cada vez. Lily e eu corremos até a base da estátua, observando enquanto ele empurrava a porta principal e desaparecia lá dentro.

— Como é que devemos segui-lo? — perguntei. — Esse não é o tipo de lugar onde você pode entrar escondido. Cada som será amplificado.

Lily me ignorou e subiu a escadaria até a entrada, empurrando a porta principal como se fosse dona do lugar.

— Certo — falei, seguindo-a.

Ela deixou a porta se fechar suavemente atrás de mim antes de virar para a esquerda.

— Ele foi nessa direção.

— Você está seguindo as botas dele novamente, não está?

Ela sorriu.

— Você leva o arriscado a um patamar totalmente novo. — Minhas palavras sussurradas ecoaram nas paredes de concreto. — E você realmente tem *cojones*.

— Tenho mesmo.

Quando ela parou abruptamente, quase a atropelei. Ela pôs um dedo sobre os lábios e apontou. Uma placa na parede dizia ESCRITÓRIOS EXECUTIVOS.

Ninguém à vista. Meu coração batia tão alto que eu tinha certeza de que qualquer um no prédio poderia ouvi-lo. Lily permanecia fria e calma.

Impressionante.

Ela segurou meu braço e me arrastou pelo corredor, olhando para dentro de cada porta aberta, finalmente entrando abaixada em uma delas. Aquela sala calhou de ser um escritório bem mobiliado, sem ninguém dentro, com uma vista perfeita do rio Mississippi e da Mud Island.

— O que você está fazendo? — perguntei. — Por que você parou aqui?

Ela apontou:

— Por causa daquelas coisas.

A parede mais distante estava cheia de prateleiras com iluminação indireta, cada uma delas exibindo ampulhetas.

Algumas eram feitas de vidro e areia, simples, exatamente iguais àquelas que você podia encontrar em uma loja de departamento. Outras eram mais detalhadas. Vidro gravado, bases entalhadas em madeira ou moldadas em metal. A areia dentro de várias delas tinha um reflexo diferente de qualquer coisa que eu já havia visto. Brilhava como diamantes triturados.

Uma ampulheta, entalhada em marfim, me atraiu completamente. Tive um desejo forte de tocá-la, mas algum instinto me fez recuar imediatamente. Cheguei o mais perto que ousei.

Descobri que os eixos que conectavam o topo e o fundo da base não eram feitos de marfim, mas de ossos. E pareciam ossos humanos.

A base era formada de entalhes de pequenas caveiras, cada uma delas com as cavidades dos olhos abertas e escuras e uma boca escancarada. As bocas pareciam estar se movendo. Sussurros sedutores em minha cabeça ficavam cada vez mais altos. Levantei minha mão para tocá-la. Tão perto.

— Ele está vindo.

Quando Lily segurou meu braço, vozes reais tomaram o lugar das imaginárias. Ela abriu uma porta veneziana estreita, me puxou para dentro e a fechou atrás de nós.

Cinco segundos depois, Poe e uma mulher de cabelos escuros entraram no escritório.

Lily estava encostada na parede, numa posição em que ficava parcialmente sentada. Havia uma pilha de caixas às suas costas. Ela não conseguia ficar de pé com o corpo reto. Eu não sabia por quanto tempo ficaríamos presos naquele armário, mas ela não poderia ficar naquela posição para sempre, especialmente se tivéssemos que correr quando saíssemos.

A voz da mulher era estranhamente suave, embora não houvesse forma de confundir seu tom desdenhoso:

— Achei que essa fosse sua especialidade.

Pelas frestas na porta, vi Poe contorcer a boca, fazendo seu nariz se curvar de forma mais proeminente do que na noite em que ele visitou o Phone Company.

— Está em minha posse há uma semana. Se você parar de me tratar como seu office-boy, trabalharei nisso.

A risada dela era tão suave quanto sua voz:

— Suas habilidades e aquelas missões são as únicas razões para você ainda estar vivo.

— Imagino que eu tenha que ser grato a você, então. — Poe parecia muito mais jovem à luz do dia do que na noite do baile de máscaras. — Pois é graças a você que eu ainda respiro...?

— Sim.

Poe cerrou o maxilar. Sua raiva parecia pingar no carpete espesso e invadir as frestas da porta do armário.

— Você fez algum progresso? — perguntou a mulher. — Qualquer coisa?

155

— Ele queima qualquer aparelho que eu use. Então, não. — Ele estava segurando um fino aparelho prateado que se parecia com um laptop, mas com metade do tamanho. — Você ligou para ele?

— Apenas porque você disse "por favor".

Lily tentou se esticar, e as caixas atrás das pernas dela mudaram de posição quando o peso dela deixou de apoiá-las. Ela cambaleou e quase caiu quando elas bateram em suas panturrilhas. Passei um braço em volta dela para mantê-la de pé e encostei o outro na parede a fim de nos apoiar. Aquilo causou um leve som oco.

A mulher franziu a testa e olhou em direção ao armário.

Ela jogou seus cabelos escuros por cima dos ombros e começou a caminhar em nossa direção. Lily fechou os olhos com força. Contraí meu corpo preparando-me, planejando nos tirar dali com vida, independentemente de quem eu tivesse que ferir para isso acontecer. Eu não sabia se conseguiria fazer com que nós dois passássemos por Poe, mas Lily ficaria livre.

Teague ignorou o armário e foi até a porta do escritório. Ouvi uma nova voz.

— Olá, Teague.

A mulher era Teague. E o homem que estava falando com ela era o Dr. Turner.

Capítulo 23

— Olá, Gerald. — Teague transformou sua expressão em um sorriso. — Fico tão feliz por você ter podido vir de última hora.

Quando Lily soltou o ar, percebi como eu devia estar apertando-a. O fato de eu não ter notado dizia muito a respeito do meu nível de ansiedade.

— Cancelei minhas aulas da tarde. Espero que o assunto seja tão urgente quanto você fez parecer em sua mensagem.

Ele tinha tirado um dos fedoras das galhadas de alce em seu escritório e o colocado sobre a cabeça branca. Removeu o chapéu agora, segurando-o com uma das mãos e batendo-o de leve contra a palma da outra mão. Notei seus suspensórios pela primeira vez. Eles combinavam perfeitamente com sua gravata borboleta laranja.

— Você vai ter que perguntar a Edgar quão urgente é o assunto — respondeu Teague, balançando a cabeça em direção a Poe, que tinha se sentado no canto da sala.

Edgar? Eu teria escolhido esse apelido também. Fiquei imaginando brevemente se seu nome do meio era Allan.

— Olá, Poe — disse o Dr. Turner amavelmente. — Teague nã
me contou que minha visita era por sua causa. Eu teria chegado aqui
muito mais depressa.

Poe se levantou e estendeu a mão:

— Senhor.

O Dr. Turner a apertou, e então seus olhos perceberam o apa-
elho que Poe tinha nas mãos. Ele moveu seu olhar daquilo para
Teague e depois novamente para Poe.

— Isso é...?

— Não sabemos — falou Poe, e o entregou ao Dr. Turner. Teague sibilou entre os dentes. Nenhum dos dois lhe deu atenção. —
Infelizmente não consigo abrir essa coisa.

Girando o aparelho sem parar em suas mãos, o Dr. Turner apertou os olhos antes de tirar os óculos e observar ainda mais de perto.

— Como um cofre tecnológico.

— Exatamente. — Poe continuou a ignorar Teague enquanto
ela batia um pé com sapato de salto alto no chão. Os dois homens
olhavam fixamente para o aparelho. — Quem quer que tenha arma-
zenado a informação sabia o quão valiosa ela era.

O Dr. Turner assoviou:

— Essas coisas nem vão estar à venda nos próximos anos.

A paciência de Teague, que já não era muito grande, acabou.

— Gerald, você pode nos ajudar ou não?

— Receio que não possa. — *Uma mentira.* Uma que ele estava feliz em contar. — Apenas li sobre essas coisas, sobre quanta
informação pode ser armazenada nelas. Mas não como acessá-las.
Há uma porta USB aqui, mas se isso é o que Poe vem usando...?
— O Dr. Turner colocou os óculos novamente para olhar para
Poe, e Poe assentiu. — Então não tenho nada mais avançado para
testá-la.

Os braços de Lily se moveram em volta da minha cintura. Olhei
para baixo, surpreso, e então percebi que ela estava prestes a perder

o equilíbrio novamente. Eu a puxei para perto o suficiente a ponto de sentir o peito dela subindo e descendo.

— E quanto à universidade? — perguntou Teague. — Eles não teriam equipamentos mais avançados?

— Você está afastada do mundo acadêmico há muito tempo. — O Dr. Turner sacudiu a cabeça. — Temos que lutar para conseguir recursos para nossas necessidades mais básicas. Skrolls nem mesmo estão em nossa órbita. Provavelmente não estarão nos próximos 10 ou 15 anos.

— Não posso aceitar estar tão perto da informação e não ser capaz de acessá-la. — Ela caminhou até a janela para olhar para a água. — Teremos que simplesmente continuar tentando.

O Dr. Turner e Poe trocaram um olhar que não compreendi. A emoção que o acompanhou estava misturada — tanto confiança quanto medo.

— Você sabe, Teague — disse o Dr. Turner —, fazer algo precipitado com esse equipamento pode destruir qualquer coisa que esteja armazenada nele. Por que você não me deixa levá-lo...

— Ah, não. — Teague girou e esticou a mão. — Isso não sai da minha vista.

O Dr. Turner não largou o Skroll.

— Onde você o encontrou? Isto poderia me dar uma pista de como manipulá-lo, o tipo correto de software e coisas assim.

— Ou lhe dar uma pista de quem contatar para se juntar a você contra mim.

Um histórico de traição pairava entre eles, o tipo que demonstrava que um dia eles tinham sido aliados. Teague queria contar a ele o que sabia, e ele queria ouvir, mas nenhum dos dois tinha a intenção de ajudar o outro.

Mais viscoso de que um poço cheio de cobras e ainda mais sinuoso.

— Deveríamos encontrar uma forma de trabalhar juntos — falou o Dr. Turner.

— Por que faríamos isso, Gerald? Não queremos a mesma coisa.

— O rubor na face dela não combinava com a frieza de seu sorriso.

— Esse nem sempre foi o caso. Era diferente quando Liam estava aqui.

Todos os meus músculos se contraíram, e um fluxo breve de adrenalina pulsou dentro de mim. Lily esfregou a mão em minhas costas, com a intenção de me tranquilizar. E conseguiu.

— Liam foi embora porque ele é demasiadamente honrado — disse Teague, levantando seus ombros delicados. — Sempre foi.

— Não acho que essa tenha sido a única razão por que Liam foi embora. — Antes que Teague pudesse perguntar o que ele queria dizer, o Dr. Turner continuou: — Talvez ele tenha ido embora porque possuía informações que não queria compartilhar. Com ninguém.

Teague franziu a testa.

— Oh, e... o filho dele está aqui, em Memphis. Ele também não sabe nada sobre a Infinityglass.

Fiquei tenso novamente sob as mãos de Lily. Eu podia sentir o coração dela batendo.

— Quando você o viu? — perguntou Teague, a expressão repleta de censura.

— Ele foi à minha sala. — O Dr. Turner não entrou em detalhes sobre exatamente quando.

— E ele não sabia nada sobre a Infinityglass? — Ela estudou a reação dele. — Você é um detector de mentiras humano. Se você diz que ele não sabia, ele não sabia.

— Ele não sabia.

Será que o Dr. Turner também tinha uma habilidade especial?

Teague aceitou aquilo com um leve aceno de cabeça.

— Ele sabia sobre mim? E quanto à Chronos? Gerald?

— Ele não... não houve... — A forma como ele se enrolou com aquela resposta sugeria que o Dr. Turner não previra aquela linha de questionamento ou que não preparara uma história adequada. E que ele tinha medo de Teague. — Eles não sabiam muito.

— Eles?

— Havia uma garota com ele. Emerson.

— O que você contou a eles? — A voz de Teague ficou mortalmente fria. Ela sabia quem Emerson era.

— Muito pouco — falou ele, puxando sua gravata borboleta, afrouxando-a. — Eu lhes contei algumas coisas gerais sobre a Chronos para que eles fossem embora satisfeitos.

— E quanto a Jack? Eles perguntaram sobre ele? — O Dr. Turner não respondeu. — Perguntaram.

— Apenas se eu tinha ouvido falar dele ou se eu sabia onde ele estava.

— Eles o estão procurando. — Teague sorriu. — Ótimo.

— O que você está procurando? — O medo estava na voz dele agora.

— Encontrar a Infinityglass sempre foi o objetivo supremo da Chronos, nossa finalidade principal há anos. Estamos mais próximos agora do que já estivemos. — Teague tinha uma luz estranha em seus olhos enquanto olhava para o Skroll. — Jack Landers seguiu com a pesquisa do ponto que Liam a abandonou.

— Você acha que tudo o que você tem que fazer é encontrar Jack e ele será capaz de abrir o Skroll e responder a todas as suas dúvidas? — perguntou o Dr. Turner.

— Como não somos capazes de encontrar as respostas por conta própria, acredito que ele possa ser persuadido. Especialmente quando ele descobrir que o Skroll está em nossas mãos.

— E quanto à Hourglass? — perguntou o Dr. Turner.

— Se eles encontrarem Jack para nós, ficarão bem. — Ela deu de ombros. — Isso não é um jogo. Algumas vezes o mito se traduz na realidade.

— E se você encontrar a Infinityglass e ela não fizer tudo que você deseja?

— Ela fará. — Teague esticou a mão. O Dr. Turner lhe entregou o Skroll. Ela o colocou na gaveta mais alta de sua escrivaninha e então a trancou com uma pequena chave prateada. — Isso e muito mais.

Poe e o Dr. Turner trocaram um olhar.

— Poe e eu podemos nos encontrar com você em segurança fora do prédio? — perguntou Teague ao Dr. Turner.

— Você tem tão pouca confiança assim em mim? — Em vez de se sentir ofendido, ele pareceu aliviado.

— Não confio em ninguém. É por isso que ainda estou aqui. — Teague abriu a porta, e ela e Poe seguiram o Dr. Turner até o lado de fora.

Ficamos totalmente imóveis por trinta segundos depois que eles saíram.

— Eles foram embora — falou Lily. — Estão longe o suficiente para que possamos sair com segurança.

Saímos de dentro do armário, e a ampulheta feita de ossos começou a sussurrar para mim novamente. Virei as costas para ela.

— Precisamos sair daqui antes que eles voltem.

— Não vou sair de mãos vazias.

Ela estava olhando para a gaveta da escrivaninha que guardava o Skroll.

— Como você planeja fazer isso?

Sem mais uma palavra, Lily vasculhou o topo da mesa em busca de um clipe. Ao enfiá-lo na tranca, ela o contorceu, abriu a gaveta, tirou o case prateado e o enfiou na cintura da calça. Ela pegou minha camisa de flanela e a amarrou em volta da cintura.

Então olhou para mim, sorriu e partiu em direção ao corredor numa corrida desenfreada.

Capítulo 24

— Não se preocupe em fazer silêncio — falou Lily, meio sem fôlego e por cima do ombro, enquanto voávamos pelo saguão e saíamos pela porta da frente da Pyramid, nos misturando à multidão.

Avistei o que parecia ser um grupo de turistas perto das barracas de comida. Todos estavam usando as mesmas camisas, falavam um inglês deficiente com um toque de sotaque francês, e uma mulher segurava uma pequena bandeira vermelha sobre sua cabeça.

— Vá mais devagar. — Segurei o cotovelo de Lily e a puxei para o meu lado. Eu tinha notado que ela recebia vários olhares, tanto de homens quanto de mulheres em geral, mas com o apelo adicional das bochechas coradas e curvas acentuadas, aquela era uma atenção da qual não precisávamos. — Tente se misturar. Ficamos muito evidentes se corrermos.

— Vamos nos misturar a essa multidão primeiro. — Ela apertou fortemente as mangas em volta da cintura de novo e as amarrou com dois nós desta vez. — Você está vendo alguém?

Vasculhei a multidão.

— Nenhum sinal.

— Não consigo senti-los.

Lily soltou o ar, mas seu corpo não relaxou. A tensão enrijecia seus ombros, e estiquei a mão até a base de sua nuca para ajudar a aliviá-la. Parei antes de tocá-la e enfiei a mão no bolso.

Eu estava ficando louco.

— Não vou me sentir segura até voltarmos ao hotel.

As mãos dela foram até a o cóccix, e então ela as moveu para a cintura, se esticando e se contorcendo de um lado para o outro.

— Você está bem? — perguntei, hipnotizado pelos movimentos.

— Sim. Eu queria me certificar de que tudo estava seguro.

Tudo parecia seguro para mim.

— Quero ser capaz de correr novamente se for preciso. Estou morrendo de medo de deixar essa coisa cair.

Dei de ombros.

— Talvez, se você deixá-la cair, ela se abra.

— Não é a hora para sarcasmo.

Voltamos ao fluxo da multidão como aves migratórias, patos indóceis entrando na formação.

O fetiche por aves estava se manifestando em mim.

— Kaleb. — Os olhos de Lily estavam arregalados. — Olhe.

Dei um passo para trás, tentando entender o que estava errado. A multidão estava duas vezes maior do que há dois segundos.

Havia dobras.

Por todo lado.

— Nenhuma parte do cenário mudou — disse Lily, com voz trêmula. — São apenas pessoas a mais. Havia cinquenta pessoas ao meu redor, pisquei, e então havia cem.

— Os turistas franceses estão aqui. — Eles estavam batendo papo, observando o horizonte de Memphis e a superfície reflexiva da Pyramid. — E eles não parecem ver as dobras.

Os corpos ocupando o espaço lotado estavam compartilhando traços com outros corpos, como semideuses com vários membros.

Eles estavam no mesmo espaço aéreo, possivelmente até no mesmo espaço celular.

— Então em vez de uma cena inteira, temos uma multidão inteira. Isso é assustador — falei baixinho. Feições se borravam como fotografias fora de foco enquanto os vivos se misturavam aos mortos. — Isso é bizarro demais.

A mão de Lily apertou meu braço. Eu não sabia como seria a sensação de ter uma dobra passando por dentro de mim e, com toda certeza, não queria descobrir.

Uma mãe, um pai e dois meninos pequenos pararam ao nosso lado, posando para uma foto em família. Uma mulher idosa levantou a câmera e contou até três. Aquilo tudo era muito festivo e inocente, a não ser que você visse o homem de pé com eles.

Embora o termo mais exato fosse *dentro* deles. Uma das pernas repousava solidamente dentro do pai, a outra, dentro da mãe. A mão era visível de um lado do pescoço do garoto mais novo, o cotovelo no outro lado.

— Isso é demais. Vou passar mal. — Lily fechou os olhos e se virou em direção à brisa que soprava a partir do rio, puxando o ar profundamente.

— Fique aí e mantenha seus olhos fechados. Vou cuidar disso.

Quando a família acabou de posar, eles se viraram e partiram em direção à área do estacionamento. Corri para tocar no ombro do homem, esperando que ele desaparecesse.

Ele deu um salto, assustado.

— Posso ajudá-lo?

A família era parte da dobra, e não o homem. Suas camisetas dos Memphis Grizzlies deveriam ter me dado a dica.

— Sinto muito, senhor. Não.

— Kaleb?

Lily esperava por uma explicação.

— Falha minha. Está tudo bem. — Fiquei ao lado dela e examinei a multidão, tentando encontrar alguém que estivesse obviamente deslocado. — As dobras não nos veem. Deve ser fácil encontrar uma.

— Exatamente como foi há um segundo, não é mesmo?

Dúvida. Medo. Mais para pavor.

— Aposto que ela é uma dobra. — Apontei para uma mulher usando tênis Reebok de cano alto com cadarços cor-de-rosa fluorescentes. Gritei para ela. — Moça?

— Sim? — respondeu ela.

Eu não estava esperando uma resposta.

— Gostei dos seus... sapatos.

Ela saiu dali apressada, me olhando de forma estranha.

— Eu nem sabia que ainda faziam esses tênis — disse Lily, agora obviamente mantendo o Skroll no lugar com as mãos, pronta para correr.

Afastei uma sensação de pavor que vinha se arrastando. Eu não queria contar a Lily, mas eu estava começando a me preocupar que estivéssemos ficando plantados mais firmemente na multidão de dobras do que na realidade. Eu também queria correr. O problema era que eu não sabia para onde ir.

— Vou tentar novamente.

Uma menina adolescente vestindo um casaco de moletom com a gola cortada era meu próximo alvo. Dava para ver um collant de spandex por baixo. Não me dei ao trabalho de falar com ela; apenas parei à sua frente e estiquei a mão. Ela passou por dentro da minha mão e se dissolveu antes de chegar ao meu corpo.

— Graças a Deus — disse Lily, suspirando.

— Não relaxe ainda.

Poe e Teague estavam na escadaria ao lado da estátua de Ramsés, examinando a multidão.

— Corra!

Capítulo 25

— Não estamos nada visíveis — disse Lily, enquanto corríamos em meio à multidão.

— Pare de correr, mas ande depressa.

— Isso eu consigo fazer.

Seguimos apressadamente até o monotrilho da Mud Island e a margem do rio, ziguezagueando entre os carros estacionados. Alguns dos paralelepípedos estavam se soltando.

— Tenha cuidado.

— Eu provavelmente deveria proteger isso um pouco melhor. — Ela tirou os braços de dentro das mangas da minha camisa e usou-a para embrulhar o Skroll. — Oh, não. Abaixe-se!

— O quê...

— Abaixe-se! As botas de Poe.

Ela se sentou no chão atrás de um Honda Accord e enfiou o Skroll embrulhado debaixo dele. Então puxou meu braço, me trazendo para o chão com ela. Em cima dela.

Quando coisas como essa acontecem em filmes, elas sempre resultam em um olhar apaixonado ou um quase-beijo. Na vida real, aquilo se traduziu nos olhos de Lily fechados com força por causa da dor. Ela era a única coisa entre mim e os paralelepípedos.

— *Puta merda.* Você é como... um... gigante. — Ela socava meu ombro enquanto soltava as palavras com dificuldade. Rolei sobre minhas costas, as mãos na cintura dela, puxando-a comigo. Ela sugou o ar com força, mas, em vez de se mover, levantou o tronco e montou em cima de mim, esticando o pescoço para procurar Poe. — Não vejo ninguém. Talvez ele não estivesse tão perto quanto imaginei.

Cerrei o maxilar e olhei para as poucas nuvens brancas no céu azul.

Aquilo estava prestes a ficar realmente desconfortável.

— Lily.

— Ai, inferno. Ele *está* perto. Teague está com ele.

Abaixando-se novamente, ela pressionou o peito contra o meu. Seu cabelo fazia cócegas em meu pescoço.

— *Lily.*

Soltei o ar entre meus dentes. Um rubor de surpresa coloriu o rosto dela, mas não sem antes um breve segundo de reconhecimento passar por ele. O segundo em que ela percebeu exatamente o que estava fazendo comigo.

— Sinto muito — disse ela, sorrindo.

— Aposto que sente.

Com dificuldades para se levantar, ela agachou atrás do carro e olhou em direção ao rio.

Levei alguns segundos para me recuperar e então me arrastei até o para-choque traseiro do Honda e espiei pela lateral. Teague deu a volta e seguiu em direção à Pyramid, enquanto Poe foi até o fim da fila que se formava para embarcar no monotrilho.

Esperamos, agachados. A água batia no cais, e gaivotas famintas gritavam pedindo seu almoço.

— É uma pena eu não ter minha câmera para me esconder atrás dela — disse Lily, recuperando o Skroll que estava debaixo do Honda e colocando-o no colo. — Poderíamos ter fingido que éramos turistas.

168

— Há quanto tempo você tira fotos?
— Abi me deu minha primeira câmera quando eu tinha 12 anos. Era de segunda mão, mas tinha todos os recursos. Eu me diverti muito aprendendo como fazê-la funcionar.
Uma ponta de tristeza.
— Por que pensar nisso deixa você triste?
— Eu tinha começado a me esquecer de coisas sobre a minha família. A casa onde eu morava quando era pequena. Abi achou que ser capaz de manter um registro de minha vida aqui me ajudaria. Assim eu nunca teria que me preocupar com a possibilidade de me esquecer de qualquer coisa novamente, e então eu teria uma memória tangível. — Ela escorregou um pouco em uma pedra solta, e toquei levemente suas costas para ajudá-la a manter o equilíbrio. — Tenho fotografado desde então. Tenho uma câmera digital agora, mas guardei a original.
— Seu material é realmente impressionante. Você poderia ter uma exibição em uma galeria. Em me mostrou, nas paredes do Lei de Murphy. Você tem interesse em fotografar profissionalmente? Quando for mais velha?
— Estou tentando isso profissionalmente agora.
Ímpeto e determinação.
— Parece que nos livramos deles — falei, me levantando. Estiquei o braço para segurar a mão de Lily e ajudá-la a se erguer. — Você está sentindo alguma coisa?
— Não. — Ela segurou o Skroll junto ao peito. — Mas talvez você devesse farejar por aí em busca de um pouco de desespero.

Chegamos ao hotel sem maiores incidentes. Nenhum de nós prestou atenção ao desfile de patos que estava ocorrendo quando passamos apressadamente pelo saguão. Não conversamos no elevador.

Lily se lembrou do número do nosso quarto. Tínhamos saído sem uma chave, então tivemos que bater à porta. Esperar alguém atender foi uma tortura. Finalmente Michael abriu a porta e entramos, nos esquivando por pouco de uma Emerson voadora.

— Vocês nos mataram de medo — disse ela. — O que diabos está acontecendo? Por onde vocês andaram?

— Acalme-se, Em — falei.

— Não me diga para me acalmar. Você sai em uma cidade estranha com minha melhor amiga e...

— Estivemos com Teague. — Minhas palavras tiveram o impacto que eu esperava. Em caiu sentada na beira do sofá.

— Teague? — Michael se juntou a Em.

— Quando estávamos voltando, depois de comprar seu café, vimos Poe e o seguimos. Ele nos levou diretamente ao escritório de Teague na Pyramid, que presumo ser também o quartel-general da Chronos.

Peguei duas garrafas diferentes de refrigerante no frigobar e as mostrei a Lily. Ela escolheu o sem cafeína.

— Vocês viram Poe aleatoriamente no meio da rua no centro de Memphis. Ele os levou a um prédio comercial abandonado e então vocês o seguiram até o interior? — perguntou Michael. — Poderia ter sido um truque.

— Não era. — Não gostei da insinuação de que eu teria colocado Lily em uma situação assim. — Eu teria descoberto se ele estivesse tentando nos enganar e eu teria insistido para que Lily voltasse ao quarto.

— Ele tentou me fazer voltar ao quarto de todo jeito, mas não dei ouvidos. — Ela desamarrou as mangas da minha camisa e pegou o retângulo prateado. Eu o segurei. Ele ainda estava quente por causa do contato com a pele dela. — Se eu tivesse voltado, nós poderíamos não ter saído de lá com isso.

— O que é isso? — Em saltou do sofá e arrancou o Skroll de minhas mãos.

— O Dr. Turner o chamou de Skroll.

— Espere. O Dr. Turner estava lá também? — Michael moveu seu olhar de mim para Lily e depois de volta para mim. — Talvez vocês devessem começar pelo início.

Nós explicamos tudo, incluindo a multidão de dobras assustadoras.

— Então agora temos um aparelho, não sabemos o que fazer com ele e ainda não temos nenhuma pista sobre como encontrar Jack — falei.

— Obviamente temos que voltar para falar com o Dr. Turner.

— Em passou a mão nas bordas do Skroll, procurando uma forma de abri-lo. — Levaremos isto conosco. Vamos amanhã bem cedo. E não sairemos até obtermos respostas.

Capítulo 26

Bem cedo no dia seguinte, Em e eu atravessamos o campus da Bennett, apressados, em direção ao departamento de ciências.

— Você vai simplesmente jogar isso sobre a mesa dele e dizer "Ei, minha melhor amiga roubou isso do mesmo escritório onde você foi visto com a chefe da Chronos. Que coisa é essa? E, aproveitando, você sabe como abri-la?"

Em estava carregando o estojo prateado em sua bolsa.

— Não. Talvez. Não sei exatamente ainda. Mas quando o vir, tenho certeza de que saberei.

Nem tivemos que percorrer todo o caminho até a sala do Dr. Turner.

Ele estava em frente ao prédio de ciências, segurando sua pasta. Um cravo cor-de-rosa estava na casa do botão de seu colete.

— Dr. Turner — chamou Emerson.

Quando ouviu seu nome, ele se virou para ficar de frente para nós e sorriu educadamente.

— Bom dia. Como posso ajudá-los?

Ele parecia um pouco formal depois de nosso encontro no dia anterior. Eu me aproximei dele, esperando que ninguém à nossa volta fosse nos ouvir. Eram por volta de 9 horas, e as pessoas estavam correndo para as aulas.

— Segui seu conselho e chequei os pontos turísticos. A Pyramid? Vi algumas coisas sobre as quais queria conversar com o senhor.

Esperei choque, pelo menos surpresa. Mas não confusão.

— Sinto muito, eu lhe dei um conselho? — O Dr. Turner puxou a ponta de sua gravata borboleta.

— Sim — respondi —, na sua sala, ontem...

Ele não fazia ideia do quê eu estava falando.

— Dr. Turner, sou eu. Emerson. — Ela sorriu e acenou com a cabeça, encorajando-o a se lembrar. — Estivemos aqui ontem pela manhã.

Ele se inclinou para olhar melhor para o rosto dela.

— Ontem pela manhã?

— Durante seu horário de atendimento aos alunos. — Ela olhou em volta antes de continuar em voz baixa. — Nós conversamos com o senhor sobre a Chronos.

Angústia revestia as palavras dele:

— Eu não... eu não faria... oh, espere um pouco, meu telefone... — Ele se enrolou, tocando cada um de seus bolsos antes de finalmente encontrar seu celular. — Alô?

Ele olhou para Em e para mim enquanto escutava a pessoa que tinha ligado do outro lado da linha, o medo mais evidente a cada segundo.

A ansiedade de Em colidiu com a minha:

— Não tenho um bom pressentimento quanto a isso.

— Você não deveria mesmo.

— Será que ele poderia estar senil, ter Alzheimer ou algo assim? Ou isso significa o que imagino que significa?

— A memória dele sumiu. — Concordei com um meneio de cabeça. — Tem que ser coisa do Jack.

— Mas ele sumiu do mapa. — Ela lutou contra seu medo, negando a verdade óbvia. — Lily tem verificado a cada hora.

— Está mais para a cada meia hora.

— Então como Jack pode ter vindo até aqui?

— Ele poderia estar se escondendo em véus. Se ele permanecer dentro deles, isso poderia bloquear a capacidade de Lily de rastrear o relógio de bolso. Ele pode existir fora do espaço e do tempo.

— Ou ele pode estar preso. Isso poderia explicar por que as dobras estão ficando cada vez piores. Mais bagunça no *continuum* significa mais consequências. — Em bufou de frustração. — Como se as coisas já não estivessem ruins o suficiente.

— Na verdade, não acho que Jack esteja preso. Ele fez uma visita ao professor, o que seria impossível se estivesse preso.

— Por que ele tomaria a memória do Dr. Turner? — perguntou Em. — Especificamente a memória sobre nós?

— Não sei. — Eu só sabia que estávamos cercados por inimigos e incertezas, e tudo em mim queria dar o fora daquela cidade e voltar a Ivy Springs. — Talvez o Dr. Turner nos tenha contado muitas coisas sobre a Chronos.

— Ele quase não nos contou nada.

Olhei para o Dr. Turner, prestei atenção à sua aparência, e o pânico se estabeleceu em meu peito.

— Temos que ir, Em.

— Precisamos ligar para alguém. Não podemos deixá-lo assim. — Ela não se mexeu. — Quem sabe quanto da memória dele Jack levou?

— Em, não faça isso. — Eu precisava levá-la de volta ao hotel. — Não há nada que possamos fazer.

O Dr. Turner tinha desligado seu celular e estava parado olhando para os arcos góticos em frente ao prédio de ciências, franzindo a testa para eles.

— Por favor, precisamos ao menos levá-lo ao escritório dele. Ele tem netos, uma família. — Ela se afastou de mim. — Queremos levá-lo à sua sala, certo, Dr. Turner? Nós explicaremos assim que chegarmos lá.

— Receio que vocês não podem fazer isso. Tenho que ir a uma reunião daqui a pouco.

Ele colocou seu telefone no bolso ao lado da casa de botão que segurava o cravo. O cravo cor-de-rosa vivo e perfeitamente fresco.

— Não se preocupe — falou Emerson. — Seremos rápidos. Apenas venha conosco.

Ela esticou o braço para segurar a mão dele.

Ele dissolveu.

❦

A negação veio primeiro. Uma descarga de adrenalina dentro de nós, que se espalhou para nossos braços e pernas, nos deixando fracos e tontos.

A realidade se estabeleceu, a imagem exterior se entendendo com nosso cérebro. O pânico acelerou nossa respiração, nos fez suar, nos fez tremer.

Eu nunca tinha sentido a emoção de outra pessoa de forma tão forte na minha vida.

— Dr. Turner? — Em se virou para mim. — Kaleb? Ele era...

— Não — falei, esticando o braço na direção dela antes que ela se virasse.

Eu sabia aonde ela estava indo.

— Dobra. — A respiração de Em estava agitada. — O Dr. Turner era uma dobra. Ele era uma dobra e não nos reconheceu.

— Poderia ter sido uma dobra do futuro — falei, tentando ganhar tempo, acalmá-la. Descobrir uma forma de evitar o que eu sabia estar prestes a acontecer.

Ela balançou a cabeça em protesto.

— Não. Michael e seu pai disseram que não viram nenhuma dobra do futuro desde que tudo isso começou.

— Isso não significa que...

— Kaleb, ele estava usando exatamente a mesma roupa que estava vestindo ontem. Ele tinha o cravo cor-de-rosa na casa do botão. E estava fresco. Ele deveria ter nos reconhecido. Ai, não.

— Emerson, não faça isso.

— Ai, por favor, Deus, não.

Ela não esperou por mim, apenas disparou correndo a toda velocidade. Minhas pernas eram mais longas, mas ela estava acostumada a correr grandes distâncias e tinha o medo perseguindo-a.

— Pare! Você não sabe o que aconteceu lá em cima... pare... Em!

Ela derrapou na entrada do prédio de ciências. Eu estava dois segundos atrás dela por causa do tempo que levei para abrir a porta que ela deixou bater ao passar.

Seus passos ecoavam na escadaria. Eu a ouvi abrir a porta para o segundo andar com violência. Eu a segurei logo antes de ela se fechar.

A mesma recepcionista do dia anterior estava sentada à mesa, a boca se abrindo para nos perguntar aonde estávamos indo. Fomos rápidos demais para ela.

Em abriu a porta da sala do Dr. Turner e ficou parada, congelada, bem do lado de fora. Parei a tempo de evitar atropelá-la.

O fedora que ele tinha usado para encontrar Teague estava no chão.

O cravo cor-de-rosa estava murcho no porta-lápis.

O cachimbo estava frio.

O Dr. Turner estava deitado com o rosto sobre a escrivaninha, em uma poça de sangue, sua garganta cortada de orelha a orelha.

Capítulo 27

Depois que achamos o Dr. Turner, liguei para a segurança do campus e então para Michael e Lily. Dividimos o dia entre a universidade e a delegacia, observando os funcionários da equipe de médicos legistas entrarem e saírem do prédio enquanto faziam sua investigação, e, então, enquanto a polícia trazia possíveis testemunhas para serem interrogadas.

O ferimento tinha sido infligido há 14 horas, com uma lâmina de 15 centímetros, por trás. O assassino tinha cortado da esquerda para a direita. Da mesma forma como Poe cortou Emerson.

Não havia dúvida em minha mente de que ele era o culpado.

Eu continuava a ver a faca deslizar ao longo do pescoço dela no Phone Company, o sangue abandonando seu corpo. No segundo seguinte, era o Dr. Turner, um homem com netos e uma flor cor-de-rosa em seu paletó, debruçado sobre sua escrivaninha, sangue pingando no chão.

Desde o instante em que o encontramos, eu não tinha sido capaz de controlar minhas emoções. Culpa, medo — outras coisas que eu não conseguia especificar. Aquilo tudo se somava para formar algo tão fora de controle que meu coração não parava de ter sobressaltos.

Em não estava nem um pouco melhor. Nós tínhamos voltado ao Peabody, onde ela tomou uma chuveirada. Agora estava sentada no sofá, envolta pelos braços de Michael, totalmente destruída por dentro. Lily estava tomando banho, e eu estava sentado em uma cadeira no canto, tentando bloquear tudo ao redor. Finalmente, não aguentei mais:

— Em. — Estiquei o braço para segurar a mão dela. Ela olhou para mim com uma expressão vazia. — Deixe-me tirá-la.

— Tirar o quê?

A voz veio alta, como se ela tivesse se esquecido de como modulá-la. Eu apontei para seu coração.

— A dor. Você quer tirar a dor. — As palavras dela não eram uma pergunta. Eram mais uma acusação. Eu não esperava a risada que veio a seguir ou a resposta curta. — Não.

Ela não estava em condições de lidar com suas emoções sozinha, especialmente quando não precisava fazê-lo.

— Eu a sinto de qualquer forma, tirando de você ou não — falei, em uma tentativa de persuadi-la.

— Desculpe se minha dor é um inconveniente para você.

— Você sabe que não foi isso que eu quis dizer. — As palavras saíram mais ríspidas do que eu pretendia. Michael inclinou o corpo para a frente no sofá. Eu precisava ser comedido em minha resposta. — Não me exclua quando eu posso tornar as coisas melhores.

A porta do banheiro se abriu, e Lily saiu com o cabelo molhado e as bochechas rosadas. Eu não queria que ela ouvisse nada daquilo.

— Tomar minhas emoções não vai melhorar nada, Kaleb. — Em percebeu a presença de Lily, mas não diminuiu o tom de sua voz. — Se você não gosta delas, vá embora. Entre no quarto.

— O quarto não é longe o suficiente.

Eu seria capaz de senti-la no outro lado do equador. Pelo menos, se tomasse suas emoções, eu seria capaz de controlá-las.

— Então vá a algum outro lugar. Vá embora. Vá em frente! —
Seus gritos me pegaram completamente despreparado. A Em que eu
conhecia era violenta com seus punhos, não com suas palavras. Eu
nunca a tinha visto tão irracional. A aflição de Michael e sua expressão de preocupação me diziam que ele também nunca tinha visto
algo parecido. — Deixe que eu me preocupe com você, contanto que
isso faça *você* se sentir melhor.

— O quão longe você quer que eu vá? — perguntei.

Ela estava totalmente descontrolada.

— Ah, é verdade. Você é capaz de esquecer essa situação sem ao
menos ter que sair do quarto, não é mesmo? — Ela virou os olhos
em direção ao frigobar. — É só abrir algumas garrafas. Todos os
tipos de garrafinhas ali que deveriam deixar tudo completamente
entorpecido.

A recusa dela em me deixar ajudar me irritou por razões que eu
não conseguia apontar.

— Eu me ofereci porque me importo.

Michael tentou me acalmar:

— Ela só está irritada. Você não precisa tomar conta dela. Eu
faço isso.

— Da mesmo forma que você toma conta de tudo, não é mesmo?
— perguntei. Algo se rompeu em meu peito, e minha racionalidade
saiu pela janela, acompanhando a de Emerson. — Você sempre aparece para salvar o dia. Você salvou meu pai. Eu poderia ter *evitado* a
morte dele se estivesse mais sintonizado com Cat e Jack. Se eu estivesse, minha mãe estaria acordada e saudável. E se eu tivesse tirado
os arquivos do cofre de meu pai quando deveria ter tirado, Jack nunca
teria descoberto sobre Emerson. Então é tudo minha culpa.

Do outro lado do cômodo, senti Lily pesando se deveria intervir
ou não.

Michael se levantou.

— Não faça isso. Não transforme o dia de hoje em algo a seu
respeito.

— Ah, sim — debochei. — Porque é exatamente isso o que estou fazendo, Mike. Não, espere. Eu não estava transformando nada em algo a meu respeito. *Você* fez isso.

— Você fez tudo isso por contra própria. — disse Michael.

Nossas emoções me faziam pensar em um furacão parado em algum lugar, causando destruição atrás de destruição. Mas não havia um centro naquela tempestade.

— Eu sei como a família do Dr. Turner se sente — falei. — Ele *nunca* vai voltar para casa para estar com eles. Ele não tem uma segunda chance como meu pai teve. Não há como voltar no tempo ou encontrar uma saída para uma garganta cortada. Um corpo foi encontrado. Uma garganta cortada e ensanguentada. Alguém teve que identificá-lo. Alguém teve que reivindicar o corpo. E agora alguém tem que enterrá-lo. — Eu ri, mas não havia um pingo de graça naquilo. — Então, sim, vá em frente e diga que o dia de hoje é algo a meu respeito.

— Parem. — Em cobriu seus ouvidos. — *Parem com isso.* Escutem o que vocês estão falando. Vocês estão transformando tudo isso em algo sobre vocês dois, e Kaleb está certo. Um homem está morto.

— Ela irrompeu em lágrimas, soluçando como se nunca fosse ficar inteira novamente, e começou a deslizar para o chão.

Michael a segurou antes que ela pudesse cair.

Sem qualquer outra palavra, ele a pegou no colo e a carregou para o quarto, empurrando a porta com o pé ao entrar.

Peguei uma chave sobre a mesa e saí correndo.

Capítulo 28

Beale Street à noite. Uma pessoa seria capaz de cometer assassinato e sair impune naquela escuridão.

O vento estava mais frio do que naquela tarde. Música fluía de cada bar aberto, luzes de neon em todas as cores do arco-íris faziam tudo parecer festivo, e a multidão apresentava todos os tipos de emoções. *De luxúria a raiva e uma alegria embriagada.*

Minha identidade falsa era bem-feita. Eu precisava que ela funcionasse naquela noite. Eu definitivamente estava em busca de um pouco de alegria embriagante e talvez algumas garotas universitárias.

Eu queria esquecer a rejeição de Em. A confusão que vi no rosto de Lily.

Eu não conseguia nem mesmo pensar na decepção de Michael sem que o sangue fervesse em minhas veias. Eu tinha me oferecido para ajudar a garota que ele amava, e ele tinha me rejeitado. Pela primeira vez em muito tempo eu não tinha tido nenhum motivo egoísta, e ele agira de forma completamente exagerada.

Fiquei imaginando o que a família do Dr. Turner estava fazendo naquela noite. O que sua neta pensou quando ficou sabendo que não poderia mais levar flores ao avô, fora aquelas que ela deixaria no túmulo dele...?

Virando em direção à South Main, passei pelo Orpheum Theatre. Depois da experiência com as dobras no cinema de Ivy Springs, fiquei feliz ao ver o letreiro anunciando um show de uma banda recente. Era bom estar plantado firmemente em minha realidade.

Agora eu estava pronto para fugir dela.

Segui um grupo de rapazes de uma fraternidade até um bar chamado Cabana do Amor. Segurando minha identidade em frente ao rosto do segurança enquanto a fila andava, comecei a conversar com o rapaz à minha frente. Casual. Tranquilo. Muito fácil.

Eu me sentei em um banco no balcão e pedi uma gin tônica:

— Com gin extra.

A barwoman, uma ruiva tremendamente gostosa com um crachá que dizia "Jen" me ofereceu um sorriso torto.

— Até parece, garotão.

— O que você quer dizer com "até parece"?

Ela colocou gelo em um copo.

— Você não é velho o suficiente para beber.

— Com certeza sou. — *Indignado* era a palavra perfeita para descrever como eu me sentia. Não era uma palavra que eu usava em minhas conversas do dia a dia, mas ainda assim era perfeita. — Eu entrei, não entrei?

— Onde está seu carimbo?

Abrindo uma garrafa nova de groselha, ela serviu um pouco no fundo do copo, acrescentou duas cerejas e completou com Coca-Cola.

— Carimbo?

Seu sorriso ficou mais largo.

— Fique longe de encrencas, gato. Venha me procurar quando você for maior de idade. — Ela empurrou a Coca com cerejas sobre o balcão e piscou. — Por conta da casa.

O rapaz ao meu lado lhe mostrou um carimbo em sua mão e pediu uma cerveja. Soltei um palavrão. Eu tinha perdido aquela parte. Pelo menos não tive que pagar entrada.

Girei para observar as pessoas ao meu redor, com a Coca na mão, e imediatamente derrubei tudo na minha canela e no sapato.

Jack. Parado junto à porta de entrada.

Empurrei o copo na primeira mão vazia que vi e abri caminho pela pista de dança lotada até a entrada.

Não estava mais lá.

Saindo da boate, me encolhi quando o vento frio encontrou minha calça molhada de Coca-Cola. Talvez não fosse Jack. Talvez minha raiva estivesse me pregando peças. Talvez eu devesse procurar um bar que me servisse.

Soprei minhas mãos para manter meus dedos aquecidos e vi um bonde verde acelerando ao invés de parar quando se aproximou do cais da Beale Street.

Havia muitas pessoas na rua para que o bonde andasse tão depressa. Um tropeço embriagado na direção errada e uma pessoa poderia encontrar um fim sangrento.

Então tudo ficou em câmera lenta, pesado demais e espesso demais.

A dobra se misturou, exatamente da mesma forma que Lily e eu tínhamos experimentado no dia anterior. A escuridão tornava mais difícil ver feições específicas, mas quando um jornaleiro caminhou, segurando uma cópia do *Memphis Daily*, e então passou no meio de um grupo de imitadores de Elvis Presley, eu soube que o tempo estava se deslocando novamente.

Esfreguei meus olhos com meus punhos e olhei ao redor em busca de algo para tocar.

Uma garotinha usando um vestido branco. Tinha duas longas marias-chiquinhas e estava pulando em uma perna só. Completamente deslocada. Estiquei o braço para tocá-la ao mesmo tempo em que ela deixou uma moeda cair. Ela começou a procurá-la na rua.

Os freios do bonde fizeram barulho, e o cheiro de fumaça encheu o ar, junto de um grito angustiado de uma mãe:

— Não! Mary!

E se eu estivesse errado e a pequena menina fosse real, não uma dobra? Eu estava próximo o suficiente para apanhá-la. Sem pensar nem mais um segundo, corri, desesperado para detê-la antes que o impensável acontecesse e o bonde passasse por cima dela. Se fosse veloz o suficiente, eu poderia tirá-la da frente do bonde e rolar com ela até ficar em segurança.

Corri.

Saltei.

Segurei.

Ela dissolveu.

Assim como o bonde.

Capítulo 29

— Você pode nos contar novamente o que aconteceu?

— Não sei o que vi. Tinha uma menininha... ela estava ali e logo depois não estava mais. A mãe dela a chamou de Mary.

Ela era uma dobra. Não havia uma forma boa de explicar aquilo.

— O Orpheum tem alguns fantasmas, mas Mary é a mais famosa. Talvez você tenha a Visão. — O policial tinha uma voz com um sotaque carregado. Definitivamente era local. — Você esteve aqui mais cedo com o caso do Dr. Turner? Depois de tudo por que você passou, fico surpreso por isso ser tudo que tenha visto.

Foquei no chão de vinil arranhado, sem querer fazer contato visual. O policial se afastou.

Toda a atividade na delegacia ficou em segundo plano quando ouvi a voz dele:

— O subconsciente é uma coisa traiçoeira.

Ele se sentou a meio metro de mim. Havia armas por todos os lados, juntamente a policiais suficientes para derrubar um elefante caso ele pegasse o amendoim que não devia. Eu não podia encostar nele. Havia testemunhas demais.

— Jack — falei baixinho.

Ele sorriu.

Meus dedos se apertaram na beira do banco onde eu estava sentado. Eu queria que eles apertassem o pescoço dele.

— Por que você está em Memphis?

— Eu lhe contaria, mas então eu teria que... não, espere, eu não teria que fazer isso. Eu poderia apagar sua memória.

— Conveniente.

— Não farei isso, no entanto, porque quero que você pense no que viu esta noite. — Jack inclinou o corpo em minha direção como se fosse contar um segredo. — Mary encontrando a morte em frente a um bonde. Porque foi isso o que aconteceu na época. Ninguém se sacrificou para salvá-la, e ela terminou como uma poça sangrenta no meio da Beale Street.

Uma fúria ardia como chamas atrás de meus olhos.

— Você tentou mudar a trajetória de Mary — disse Jack. — Você viu uma tragédia prestes a acontecer e se meteu na frente dela para salvar a vida de uma inocente.

Meus braços começaram a tremer.

— Somos mais parecidos do que você pensa, Kaleb.

— Não, não somos. — Interrompi minhas palavras. — Eu não bolei um plano complicado para mudar a vida daquela garotinha. Eu não a segui ou deixei os pais dela morrerem.

— Os pais de Emerson morreriam de qualquer forma. Eu tive que deixá-los. Intervir e mudar uma linha do tempo causa problemas exatamente como os que estamos tendo agora... problemas que Emerson causou ao salvar Michael. Dobras por todo lado, tentando atravessar a malha do tempo.

— Não culpe Em por tudo isso. — Eu parei e fiz um esforço consciente para abaixar minha voz. Uma jovem com cabelos castanho-escuros e um olho roxo parecia estar escutando cada palavra que eu dizia. — Você viajou quando não devia viajar. Você e Cat fizeram tanto quanto ou até mais para danificar o *continuum*.

— Tente me dizer que você escolheria diferente. — A voz era suave. — Diga que você não quer Emerson em sua vida. Que você quer que seu pai esteja morto.

Cerrei os dentes.

— Você não é capaz de dizer isso. É isso que eu preciso que você compreenda, que você abrace. Deixe-me lhe contar uma história.

— Não estou interessado.

— Acho que você quer ouvir isso. — Jack baixou os olhos em direção às próprias unhas. — Eu entendo você. Liam sempre escolhendo Michael em vez de você. Como você sempre falha em corresponder às expectativas de seu pai. Consigo me identificar com isso.

Meu queixo ficou ainda mais rígido. Eu não queria que um sociopata tivesse acesso aos meus sentimentos e odiava o fato de, independentemente do quanto tentasse, eu não conseguir ter acesso aos dele. Tudo que eu recebia era um murmúrio constante de autossatisfação, e isso porque Jack queria que eu sentisse aquela emoção. Pura demais para ser real.

— Eu tive um irmão que recebia o mesmo tipo de atenção que Michael recebe. Um irmão de sangue. Diante dos olhos de nosso pai, ele era incapaz de fazer qualquer coisa errada. Além disso, ele era um herói. Tentei ser como ele, tentei emulá-lo, mas meu pai não me via. Ele estava cego.

A informação que Dune encontrou sobre Jack não incluía nenhuma menção a um pai ou a um irmão. Será que Jack estava inventando aquilo para tentar ganhar minha compaixão ou tal fato realmente era parte de seu passado?

Jack continuou:

— Fiz coisas para fazer meu pai olhar para mim. A princípio, eram boas notas na escola, me sobressair nos esportes. Quando não funcionou, tentei outras coisas menos agradáveis. Uma garrafa pode ser um chamariz de atenção e uma amiga. Como você sabe.

Eu ia estrangulá-lo bem no meio da delegacia.

— Mas meu pai parecia perfeitamente disposto a me deixar seguir meu caminho. Fiz uma última tentativa entusiasmada, certo de que tinha descoberto a solução para fazer com que ele se importasse — zombou Jack. — Mas tudo o que resultou daquilo foi um irmão morto e um filho descartado.

— Você foi desonrado. Essa é a coisa no passado que você quer mudar. — Eu finalmente entendi. — Quando você descobriu como viajar, por que você mesmo não mudou isso? Por que você teve que envolver Em?

— Não havia matéria exótica suficiente em pílulas para que eu conseguisse fazer todas as coisas que precisava fazer sem Emerson. Simplesmente não era suficientemente forte ou estável. — Ele deu de ombros. — Quanto mais longe eu voltava, mais rápido ela queimava, mais rápido eu envelhecia, mais tempo eu demorava para me recuperar.

— Então Em era sua alternativa.

— Achei que assim que encontrasse Emerson e assim que ela estivesse mentalmente saudável, eu só precisaria ajudá-la a entender o que eu tinha feito por ela. Eu tinha certeza de que, assim que nos conectássemos, ela estaria disposta a fazer o número de viagens que eu quisesse. Mas ela escolheu a Hourglass. E então me enganou ao ficar com o disco com a fórmula da matéria exótica.

— Por que você está me contando isso? Você sempre tem um motivo. Qual é o motivo desta vez?

Ele sorriu superficialmente.

— Porque somos iguais, Kaleb. As coisas que queremos da vida. Somos sempre as últimas pessoas levadas em consideração. A segunda opção. E ambos queremos que isso mude.

Fúria. Tanta que eu sacudi o banco.

— Nós. Não. Somos. Iguais.

— Pode continuar a dizer isso a si. — Ele deu de ombros. — Tenho respostas para você quando você as quiser. Acorde. Posso entender você. Agora você precisa tentar me entender.

Ouvi alguém pigarreando. Olhei para cima e vi o policial que tinha falado comigo mais cedo.

— Você está liberado.

— Obrigado. — Balancei a cabeça para ele. — Vou embora imediatamente. Apenas preciso terminar esta conversa.

O policial franziu a testa.

— Você tem certeza de que está se sentindo bem? Nenhuma dor de cabeça ou... tontura... qualquer coisa?

— Estou bem — falei, sorrindo. Inclusive fiz um sinal de positivo com o polegar. — E pronto para outra.

Ele balançou a cabeça de forma incrédula e se afastou, e eu me virei para ficar de frente para Jack.

Ele tinha sumido.

Mas tinha deixado o relógio de bolso em seu lugar.

Capítulo 30

O frigobar estava aberto.

Eu podia ver Em e Michael sob a luz fraca, através de uma fresta na porta do quarto deles, enroscados na cama. Presumi que a porta não estava fechada porque Michael planejava ficar a noite toda com Em. Ou ele não queria que sua honra fosse questionada ou não queria desobedecer as regras de Thomas. Um escoteiro.

Lily não estava em nenhum lugar visível.

Pegando uma garrafa minúscula de Crown Royal, passei meu dedo nos relevos do vidro, uma réplica perfeita da garrafa maior. Eu não era uma réplica perfeita de ninguém. Eu queria sair da minha cabeça — sair do meu corpo. Sair da minha vida.

— Largue isso.

Lily.

— Vá embora, garotinha. Não quero brincar agora.

Eu também não queria magoá-la, mas não precisava de nenhuma testemunha. Ainda assim, fiquei surpreso ao não *sentir* nenhuma mágoa. Dei meia-volta.

Vê-la fez meu peito doer com um desejo inesperado.

— Não estou brincando. — Ela cruzou a sala e tomou a garrafa de minha mão, os dedos determinados abrindo cada um de meus dedos tensos. — Você não vai fazer isso.

Segurando meu pulso com uma das mãos, ela tomou a bebida com a outra.

— Você não é responsável por mim, Lily.

— Ninguém é. Você é responsável por si. Estou simplesmente lembrando-o de que você vale mais do que o que vai encontrar no fundo de uma garrafa. — Ela se inclinou para guardar a bebida e fechar a porta do frigobar. Seu cabelo caía em ondas sobre os ombros nus, escondendo a alça preta da camiseta. — Dias como hoje podem fazê-lo se esquecer disso.

— E quanto a anos como hoje?

— Fiquei preocupada quando você saiu. Em e Michael também ficaram. Eu falei para eles se deitarem. Prometi que os acordaria se você não voltasse até meia-noite.

Apontando para a porta aberta do quarto deles, falei:

— Não acho que eles realmente tenham se importado nem um pouco se eu voltaria.

— Isso não é verdade, Kaleb. Em insistiu em ficar acordada para se desculpar. Isso foi antes de ela chorar até ficar esgotada. Ela sabe que estava errada e que você estava tentando ajudá-la porque a ama.

Examinei o rosto de Lily.

— Você realmente a ama?

— Não dessa forma. — Parei, surpreso. Era verdade. — Mais como uma irmã. Uma melhor amiga.

— Esse papel já está preenchido, mas você pode se candidatar a substituto. Michael também se importa, você sabe. — Quando sacudi a cabeça, ela suspirou. — Você precisa de uma intervenção da Lily. Venha comigo.

Quando ela apontou para o outro quarto vazio, quase engoli minha língua.

— Calma, garoto. Quero dizer que assim podemos conversar em um volume normal. Mas apenas se você quiser conversar. Se não quiser, podemos decidir no cara ou coroa quem fica com a cama dobrável.

— Não vou decidir nada no cara ou coroa... Hum. — Suspirei. — Minha mãe me criou para ser um cavalheiro, lembra-se?

Ela pegou minha mão.

— Eu também me lembro de que você incluiu "na maioria das circunstâncias" no fim daquela explicação.

No quarto, um livro estava aberto sobre a mesa de cabeceira, com a capa para cima. Sua lombada bastante desgastada estava rachada, e os pequenos óculos de Lily repousavam nele. Ela se sentou na cama de casal, e, como a única cadeira estava servindo de suporte para sua mala, eu me sentei no chão. As costas dela estavam encostadas à cabeceira da cama, e as pernas cruzadas nos tornozelos. Pequenos bolinhos bordados pareciam dançar na calça de seu pijama. Eles tinham até granulado colorido.

Devido à minha experiência prévia, eu deveria ter ficado confortável em um quarto com uma garota, mas Lily estava olhando para mim como se esperasse que eu *dissesse* algo em vez de *fazer* algo.

— Sinto muito. — Bufei. — Sobre mais cedo. Por você ter tido que ouvir aquilo tudo. Eu agi como um babaca.

— Todos os três agiram como babacas — confirmou ela, com uma voz seca. — Mas há circunstâncias atenuantes para se levar em consideração. Esse tipo de trauma pode trazer coisas encobertas à tona.

— Essa é sua forma de me dizer que estou desculpado por meu comportamento?

Lily não merecia meu sarcasmo, mas eu o soltei mesmo assim.

Ela deu de ombros:

— Eu não o tinha culpado. Mas tenho uma pergunta. Você realmente acha que tudo que aconteceu é sua culpa?

— Você sempre vai diretamente ao ponto — falei, meio irritado, meio apavorado. — Não tem brincadeira.

— Por que perder tempo? — Ela olhou seriamente para mim.

— E não mude o foco da conversa. Isso é sobre você.

Tentei acalmar minhas emoções o suficiente para sentir as dela. *Curiosidade. Empatia verdadeira e real.* Ela estava tentando enxergar as coisas sob meu ponto de vista. Ninguém, além de meus familiares próximos, tinha feito algo assim.

— Sei que não é racional, mas sim. Eu realmente acho que a maior parte das coisas que aconteceram é minha culpa.

Lily assentiu e então ficou em silêncio por alguns segundos, processando as informações.

— Esse é o motivo pelo qual você se ofereceu para tomar a dor de Emerson. Você se sentiu responsável. Tomar emoções também é parte de sua habilidade?

Ela já sabia a resposta.

— Em lhe contou.

— Tecnicamente, *você* contou. Mas ela me deu dicas, apenas por causa do que ouvi sem querer e porque perguntei especificamente.

— Isso não é algo que você costuma fazer — falei, de forma seca.

— Em disse que as únicas emoções que você toma das pessoas são as dolorosas. — Ela olhou para o livro em sua mesa de cabeceira. Fábulas dos Irmãos Grimm. — Imagino que existam consequências quando você faz isso. Mágica sempre tem um preço.

— Tomar emoções não é mágica.

— O que é, então? — Ela inclinou-se para a frente para se sentar na beira da cama.

— Bem... — Tive dificuldades para encontrar a explicação ideal.

— ...sem permissão, é uma violação.

— Mas você recebe permissão. Você toma a dor com o intuito de ajudar, de curar. Esse é o melhor tipo de mágica que existe.

— Não me faça parecer um santo, Lily. Eu não sou.

— Mas — contestou ela —, você não é como Jack.

O comentário me fez sair do sério.

— Eu nunca disse que era como Jack.

— Mas você acha que é. É o próximo passo lógico, especialmente se você comparar suas habilidades — disse ela. — Memórias e emoções são completamente interligadas. A intensidade com que você se sente a respeito de uma situação influencia no modo como você se lembra dela. Existem estudos sobre isso.

— Que você por acaso acabou de ler?

— Não. Eu pesquisei sobre isso na internet.

Lily apontou para a escrivaninha, onde seu computador estava aberto. Havia uma fotografia na tela, uma que ela tirou durante o dia quando eu não estava prestando atenção. Ela mostrava a cabeça de Lily vista por trás e eu, com um sorriso amarelo.

— Bela foto.

— Ah, sim. — Ela enrubesceu um pouco e correu até a escrivaninha para fechar a tampa do laptop. — Foi uma boa foto. Você, hum, tem um sorriso bonito. Quando resolve mostrá-lo.

— Em e eu estávamos falando sobre você. Sobre como você é talentosa.

— Vamos voltar a falar sobre você. — Que garota obstinada. — Você nunca falou isso em voz alta, mas eu sei que você se compara a ele.

Debati comigo mesmo se contava a ela que Jack tinha acabado de fazer todos os tipos de comparação por mim, e que as similaridades eram piores do que eu achava, mas fiquei muito preocupado com a possibilidade de ceder e lhe contar sobre o relógio de bolso. Eu não queria falar sobre aquilo esta noite, então dei de ombros:

— Talvez.

— São apenas as habilidades de vocês que são parecidas. — Ela andou de volta em direção à cama, mas não se sentou. — Jack toma memórias e as substitui, e isso destrói as pessoas de 1 milhão de formas diferentes. E sua mãe, o que ele fez ao tomar as memórias dela e *não* substituí-las. Isso a deixou vazia.

Olhei fixamente para ela.

— Você não é como ele — insistiu ela. — As intenções de vocês não são as mesmas. O que você se ofereceu para fazer por Emerson hoje foi para ajudá-la a se curar. Isso é o que está em seu coração, e essa é a diferença entre você e Jack.

— Talvez. — A palavra ficou presa em minha garganta. Como ela conseguia ver tão claramente o homem que eu queria ser, em vez da feiura que estava ali de fato?

— Por que você não acredita em mim?

— Lily, eu cometi tantos erros. Não ajudei pessoas que precisavam da ajuda. As pessoas que mais precisavam de mim.

— Como quem? — Ela se sentou ao meu lado. — Você tentou tomar as emoções da sua mãe depois que seu pai morreu?

— Não — sussurrei. — Não até que fosse tarde demais.

— Escute o que vou lhe dizer. — Ela respirou fundo antes de esticar o braço para segurar minha mão. — Você precisa se perdoar por isso e, então, tem que dar o próximo passo. Em vez de se culpar por Jack ter tomado as memórias de sua mãe, você precisa focar em como recuperá-las.

Encarei os olhos dela.

Em noites de verão, quando eu era pequeno, eu segurava a mão da minha mãe enquanto ela arrancava os botões das flores alaranjadas que cresciam em seu jardim. Toda manhã elas floresciam novamente, belas e persistentes, prontas para enfrentar o que quer que o dia trouxesse.

Flor tigresa.

Tive um ímpeto irracional de abraçar Lily ou de pedir a ela para me abraçar. Como deveria ser se apoiar em alguém em vez de carregar os outros o tempo todo? Passei a ponta do meu indicador sobre cada uma das articulações dos dedos dela antes de lhe virar a mão para seguir as linhas na palma.

— Não sei como navegá-la.

— Essa é minha linha da vida, não um mapa. — Ela sorriu, mas recolheu a mão. — Você ouviu o que eu disse sobre se perdoar?

— Ouvi. Acho que... preciso de... distância dessa conversa. — Eu me levantei.

— Desculpe, eu não tinha nenhuma intenção de ultrapassar qualquer limite...

— Lily. Relaxe. O que eu quis dizer é que preciso de algum tempo para pensar sobre tudo que você falou. Não que fiquei chateado por você ter falado.

— Certo. — Ela também se levantou. — Kaleb?

— Sim?

— Se você... dormisse... aqui, nessa cama... — Ela corou intensamente enquanto apontava para a cama. — ...eu me sentiria muito... melhor. Sobre você ficar longe do armário onde estão as bebidas.

— É isso?

— E eu me sentiria muito mais segura. Em geral.

— Combinado. Deixe-me pegar minhas roupas.

Eu não achava correto deixá-la sozinha de qualquer forma, não com Jack aparecendo e sumindo em cada lugar abandonado ao qual eu ia.

— Certo. Ah, e ei.

— Sim? — Parei junto à porta.

— Continuo não gostando de você.

— Eu sei — falei, sorrindo. — Eu também continuo não gostando de você.

Ela já estava adormecida quando voltei.

Deixei a porta entreaberta.

Capítulo 31

Eu tinha alcançado uma façanha milagrosa.

Oito horas estritamente platônicas num quarto com uma garota.

Em e Michael não fizeram nenhuma pergunta na manhã seguinte. Percebi alguma inquietação da parte de Em e a peguei olhando para Lily. Lily balançou a cabeça, e a inquietação se transformou em curiosidade.

Fizemos o check-out e carregamos nossas malas até o utilitário de Em. Parei em frente ao porta-malas antes que ela pudesse abri-lo.

— Duas coisas — falei. — Primeiro de tudo, eu vi Jack ontem à noite.

— O quê? — Em deixou sua mala cair.

— Onde? — perguntou Michael.

— Na delegacia.

Relatei os acontecimentos da noite anterior e tudo o que eu tinha descoberto. Deixei de fora as comparações que Jack fez entre nós. E que ele tinha deixado o relógio de bolso para trás.

— E a segunda coisa é que quero dar uma chance a Dune de estudar o Skroll antes de contarmos a meu pai sobre ele. Se Dune não conseguir descobrir nada depois de alguns dias, então podemos envolver meu pai. Não quero aumentar as esperanças dele e não quero ser excluído de nenhuma informação que o Skroll possa oferecer. Combinado?

— Combinado — disse Em, gesticulando para que eu chegasse para o lado e abrindo o porta-malas.

Michael jogou as malas na traseira do carro.

— Você está dentro? — perguntei.

Ele concordou com a cabeça, mas permaneceu silencioso como um túmulo.

E assim foi o restante da viagem de volta.

Em deixou Lily em casa primeiro. Ninguém falou uma palavra até Em encostar o carro em frente à minha casa. Eu já estava esticando a mão para abrir a porta.

— Kaleb, espere — falou Em, de forma impulsiva.

Recostei no banco e fitei os olhos dela pelo espelho retrovisor.

— Eu sei o que você estava tentando fazer por mim ontem à noite e sei o quanto tomar emoções custa a você. Foi um presente que não aceitei. Eu sinto muito e lhe agradeço demais. — Completamente genuíno.

Michael sofria ao lado dela.

— Sinto muito por ter gritado. Com vocês dois — falei.

— Não se desculpe. — Michael se virou. *Arrependimento*. — Eu o chamei de egoísta quando o que você estava se oferecendo para fazer por Em era completamente altruísta.

— Havia circunstâncias atenuantes — falei, repetindo as palavras de Lily. Olhando nos olhos dele. — Somos todos babacas. Mas está tudo bem.

— Espero que sim. — O sofrimento de Michael desapareceu. A tristeza tinha sido por mim, não por Em.

— Está tudo bem, mesmo.

Eu esperava que meu pai fosse arrancar meu couro. Em vez disso, ele ficou olhando para mim como se estivesse me avaliando.

— Estou bem. Tudo está bem.

— E quanto a Michael e as meninas?

— Eles também estão bem. — Fiquei surpreso por ele perguntar por Mike. Imaginei que já soubesse. — Podemos ir até seu escritório?

— Claro.

Eu o segui, mas, em vez de me sentar, caminhei até a coleção de ampulhetas na estante. Passei as pontas dos dedos nas bordas das prateleiras, notando novamente a ausência de poeira.

— Você vai me falar sobre essas coisas?

— O que você quer dizer? — Uma tentativa fraca de fugir do assunto.

— O que são essas coleções?

Ele não ia escapar de mim desta vez e, pela expressão em seu rosto, ele sabia disso.

— Você vai achar simples e tolo.

— Faça o teste.

— Há uma lenda. Sobre um objeto chamado Infinityglass.

Fiquei tenso, preocupado em controlar minha reação.

— Infinityglass?

— A Infinityglass é mítica, pelo menos é o que a maioria das pessoas pensa. — Ele recostou na cadeira, cruzando os braços. — Não há nenhuma prova que indique o contrário. Sua mãe costumava me provocar em relação a isso, seu marido lógico envolvido em uma corrida para encontrar algo que não existia.

— Você acha que é real.

— Eu fiquei obcecado por ela. Isso causou alguns problemas entre mim e sua mãe. Parte da razão pela qual nunca lhe contei sobre a Infinityglass foi por sua mãe ter me proibido de fazer isso.

Minha mãe não era do tipo que proibia nada.

— Teague também parecia estar bastante obcecada com isso.

— Como você... você a encontrou. — Ele se levantou tão depressa que a cadeira de couro preto rolou para longe dele e bateu violentamente contra a parede de trás. — Eu lhe dei permissão para ir a Memphis para procurar a papelada. Não para sair em uma caça ao tesouro sobre meu passado.

— Não estávamos buscando seu passado, estávamos buscando o passado de Jack. Teague apenas calhou de ser o ponto central.

— Você conversou com ela? Você lhe contou quem era?

— Não. Lily e eu ficamos escutando o que ela falava escondidos dentro de um armário. A Chronos se estabeleceu em Memphis. Dentro da Pyramid. Gerald Turner foi visitá-la quando estávamos lá.

Pensei em seu fedora marrom engraçado, no cinzeiro de tartaruga na escrivaninha. Em todas as pessoas que estavam de luto por ele.

— Gerald Turner? — perguntou meu pai. *Terror e alívio.*

Concordei com a cabeça.

— Ele foi encontrado morto em seu escritório ontem — falou meu pai, lentamente, como se seus lábios não conseguissem articular as palavras.

— Adivinhe quem o encontrou.

A raiva dele não se manifestou da mesma forma que a minha. Ela foi fulminante.

— Você percebe em que tipo de situação você se colocou? O que poderia ter acontecido a você, a qualquer um de vocês? Nada disso é piada. Não para Teague, não para Jack, não para mim. Não para quem quer que tenha matado o Dr. Turner.

— Eu não sabia em quê estava me metendo porque você não confia em mim o suficiente para me contar a verdade. Você não acha que já está na hora? Eu quero saber exatamente o que é a Infinityglass, o que ela faz e por que Teague está procurando por ela.

Ele deu as costas para mim, esfregando as têmporas. Fiquei esperando que se manifestasse.

— A versão curta é que seu propósito planejado era canalizar habilidades relacionadas ao tempo de uma pessoa a outra, mas ela não funcionou dessa forma. Em vez disso, ela se mostrou um condutor em mão única. Qualquer pessoa que tenha a Infinityglass pode usá-la para roubar a habilidade de qualquer um em que ela toca.

Mágico, como algo do livro de fábulas de Lily.

— A maioria dos rumores e das histórias são muito velhos, imutáveis. Mas recentemente há muitos novos rumores.

Semicerrei meus olhos.

— Que tipo de rumores?

— Relatos sobre ela ter aparecido novamente. Pessoas sugerindo que sabem onde ela está e contando isso a alguém. Então essas pessoas terminam mortas. — A expressão era sinistra, porém resignada.

— Então por que as pessoas continuam a procurar por ela?

— Poder. Controle. Recursos infinitos. É por isso que Teague a quer. E acredito que ela saiba que Jack também está atrás dela. A Infinityglass pode dar a ele exatamente o que sempre quis. É a alternativa perfeita a Emerson. Foi por isso que ele fugiu quando Emerson não quis concordar em ajudá-lo. A promessa da Infinityglass é o motivo pelo qual ele a manteve viva. Pelo qual ele manteve sua mãe viva.

— Porque se Jack encontrá-la antes que nós o encontremos, ele pode usá-la para drenar tudo o que existe dentro de todos nós — falei.

— Não apenas drenar. Matar.

Capítulo 32

Perguntas rodavam em minha mente feito um carrossel.

— Todas as habilidades relacionadas ao tempo, viagem, velocidade... elas existem por causa de um gene, um que é respaldado por pesquisas. A Infinityglass soa como ficção científica ou fantasia.

— Mas também é respaldada por pesquisa. Eu também não teria acreditado que a Infinityglass era real se não tivesse visto provas, anos de provas. Se não tivesse buscado a verdade por conta própria. — Meu pai olhou para mim. — É real.

— Real o suficiente para que as pessoas matem por ela.

— Você sempre achou que saímos de Memphis para que eu pudesse assumir a posição de chefe de departamento na Cameron. Mas também tive outras razões. Eu tinha começado a questionar os motivos da Chronos. — Meu pai ficou em silêncio por um instante, se demorando nas sombras de um recôndito. — Mesmo naquela época, Teague estava obcecada pela Infinityglass. Ela estava consumida pelo desejo de poder. Sabia sobre o gene do tempo, mas acreditava que toda minha pesquisa era interna. Ela não sabia que eu vinha juntando informações sobre pessoas que poderiam ter ou não o gene. Nunca contei a ela sobre a habilidade de sua mãe ou a sua. Ela definitivamente não sabe que eu e Cat estávamos tentando desenvolver uma fórmula para produzir matéria exótica.

— O que ela teria feito com o conhecimento, se o tivesse? — perguntei.

— Ela o teria usado. Das piores formas possíveis.

— E quanto às pessoas com habilidades? Todas as outras pessoas na Hourglass? — Meu peito ficou apertado com uma inquietação. — Teague sabe sobre elas?

— Se ela souber, isto apenas lhe dará um incentivo maior para encontrar a Infinityglass.

Fiquei olhando para ele por um longo tempo, vasculhando as emoções, juntando fragmentos.

— O que Teague e a Chronos não sabem é o que está mantendo você... todos nós aqui... em segurança. Se encontrarmos Jack e o entregarmos, ele poderia usar seu conhecimento sobre nós, sobre a fórmula da matéria exótica, como um artigo de barganha.

— Não levou muito tempo para que você juntasse essas peças. — Ele fez uma careta e então levantou a mão para coçar a barba. — Continue.

— Mas, se não encontrarmos Jack e o entregarmos, o tempo voltará e você provavelmente estará morto.

— A Infinityglass apenas facilitará que Poe siga adiante com sua ameaça. — Meu pai focou em um ponto bem atrás de minha cabeça. — É por isso que precisamos encontrar Jack primeiro, para que possamos deixá-lo nos guiar até a Infinityglass antes que a Chronos ou qualquer um a encontrem. Nossas vidas dependem disso.

Capítulo 33

Fui até a casa de Lily na manhã seguinte, depois de ligar para checar a localização da avó dela. Nós nos encontramos na porta que dava para o apartamento delas sobre o Lei de Murphy.

— Há quanto tempo você e Abi estão em Ivy Springs?

— Olá. Estou bem. Obrigada por perguntar. E você?

— Desculpe. — Exibi um sorriso sem graça. — Oi, como você está, estou bem, também, e há quanto tempo você e sua avó estão em Ivy Springs?

Lily suspirou e abriu mais a porta para me deixar entrar.

— Quase desde que viemos para os Estados Unidos. Eu tinha 8 anos.

Entrei atrás dela, rumo à sala de estar.

— Como vocês acabaram parando aqui?

— Ficamos com familiares em Miami por pouco tempo, mas minha avó queria vir para o norte. — Ela pegou meu casaco e o pendurou com cuidado em um cabide ao lado da porta. — Ivy Springs era pequena e ainda estava caindo aos pedaços naquela época. Thomas estava apenas começando suas reformas e um corretor de imóveis apresentou minha avó a ele. O sujeito que era dono do prédio queria sair, então Abi o conseguiu por uma pechincha. Ainda era arriscado, do ponto de vista financeiro, mas conseguimos dar um jeito.

— Como é viver em cima da loja?

Algumas paredes eram de tijolo aparente, outras de um branco suave. Ela se sentou em um sofá com estofado azul-claro e almofadas verde-limão. Tudo era arrumado, e o ambiente cheirava a baunilha e frutas cítricas. Como Lily.

— É difícil se afastar dos negócios. Abi tem potencial para ser uma feitora de escravos.

Eu me sentei ao lado dela.

— Eu gostaria de conhecer sua avó.

— Não sei. Você me acha durona? Ela é conhecida por fazer homens feitos mijarem nas calças com apenas um olhar. — Ela pôs uma almofada atrás das costas e acomodou-se, colocando as pernas em meu colo. Repousou a cabeça no braço acolchoado do sofá. — Você se importa? Minhas costas estão me matando.

— Não tem problema. — Aquilo parecia algo íntimo. Eu não sabia o que fazer com minhas mãos, então meio que as deixei penduradas no ar. — Você consegue falar com seus pais com bastante frequência?

— Na verdade, não. — Senti uma pontada da dor que vi em seu rosto quando Lily me contou que ela e a avó tinham fugido. — A comunicação lá não é como aqui. Tudo é monitorado. Correio, ligações. Cidadãos cubanos não têm acesso à internet, então nem mesmo e-mail é possível.

— Eu não fazia ideia de que era tão ruim. Estou me sentindo realmente burro. E americanizado.

— Qualquer hora eu vou ajudá-lo a compreender. Se você quiser.

— Eu quero.

Ela notou que meus braços ainda estavam pendurados e os empurrou para que ficassem sobre as pernas dela. Fui em direção à canela, em vez de ir em direção à coxa.

— Certo, Kaleb. Pode falar. Porque sei que você não veio até aqui para conversar comigo sobre Cuba ou sobre minha avó. O que está havendo?

— Você sempre diz o que pensa. Suas emoções batem com suas palavras. É incrível como isso não acontece com frequência.

— Por quê? — Ela riu. — Todas as outras pessoas estão atuando?

— Talvez. Eu consigo saber quais emoções as pessoas estão sentindo, mas raramente sei o motivo. — Fiz um gesto, batendo os nós dos dedos na testa. — Está registrado aqui dentro. O filtro fica cheio. Depois da minha mãe e do meu pai... tudo doía, em todos os lugares ao meu redor. Todos estavam de luto. Foi então que a coisa das tatuagens e dos piercings começou. — Apontei para meu bíceps e para o fim do rabo de dragão saindo por debaixo da manga. — A dor encontra sua fonte e pode ser identificada.

— Isso é compreensível.

— Meu pai quer minha mãe de volta. Eu também. Apenas não sei como fazer isso. — Parei abruptamente. — Parece que tenho 5 anos.

— Não. Parece que você a ama — disse ela, suavemente.

— Essa é apenas uma das razões por que temos que encontrar Jack antes que ele encontre a Infinityglass. — Repassei a ela um resumo rápido do que meu pai tinha me contado. — Meu pai acha que Jack vai nos levar diretamente a ela. Ela é como o Santo Graal do tempo ou algo assim. Ela poderia restaurar tudo. Ou destruir tudo.

— Mágica — disse Lily, se sentando.

— Mágica. As pessoas vêm a procurando por ela há anos, possivelmente séculos. Mais do que isso. Teague e a Chronos não querem Jack porque eles querem *Jack*. Eles querem mesmo é a Infinityglass e acham que Jack sabe onde ela está.

— Tenha fé. Enquanto Dune trabalha no Skroll e Emerson e Michael ajudam seu pai com a fórmula da matéria exótica, podemos trabalhar em minhas habilidades. Talvez eu estivesse fazendo algo errado quando Jack sumiu do mapa. Talvez eu apenas precise continuar tentando. — Ela deslizou até a ponta do sofá, preparando-se para se levantar. — Vou pegar um mapa. Vou olhar para mapas do maldito mundo inteiro, se for necessário, até encontrar o relógio de bolso. Temos que encontrar Jack antes que seja tarde demais.

— Lily. Espere. — Soei abatido, até mesmo para meus próprios ouvidos.

— O que foi?

— Isso.

Tirei minha mão do bolso e mostrei o relógio.

— Quando? — perguntou ela, quase não conseguindo esconder a decepção na voz.

— Em Memphis, na delegacia. Não quando todos estavam lá, mais tarde. Ele deixou para trás.

— Ele sabia. Ele sabia que estava sendo rastreado. Como?

— Não sei. Mas Jack sabe como manipular muitas coisas. — Avaliei a expressão dela com cuidado. — Acredito que você tenha uma teoria que confirme isso.

— Ivy Springs enquanto ímã de aberração. Abi e eu realmente acabamos parando aqui de propósito. — Lily fez todas as conexões e uma ruga se formou entre suas sobrancelhas. — Se ele... e se ele bagunçou nossas linhas do tempo da mesma forma como ele bagunçou a de Em? Como eu saberia?

Olhei para o chão.

— Não acho que você saberia.

Ela mordeu o lábio e fechou os olhos. Suas pálpebras contiveram as lágrimas, mas, considerando o modo como estavam agitadas, eu não achava que aquilo duraria por muito tempo. Instintivamente, estiquei o braço para confortá-la, mas, em vez de fazê-lo, congelei.

Em algum lugar, no meio de todas aquelas dificuldades, Lily tinha começado a se tornar importante para mim.

Olhei para o rosto dela, para as curvas, tentando usar a força de vontade para transformá-la novamente em um objeto que eu precisava usar, em vez de uma garota viva e respirando, que era bonita por dentro e por fora.

Aquilo não funcionou.

Ela expirou longamente, e tomei um susto daqueles.

— Isso muda tudo.

— O quê muda tudo? — perguntei, um pouco alto demais.

— Não tenho escolha agora. Tenho que perguntar a Abi se posso procurar por ele. O relógio de bolso não é mais uma opção, e Jack precisa ser encontrado.

— Quais são as chances de ela concordar?

— Poucas.

Ela se levantou.

— Você vai fazer isso *agora*?

A ideia me deixou um pouco frenético.

— Por que eu esperaria? O prazo que temos não está se prolongando, e quem sabe até aonde teremos que ir para encontrar Jack. Sem mencionar que não sei realmente como encontrar uma pessoa, porque nunca tive permissão para fazer isso.

— Espere, Lily, você precisa pensar no que vai dizer — protestei. — Você está prestes a jogar viagem no tempo, linhas do tempo bagunçadas, dobras malucas e... possível morte no colo de uma senhora de idade.

Ela bufou:

— Nunca deixe Abi pegá-lo chamando-a de senhora de idade. Você pode, seriamente, acabar perdendo partes íntimas.

Levantei minhas sobrancelhas.

— Abi pode lidar com isso, mas não sei muito bem se eu posso. Não sozinha. Você pode ficar?

Contanto que você permita.

Engoli em seco, com dificuldade.

— Eu fico.

Capítulo 34

Uma mulher alta com cabelo grisalho espetado e olhos castanhos entrou no apartamento e, então, parou. Eu me levantei. Pelo jeito como ela estava olhando para mim, fiquei chocado por não ter entrado em combustão.

— *Quem é você?*

Lily tinha me advertido de que sua avó podia fazer homens feitos mijarem nas calças com um olhar.

E parecia ser verdade.

Lily se manifestou:

— Esse é Kaleb Ballard.

— Kaleb é um amigo?

As emoções de Abi eram um saco de gatos. *Desconfiança e ansiedade*. Pelo menos ela não estava com raiva. Ainda.

Lily lançou um olhar para mim.

— Sim. Um amigo. Kaleb, essa é minha avó. Todos a chamam de Abi.

— É um prazer conhecê-la. — Estendi a mão.

Ela me olhou de cima a baixo antes de apertá-la, como se estivesse checando se eu tinha pulgas.

— Vou preparar um café. E então nós conversaremos. Sente-se.

Eu me sentei à mesa da cozinha e esperei.

Uma hora depois, eu não sabia o que elas estavam falando, porque estavam falando em espanhol, mas suas emoções combinadas revolviam meu estômago. Fiquei feliz por não ter tido tempo de almoçar.

— *Es demasiado peligroso.* — Abi se levantou e bateu as duas mãos na mesa. — *¡Dije que no... y eso es final!*

— Obviamente é um não — falou Lily para mim, lágrimas de frustração lhe encheram os olhos.

— Ela está com medo — respondi sem pensar.

Aquilo rendeu uma resposta calorosa em espanhol por parte de Abi que, tenho certeza, menosprezava minha virilidade e minha inteligência.

Deixei Abi terminar antes de falar diretamente com ela.

— O que quero dizer é que, se seu medo está tão enraizado quanto parece estar, também não quero que minha Lily se envolva.

Ela deixou o corpo cair sobre a cadeira novamente, cruzou os braços e disse mais algumas palavras em espanhol. Então falou:

— Não achei que você fosse do tipo nobre. A não ser que esteja fazendo alguma espécie de jogo.

— Não estou fazendo nenhum jogo.

— Por que nada disso a surpreende? — perguntou Lily. — Acabei de lhe contar sobre viagem no tempo, pessoas com habilidades especiais e o tempo voltando. Você deveria estar chocada ou pelo menos desconfiada.

Abi pegou sua caneca de café e se recostou em sua cadeira.

— Existem muitas coisas nesse mundo que não compreendo. Não significa que elas não sejam reais.

Medo. Culpa. A culpa me confundiu. Inclinei meu corpo para a frente em minha cadeira, me concentrando em tentar ler Abi.

— O quê? — perguntou Lily, olhando para nós dois.

Compartilhar as emoções de Abi com sua neta não era algo que eu deveria fazer.

— Acabei de contar a ela que você é capaz de ler emoções. Então ela sabe que não pode esconder nada. — Lily tinha recebido muitas informações em pouco tempo. Ela voltou o olhar de mim para Abi. — Se você soubesse algo sobre tudo isso, me contaria. Não contaria?

Mais culpa.

— Não há motivo para discutir isso. — A voz de Abi estava cheia de determinação inexorável. — Isso é o passado e o abandonamos quando fomos embora de Cuba.

— Nós nunca discutimos absolutamente nada sobre Cuba. Existem coisas das quais quero me lembrar. Nossa casa. Nossa família.

— Eu me lembro. E você está melhor sem saber.

— Não aceito isso. — Vi a audácia de Abi nos olhos de Lily e previ que algum dia ela também faria homens feitos mijarem em suas calças. — Se você sabe de alguma coisa, tem que me contar. *¿Por favor, abuela?* Por favor.

Abi colocou seu café sobre a mesa e caminhou até as amplas janelas duplas em arco, que tinham vista para a praça de Ivy Springs.

— Pessoas perdem coisas, depois as procuram. Pedem ajuda. "Ajude-me a achar a chave de minha casa. Onde está a lista do supermercado?" Sempre foi engraçado como seu avô parecia saber onde as coisas estavam. Ele apenas... sabia. Então seu pai nasceu e ele também era capaz de encontrar coisas. Seu pai tinha 5 anos quando descobri que *el truco de magia*, como nós chamávamos aquilo, não era um truque de mágica.

— *¿Como?* — perguntou Lily, seu rosto ficando menos rígido devido à compreensão.

— Eu fiz perguntas. Mulheres não faziam perguntas naquela época. Fui silenciada e nunca obtive respostas enquanto seu avô estava vivo. Eu não as obtive até cerca de dez anos atrás. Elas vieram diretamente de seu pai, quando ele começou a trabalhar com investigação.

— Eu não sabia que ele fazia trabalho de investigação — disse Lily.

Eu não conseguia imaginar como seria não saber o que meu pai fazia da vida.

— Cuba foi um entreposto comercial por mais de quatro séculos. Navios afundaram. Muitas riquezas foram perdidas. Imagine o que alguém com uma habilidade sobrenatural poderia encontrar com a ajuda de imagens de satélite. Seu pai via coisas que ele não deveria ver, mas isso era parte de quem ele era. De quem ele é.

— Que tipo de coisas? — perguntou Lily, franzindo a testa.

— O dom parecia ganhar força a cada geração. — Abi voltou à mesa. Ela passou o dedo na borda da caneca. — Uma das primeiras coisas que o corretor imobiliário nos deu quando nos mudamos para cá foi um mapa da cidade com pequenos desenhos de todas as reformas planejadas. Ele tentou entregá-lo a você, acho que porque era colorido e ele achou que você gostaria. Eu arranquei o mapa da mão dele, dizendo que queria transformar aquilo em uma recordação, que você era muito pequena e que ia rasgá-lo. Sempre a ensinei a tocar os mapas em seus livros do colégio com o lado da borracha de seu lápis. Você se lembra disso?

— Sim — respondeu Lily, se lembrando. — E quando tive que fazer um mapa topográfico do Tennessee, você não me deixou fazê-lo.

— Foi a única vez que fiz seu dever de casa. — Abi olhava fixamente para a caneca de café como se esta carregasse as respostas. — Seu avô não era capaz de encontrar coisas em mapas, mas seu pai era. Eu não sabia o que você seria capaz de encontrar.

— Eu sou capaz de encontrar coisas em mapas — confessou Lily. — E... pessoas, também, acho.

— Eu suspeitava que sim — disse Abi, resignada com a verdade.

— Por favor, entenda, meu amor, achei que, ao manter sua habilidade adormecida, eu a estava mantendo a salvo.

— A salvo de quem?

Terror se instalou no fundo de meu estômago.

— Das pessoas para quem seu pai trabalhava. Eles também sabiam sobre seu avô. Fazia todo sentido que eles um dia olhassem para você. Pensamos na possibilidade de mentir, de dizer que o dom tinha pulado uma geração, mas ele era tão forte em você. Você não era capaz de controlá-lo, não com aquela idade. Então fugimos de Cuba, e prometi que faria todo o possível para você esquecer.

Lily inclinou o corpo para a frente.

— Papi procurava coisas em mapas. Coisas que estavam no fundo do mar?

— Conhecer a história de uma peça de tesouro, sua origem e o caminho que ela viajou pode aumentar seu valor em centenas de milhares de dólares. Algo inestimável para museus, colecionadores, historiadores ou qualquer um com dinheiro e interesse.

— O pai de Lily pode rastrear procedência? — perguntei. — Lily também pode?

— Não sei. — Ela estava mentindo.

Se Lily era capaz de rastrear a titularidade de um artefato, isso tornaria os artefatos mais valiosos. Isso tornaria Lily mais valiosa.

— O pai de Lily... — Hesitei, olhando nos olhos de Abi. — ...ele tinha que saber qual era a aparência das coisas que estava procurando?

— Como ele poderia saber? Elas estavam no fundo do oceano há décadas... — Ela deixou as palavras morrerem. — Você não sabia disso.

O choque de Lily percorreu meu corpo como se fosse meu choque.

— Achei que eu precisasse ter visto uma coisa antes de ser capaz de encontrá-la.

— Não, meu amor. Não — explicou Abi, abatida. Exausta. — Não se estiver procurando em um mapa. Tocando o mapa.

— Abi, tenho que ajudar Kaleb a encontrar uma pessoa. Tantas coisas ruins poderiam acontecer se não o encontrarmos.

— Tantas coisas ruins podem acontecer se vocês o encontrarem. Eles acham que morremos em uma balsa no oceano. Mas e se descobrissem a verdade? Estamos a salvo há muito tempo nos Estados Unidos, Lilliana, mas isso não quer dizer que não tenhamos sido descobertas. — Abi levou uma das mãos à boca e parou por alguns segundos. — Qualquer sugestão de que você esteja viva e que tenha uma ponta da habilidade de seu pai fará com que as pessoas para quem ele trabalha venham até nossa porta.

— Talvez as coisas tenham mudado. — Lily não queria acreditar nela.

— Você acha que seu pai trabalha para eles porque quer? O governo o força a trabalhar para eles ou para quem pagar mais, e então ele vê o dinheiro ir para os bolsos dos outros. — A voz de Abi estava ficando cada vez mais alta. — O que você acha que esses homens fariam se pudessem dobrar seu faturamento? O que a faz pensar que você seria bem tratada, sozinha em um barco com tantos homens?

A ideia me causou arrepios. Cheguei mais perto de Lily, apoiando meu braço nas costas da cadeira dela.

Abi olhou fixamente para mim por um momento antes de voltar a atenção à neta:

— As coisas não são como aqui. Não é a mesma coisa.

— Eu entendo isso e sou muito grata por todas as coisas das quais você abriu mão por mim. — Lily fez uma pausa, tentando controlar suas emoções. Ela não estava se saindo muito bem nisso. — Mas preciso que você entenda que o que estou pedindo para fazer poderia significar a diferença entre vida e morte...

— Não.

A energia por trás da resposta de Abi não era apenas forte, era ríspida. Dava para perceber que Lily não estava acostumada a ouvir ninguém falando com ela daquele jeito, da mesma forma que, eu percebia, Abi não estava acostumada a ver Lily desafiando-a.

— Certo. — Lily se levantou, cruzou a cozinha e pegou sua bolsa e seu casaco no cabide junto à porta. — Estarei em casa para o jantar.

— Você não pede mais permissão?

Odiei a mágoa que senti entre elas, desejei que pudesse apagá-la e fazer tudo ficar bem.

— Posso sair? — Ela não olhou nos olhos da avó. — Com Kaleb?

Abi olhou para mim.

— Você se importa com minha neta?

— Sim, senhora.

Mais do que me importo.

— Então você não vai deixá-la fazer nada que a coloque em risco?

— Não, senhora, não vou. — Eu me levantei. — Prometo.

— Tudo bem, então. — Seus olhos não tinham expressão. — Eu te amo, Lily.

Lily não falou sequer uma palavra quando saímos pela porta da frente.

Capítulo 35

Nós caminhamos.

Eu nunca tinha realmente dado um passeio pelo centro de Ivy Springs e, definitivamente, nunca tinha feito isso com uma garota. As pontadas de emoção de Lily me diziam que ela estava processando todas as coisas que a avó tinha lhe contado. Sabia que, quando ela estivesse pronta para falar, eu seria a pessoa que a ouviria. Ela confiava em mim.

Aquilo me agradava de maneiras que eu não era capaz de explicar.

Uma competição de esculturas em abóboras ocupava a maior parte da praça da cidade. As pessoas estavam por todo lado, saindo de cafés e se sentando em bancos. Eu não queria ficar no meio da multidão, e Lily também não, então acabamos na Sugar High, uma loja de doces decorada como um pátio de escola. Cartazes de reuniões de alunos e ingressos dos bailes decoravam a parede, havia inclusive o ocasional anúncio no sistema de som. As portas dos armários dos alunos eram transparentes e exibiam todo o tipo de doce imaginável. Eu estava naquele momento degustando um saco de duzentos e cinquenta gramas de bala de canela. Lily estava observando, bebendo chocolate quente com menta.

— Ela ama você — falei, finalmente.

— É claro que ela me ama. Ela sacrificou sua vida, sua família, sua terra natal, apenas para me trazer para cá. Para me manter em segurança.

Juntei as embalagens vazias sobre a mesa e inclinei minha cadeira para trás, para jogá-las na lata de lixo mais próxima.

— Não há um pingo de arrependimento nela, Tigresa. Ela faria a mesma coisa outras cem vezes.

— Sei disso também. — Ela ficou olhando para o vazio, brincando com o copo de isopor com chocolate quente. Tomei um susto quando ela bateu o copo na mesa com tanta força que derramou o conteúdo. — Mas ela ainda está me proibindo de usar minha habilidade. Essa coisa toda é uma *merda*.

Uma mãe olhou para Lily com uma expressão de reprovação e cobriu os ouvidos do filho antes de empurrá-lo até o outro lado da loja.

— Abi não está sendo sensata — disse ela alguns segundos depois, limpando o chocolate quente derramado e enfiando o guardanapo sujo no copo. — Ela sabe como isso é importante para mim, ou eu não teria pedido. Ela sabe como me importo com Em, e eu disse a ela como me sinto em relação a você...

— A mim?

— Eu... quero dizer, como eu achava... que encontrar Jack era a coisa certa a...

— Não. — Sorri. Não consegui evitar. — Você contou à sua avó como você se sente a meu respeito. Como você se sente a meu respeito?

— Nós já estabelecemos que não gosto de você. — A voz dela era arrogante, mas o coração não a acompanhava. Ela suspirou. — Você é exatamente o tipo de menino que minha avó sempre me ensinou a evitar.

— Menino? — Ajeitei a postura, estufando o peito. — Que tipo de *homem* eu seria, exatamente?

— Uma tentação.

Ela arremessou o copo na lata de lixo, fazendo uma cesta de três pontos impressionante.

— Como a cobra no Jardim do Éden?

— Não. Mais como a maçã.

— A maçã? — perguntei.

— Sim. Tenho quase certeza de que Eva nunca pensou em dar uma mordida na cobra.

Quando percebi que minha boca estava escancarada, eu a fechei.

— Certo.

— De volta ao que interessa. — Ela bateu o punho na mesa, como um juiz chamando a atenção de um tribunal. — Por que você não me pediu para desobedecer a regra de Abi?

Tentei me concentrar novamente.

— Por causa do quanto você a respeita e do quanto ela adora você. Acho que, por causa da vida da qual ela abriu mão, você acha que deve a ela. Você só lhe deve seu bem-estar.

Lily se levantou, dissecando a declaração enquanto saíamos para continuar o passeio.

— Como eu devo a ela meu bem-estar?

— Pais, avós, quem quer que seja... eles fazem o que podem para nos manter em segurança. Algumas vezes isso inclui segredos. — Meu pai escondeu a Infinityglass de mim porque minha mãe tinha proibido. Ele foi embora de Memphis para nos proteger, tanto quanto a seus interesses. Ele serviu como guardião de cada pessoa que pesquisou. Ao deixar Jack Landers fugir com os arquivos pessoais de meu pai, eu falhei em proteger essas mesmas pessoas. — Abi achava que estava fazendo a coisa certa ao esconder a verdade de você, ela achava isso honestamente, e você sabe que eu sei.

— Você parece muito maduro.

Dei de ombros.

— O que ela falou sobre seu pai e as pessoas para quem ele trabalha me fez perceber como as coisas poderiam ficar ruins se você voltasse para Cuba. Ela não está apenas com medo de que isso aconteça, ela está aterrorizada até os ossos.

E eu também estava.

— Você não sente a mesma coisa a respeito do que poderia acontecer com você? Com seu pai?

— Ainda temos algum tempo. Encontraremos outra forma. — Eu nem mesmo queria pensar em colocar Lily em perigo. Aquilo dava nós no meu estômago. — Então. Eu sou uma maçã, hein? A sua maçã?

— Kaleb. — Ela parou de andar, e suas bochechas ficaram visivelmente coradas. — Estou desconfortavelmente ciente de que você sabe como me sinto nesse momento.

— Eu sei?

Esperança. Expectativa. Incerteza.

— Sim, eu sei — admiti. Meu coração batia forte no peito. — Mas tento não confiar na minha... habilidade em situações em que uma leitura errada pode ser fatal.

— Fatal?

Eu estava perdendo pontos com ela tão depressa que estava atingindo números negativos.

— E se eu errar ao ler você?

— Tenho quase certeza de que isso não vai acontecer. — A expressão dela foi tão direta quanto suas palavras. — Eu estava pensando em algo ontem à noite antes de pegar no sono. Quando as pessoas sentem emoções, você as sente também. Então essa é uma... espécie de experiência mútua?

A perspicácia dela era desconcertante. Quase tão desconcertante quanto o fato de ela pensar em mim enquanto pegava no sono. Em sua cama.

—Mútua. Sim. Quero dizer... isso... isso é complicado.

Interesse.

— Então como você se sentiria nesse momento... se... nós nos tocássemos?

— Acho que isso dependeria de como você se sentisse em relação a mim. Existem muitos gatilhos com o toque. Intensidade, circunstâncias. — Perdi o fio da meada quando ela passou a mão sobre meu peito e desceu até metade de minha barriga. Seu toque fez meus dedos do pé quererem se curvar e atravessar as solas dos sapatos, e não apenas por razões puramente físicas. — Eu não... não tenho certeza.

Sorrindo, ela afastou a mão e começou a caminhar novamente. Ninguém nunca tinha percebido essa parte da minha habilidade. A não ser minha mãe. E aquela era uma coisa totalmente diferente. Nós compartilhávamos alegria quando fazíamos biscoitos juntos.

Lily *não* estava falando de biscoitos.

Percebi que ela estava a 3 metros e corri para alcançá-la.

— Dependeria de como eu me sentisse — disse ela. — Se eu me sentisse bem, você também se sentiria?

— Sim.

— Se eu me sentisse bem física ou emocionalmente?

— É. Qualquer um. Os dois.

— Eu estou deixando você desconfortável?

— Sim.

Eu não sabia o porquê exatamente. Não que eu fosse tímido. Ou inocente.

— Saber que as coisas se refletem em você parece ser viciante. — Quando chegamos ao Lei de Murphy, ela parou na escada que levava ao seu apartamento. — Eu passaria muito tempo fazendo as pessoas se sentirem bem.

— O encanto de fazer um monte de gente se sentir bem não é mais o que costumava ser. Acho que talvez eu me concentrasse em apenas uma pessoa.

— Você tem certeza disso?

— Sim.

E aquilo me deixou completamente chocado.

Uma ponta tímida de sorriso surgiu nos lábios dela.

— Você vai ficar bem? — perguntei. — Você precisa que eu entre com você?

— Não. Abi e eu temos muita coisa sobre o que conversar.

Ela ficou nas pontas dos pés para beijar minha bochecha.

Eu a observei até ela entrar, então soube que ela estava em segurança.

Capítulo 36

a manhã seguinte quando acordei fui diretamente para a casa da piscina. Eu precisava contar a Michael que tínhamos perdido nossa conexão direta com Jack e que usar Lily não era mais uma opção.

Eu estava com o relógio de Jack no bolso do casaco. O ar da manhã estava frio, e vapor subia da piscina. Deixar o aquecimento ligado e pagar pela manutenção era um desperdício tão grande. Eu não sabia se um dia nadaria ali novamente. Bati à porta de leve, mas ninguém respondeu. Michael, provavelmente, ainda estava na cama.

Depois de debater internamente se deveria ou não acordá-lo, concluí que o caso era muito urgente para esperar. Girei a maçaneta e então congelei quando ouvi a voz dele.

— ...na última vez que a vi, você estava apontando uma arma para mim. Não tenho absolutamente nenhuma razão para confiar em você. — *Tanto ódio.* Não era um sentimento comum vindo de Michael.

— Ele me usou. — *Nada.*

— Ele ainda está usando você, Cat, e você está deixando que ele faça isso. Ele está viajado e o *continuum* está ficando pior.

Cat.

Ela havia sido como uma irmã para mim antes de se voltar contra minha família e participar ativamente da morte de meu pai.

Minha raiva colocava a de Michael no bolso. Abri a porta com tanta força que ela bateu na parede.

— Por que você não quebrou o pescoço dela ainda? Ela é um desperdício de tempo. Não há a mínima chance de você arrancar a verdade dela.

A chegada de Cat deve ter surpreendido Michael. O cabelo dele ainda estava molhado do banho, e ele estava sem camisa. Ele estava parado de um lado do sofá, e ela, do outro, perto das portas de vidro e do bar. A pele de mogno de Cat parecia acinzentada, seus olhos castanhos, sem vida. Seu cabelo curto tinha começado a crescer, se eriçando em ângulos desajeitados na cabeça. Ela não estava cuidando de si. Jack também não estava cuidando dela.

— Estou aqui para pedir perdão — disse Cat, os olhos se arregalando quando caíram sobre mim. Uma farsa, como todo nosso relacionamento.

— Não faça isso. — Levantei a mão. — Nem abra a boca. Se eu não soubesse que Michael me impediria, eu esganaria você até matá-la, com as próprias mãos, agora.

— Vá em frente — falou Michael. — Minha capa de super-herói está na lavanderia.

— Apenas escutem — suplicou ela, levantando a mão, se aproximando. — Tenho informações. Posso ajudá-los.

— Ele sabe que você está aqui? — perguntei. — Ele sabe que você está prestes a entregá-lo?

Um movimento repentino atrás de Cat chamou minha atenção.

— Eu sei de tudo.

Jack, parecendo animado e perfeitamente saudável.

Nossos olhos se encontraram por dois segundos antes de Jack se mover rapidamente e agarrar Cat. Corri até ele, com Michael logo atrás de mim. Impulsionando-me para a frente, estiquei o braço para segurar a manga da camisa de Jack, meus dedos quase o tocaram quando ele chutou os bancos do bar em nossa direção. Bati em cheio neles, Michael tropeçou em mim e nós dois caímos.

Quando conseguimos nos levantar, eles tinham sumido.

Urrei, frustrado, e soquei a parede.

— Droga!

Michael levantou os bancos do bar.

— Ele não foi embora para sempre. Lily pode rastreá-lo pelo relógio de bolso.

Tirei o relógio do meu bolso e o balancei pela corrente em frente ao rosto de Michael.

— Não. Ela não pode.

— Se você está com o relógio de bolso, como Jack entrou e saiu daqui tão depressa? Ele precisa de durônio para viajar.

Michael se sentou na beira do sofá, os cotovelos sobre os joelhos e a cabeça entre as mãos.

— Não sei.

— Estou de saco cheio de não saber. O que ele está fazendo, o que o futuro nos reserva.

Ele parou, muito próximo de me contar algo que tinha medo de compartilhar.

Eu o esperei falar.

— Ela estava com você.

— O quê?

— Quando não consegui voltar. Quando morri salvando seu pai. Viajei ao futuro para me assegurar de que ela ficaria bem. Naquela linha do tempo, antes de ela desobedecer as regras para voltar e me salvar, Em estava com você. — A honestidade custava-lhe muito. — *Com você*, com você.

— Ela ama você. — Eu me sentei. — Isso nunca aconteceria.

— Mesmo se eu estiver morto? — A risada de Michael não combinava com a morbidez de sua declaração. — Não há como saber. Viajar tinha regras e agora está tudo descontrolado.

Eu o escutava. E era exatamente disso que ele estava precisando.

Ele começou a caminhar de um lado para o outro.

— O fato é que, mesmo se o tempo voltar, você ainda existirá e Em ainda existirá. Talvez em condições diferentes. Ela poderia estar... doente. Ou poderia estar destruída por ter sido a única sobrevivente de um terrível acidente com um ônibus. Talvez poderia estar sedada e inconsciente.

— Eu não a conheceria se esse fosse o caso — argumentei. Não queria pensar nela daquele jeito.

— Ela está nos arquivos de seu pai. Talvez você vá procurá-la. — Ele levantou as mãos. — Ou talvez você assuma o papel de Liam e veja uma pessoa parecida com sua mãe e queira ajudá-la.

— O que você viu exatamente?

Ele parou, virando-se em direção à janela. Podia esconder seu rosto, mas não suas emoções. Não de mim.

— Michael?

— Você a estava abraçando. Em seu colo, em seus braços. Vocês estavam na varanda de sua casa, sentados em uma das cadeiras de balanço de sua mãe, e você a abraçava. — Ele parecia tão resignado, como se estivesse disposto a se render sem lutar. — Você sempre aparece e lhe dá amor quando ela mais precisa.

— Eu realmente amo Em. Mas isso não progrediu da forma que pensei que seria a princípio. — Vasculhei minha alma em busca da verdade. — Não quero tomar o seu lugar. Eu não seria capaz.

Ele se virou para mim:

— Espero que nunca tenhamos que descobrir se isso é verdade.

— Nós dois sabemos que o futuro é subjetivo. Só porque você nos viu juntos... não significa que isso vá acontecer — falei. — E tantas coisas mudariam. Como Lily.

— Ela é diferente para você, não é? Você presta atenção quando ela fala — disse Michael, me observando. — Pondera o que ela tem a dizer.

— Porque o que ela tem a dizer importa — falei. — Ela importa.

— Você disse isso a ela?

— Não.

Mas eu tinha pensado nisso a noite toda.

Ele sorriu. Aquilo, juntamente com suas emoções, era conflitante.

— O que você está esperando?

— Não sei. Isso é mentira. Estou com medo. Que ela não sinta a mesma coisa. Que ela sinta. — Eu me levantei e assumi o papel de Michael de andar de um lado para o outro. — Quero dizer, nunca fiz isso.

— Uma pergunta. — Ele ficou em silêncio até eu parar e olhar para ele. — Ela vale a pena?

Não hesitei:

— Sim.

— Então diga a ela.

Capítulo 37

Eu estava parado no centro da cidade havia uma hora, tentando criar coragem, observando mães buscarem ou deixarem suas filhas na Academia de Dança de Ivy Springs. Era um exagero de cor-de-rosa, brilhos e cabelos contorcidos em coques. Os coques me faziam pensar em Lily.

Mas, daí, tudo me fazia pensar nela.

Uma caminhonete parou em frente ao Lei de Murphy do outro lado da rua, e vi um sujeito de calça cáqui tirando um carrinho de mão do porta-malas, soprando as mãos para aquecê-las antes de empurrá-lo até o lado de dentro. Uma frente fria estava se aproximando, o primeiro gostinho do inverno. Tempestades sempre vinham em seguida.

Um minuto depois, o homem saiu com um carregamento completo de caixas de produtos da confeitaria. Elas tinham o logo do Lei de Murphy, branco e azul-marinho.

Assim que ele fosse embora, eu iria até lá.

Eu realmente iria.

— Kaleb? — Desviei o olhar quando uma garota com olhos muito azuis e cabelo ruivo entrou no meu campo de visão. Ela estava de coque e malha de balé também. Tentei pensar de onde eu a conhecia, mas tudo de que consegui me lembrar foi que seu nome começava com *A*. — Sou a Ainsley. Nós nos conhecemos no Wild Bill's no verão passado.

Sorri, mas por dentro eu estava praguejando como um louco. Eu me lembrava dela agora. A noite em que Michael teve que vir até o centro da cidade para me buscar em um bar, logo antes de eu conhecer Em. Eu tinha me divertido um pouco demais. Quanto, exatamente, eu não lembrava.

— Como você está?

— Imaginando por que você nunca me ligou. — Os olhos azuis mostravam uma ponta de decepção.

Aparentemente, não ligar era uma tendência minha.

— Achei que tivéssemos nos divertido — continuou ela, e então fez um beicinho para mim. Acho que sua intenção era que aquilo parecesse sexy. Não era.

— É que muitas coisas... andaram acontecendo. — *Meu pai voltou do mundo dos mortos, tentaram me matar, eu não me lembrava de que você existia.* — Sinto muito.

— Bem, é uma sorte termos nos encontrado. — Depois de procurar em sua bolsa, ela tirou uma caneta permanente e segurou minha mão, puxando-a para si. Escreveu seu telefone na palma de minha mão e então dobrou cada um dos meus dedos sobre ela. — Não perca meu número desta vez.

E então, bem ali no meio da calçada, ela me beijou.

Bem quando Lily saiu do Lei de Murphy.

— Ai, não.

Eu me afastei de Ainsley.

Sério? *Sério?*

Ava saiu de dentro da academia de dança, levantando a gola de seu sobretudo para bloquear o vento. Ela estava usando malha e um par de sapatilhas de balé desgastadas, e seu cabelo castanho-avermelhado estava preso em um coque apertado. Eu realmente não havia conversado com ela desde que a tinha ajudado a se mudar.

— Oi, Ainsley. Não sabia que você conhecia Kaleb. — A voz de Ava estava mais doce do que nunca.

— Eu não sabia que *você* conhecia Kaleb. — A voz de Ainsley estava gelada.

Ava sentiu que algo estava acontecendo, ou porque comecei a transpirar ou porque Ainsley estava olhando para mim como se eu fosse o almoço dela e Ava estivesse prestes a me roubar.

— Eu conheço Kaleb. — Ava passou o braço por dentro do meu e piscou para mim. — Nós nos conhecemos há muito tempo.

Olhei de Ainsley para Ava, tentando entender o que diabos estava acontecendo.

Lily estava parada a 5 metros, uma caixa de produtos da confeitaria em cada mão, a cabeça inclinada para o lado. E ela estava *puta*.

— Então existe algo entre vocês dois? — perguntou Ainsley. — Vocês estão namorando?

Tentei fazer contato visual com Lily, demonstrando que eu não tinha nada a ver com o que estava acontecendo.

— Acho que algo entre nós dois descreve com precisão — respondeu Ava.

Lily sorriu brevemente para o homem quando ele pegou as caixas e as colocou no porta-malas.

— Acho que isso foi um desperdício de tinta — disse Ainsley, apontando para minha mão antes de torcer o nariz. — Não acredito que você está com Ava. Ela parece um esqueleto ambulante.

— Ahh, obrigada — respondeu Ava. — Todos nós temos nossos pontos fortes. Pelo menos não perco minhas calcinhas o tempo todo como algumas pessoas. Não tirá-las ajuda, por falar nisso.

Ainsley entrou correndo na academia. Entortei meu pescoço, tentando ver Lily novamente. Ela tinha sumido.

— Kaleb Ballard. Por favor, me diga que você não ficou com Ainsley. — A voz de Ava estava cheia de nojo.

Eu tinha que explicar as coisas a Lily. Uma fila se formava na porta do Lei de Murphy, e as emoções dela tinham sido bastante claras, mesmo do outro lado da rua. Eu podia esperar até a cafeteria ficar mais vazia.

— Ficou? — perguntou Ava.

Percebi que ela estava falando comigo e tirei os olhos do Lei de Murphy.

— Acho que não. Posso ter chegado perto em algum momento.

— Aquela garota é pirada.

Soltei uma risada:

— Pirada?

— Sim. — Ava fez um meneio para que eu deixasse aquilo para lá. — É uma coisa. De qualquer forma, eu nadaria em aguarrás antes que esse número se fixasse em sua pele. Pode acabar se transformando numa marca.

— Obrigado por vir me salvar. — Lutei contra a vontade de olhar novamente para o Lei de Murphy, esperando que Lily reaparecesse. — Espere. Por que você me salvou? Você não gosta de mim.

— Você estava com um olhar de pânico.

— Isso deveria deixá-la feliz.

— É verdade. Não muito tempo atrás, eu teria jogado você para os lobos. Talvez contar que você não conseguia parar de falar nela, que você escrevia o nome dela dentro de corações em todos os seus cadernos, tinha uma foto dela em seu armário da escola.

— Isso é muita crueldade — falei. — E não tenho um armário na escola.

— Não teria importado. Meu ódio não conhecia limites. Mas — disse ela, soltando meu braço — tenho pensado no que conversamos em minha antiga casa. Todas as coisas que aconteceram... que eu fiz... no ano passado.

— E qual foi sua conclusão? — perguntei.

— Jack. — Ela olhou para os próprios pés. — Acho que ele percebeu que eu seria mais fácil de usar e abusar se estivesse alienada do restante de vocês.

— Separar você do bando.

Ela assentiu.

— Sim. Predadores sempre vão atrás do animal mais fraco.

Ava estava tão destruída por dentro. Eu gostaria de poder analisar tudo aquilo, ajudá-la a separar a verdade da mentira.

— Você sabe, eu nem mesmo sei qual é minha habilidade. Quero dizer, é telecinese, mas desconheço qual é o tipo. Acho que Jack sabe e acho que ele levou embora qualquer coisa que eu sabia. Ele usará isso contra mim novamente. Se tiver outra oportunidade.

Dois pingos de chuva bateram contra a calçada.

— Vamos nos assegurar de que ele não tenha outra oportunidade.

— Não será fácil. Eu era valiosa para ele. Valiosa o suficiente para ele me seduzir. Apenas não sei por quê. Ou quando ele voltará a me procurar.

— Ava, eu sinto muito.

— A pior parte é que... eu nem mesmo sei se... fiz alguma coisa. Com ele. — Ela estremeceu e fechou os olhos. — Mas o fato de eu imaginar isso já é ruim o suficiente. Ele fez questão de deixar essas memórias intactas.

Eu entendia o vazio dela um pouco melhor agora.

Ava abriu os olhos:

— Sinto muito, isso é muita informação, eu sei. Simplesmente não tenho ninguém com quem falar sobre esse tipo de coisa.

— Se você não se sentir muito desconfortável, pode conversar comigo quando quiser.

Franzi a testa para uma Ava assustada, chocada por eu ter me oferecido.

A expressão dela deve ter espelhado minha expressão.

— Vamos deixar passar 24 horas para pensar sobre isso. Então reavaliamos.

— Certo.

— Certo — disse ela. — Mas obrigada. Preciso de um aliado. Sinto que ele está três passos à nossa frente em um jogo maluco e que ele já sabe quem vai vencer.

— Nós vamos vencer — prometi a ela. — Nós vamos.

— Espero que você esteja certo. — Ela balançou a cabeça. — Porque se não estiver, o inferno vai cair sobre nós como chuva.

Capítulo 38

Fui para casa.

Há um mês, eu teria partido para o centro de Nashville, teria encontrado um bar e teria bebido até me esquecer de tudo. Agora, em vez de segurar uma cerveja, eu estava segurando um medidor. E todos os ingredientes para fazer biscoitos de manteiga de amendoim. Com gotas de chocolate.

Deixei cair tudo quando vi o que repousava na ilha da cozinha.

Uma caixa com o rótulo da Crown Royal estava exatamente no centro. O feixe da luz sobre ela a fazia brilhar como um holofote. Deixei os ingredientes de lado e peguei a caixa. Novinha em folha. Quando rasguei a embalagem, vi que o lacre na garrafa estava inteiro.

Ficamos nos encarando, competindo para ver quem desviava o olhar primeiro, eu ou a garrafa. Ela venceu, obviamente. Whisky não pisca.

Girei a tampa com um estalo.

Cheirei a bebida.

Peguei um copo no armário.

Havia tantas coisas das quais fugir.

Coisas das quais Jack *queria* que eu fugisse.

Percebi então quem tinha deixado a garrafa.

Pensei em meu pai e em todas as coisas que ele finalmente tinha confiado a mim. Michael e a compreensão a que tínhamos chegado.

E então ouvi a voz de Lily:

— *Você vale mais do que o que vai encontrar no fundo de uma garrafa.*

Coloquei o copo de volta no armário e derramei o líquido na pia

— Questiono sua sanidade algumas vezes, Ballard, mas sei que você não é um idiota.

— Obrigado pelo elogio, Baixinha.

Eu estava no sofá da minha sala de estar, equilibrando um prato cheio de biscoitos no peito. Emerson se aproximou de mim como uma general, vestindo suas roupas de trabalho do Lei de Murphy.

— Você beijou uma garota qualquer em uma esquina? No meio da tarde?

— Não foi o que pareceu.

— Já ouvi isso antes, talvez eu mesma tenha dito, e só porque, naquele caso, *realmente* não tinha sido o que parecia. Vou escutar o que você tem a dizer. — Ela levantou minhas pernas largadas no sofá pelas barras da calça de basquete e, então, as abaixou sobre seu colo. — O que você fez?

Nem me dei ao trabalho de tentar argumentar que não tinha sido minha culpa:

— Uma garota apareceu na minha frente do nada, escreveu seu telefone na minha mão e me beijou. Sim, em uma esquina, e sim, no meio da tarde.

— E agora nós vamos discutir por que isso é um problema.

— Porque isso aconteceu exatamente no mesmo momento em que Lily saiu do Lei de Murphy.

— E você se importa com isso por quê?

— Você está conduzindo a testemunha.

Ela cruzou os braços.

Suspirei.

— Eu me importo porque gosto dela.

— *Dessa* forma?

A pergunta soava como se estivéssemos na terceira série, nos escondendo debaixo do escorregador no pátio durante o recreio.

— Puxa vida, Em, sim, *dessa* forma.

O sorriso dela quase ultrapassou suas orelhas enquanto ela esticava a mão para roubar um biscoito de gotinhas de chocolate.

— Então quem era a garota?

— Era a garota com quem eu estava na noite antes de conhecer você. A noite em que Michael foi me resgatar. Eu nem me lembrava do nome dela.

— Não saber o nome dela *não* melhora nada. Por que você não foi falar com Lily naquele segundo? Já estamos no meio da tarde. Por que você não tentou falar com ela hoje? — perguntou ela. — Por que você a está ignorando?

— Não estou ignorando ninguém. Au! — Ela agarrou alguns pelos da minha perna e puxou, e eu me lembrei imediatamente de que pequena e irritada não constituem a melhor combinação.

Especialmente quando você a cutuca com uma vara curta.

— Não a ignorei. Eu a evitei porque não sabia o que dizer. Ela lhe falou alguma coisa?

Aproximando-se de forma conspiratória, ela sussurrou:

— Você quer saber o que ela falou sobre você?

— *Emerson.*

Ela aprumou a postura.

— Certo. Ela disse que você dois tiveram uma conversa estranha sobre sentimentos e que ela contou a você que queria mordê-lo?

— Nesse momento ela arqueou as sobrancelhas. Acenei positivamente com a cabeça. — Uau. Não é surpresa que vê-lo na rua com aquela garota a tenha magoado.

— Aquilo a magoou?

— Por que você acha que ela ficou tão irritada? — Ela fez a pergunta como se eu fosse um idiota. E, aparentemente, eu era um idiota.

— Eu realmente não entendo como essas coisas funcionam.

— Eu amo vocês dois. Você sabe disso — falou Em.

Balancei a cabeça e um pouquinho do fogo na voz dela se apagou.

— Se aprendi algo de toda essa merda com Jack — continuou ela —, é que viver em qualquer momento que não seja o presente é um erro. Como Michael sempre diz, o futuro é subjetivo. O passado pode ser uma mentira, não apenas o meu passado, mas todos os nossos passados. Até mesmo o de Lily.

— Você continua achando que Lily estar aqui não é uma coincidência.

— Não. Porque toda vez que acho que lidei com Jack e com todas as formas como ele me sacaneou, percebo que estou errada. — Ela sacudiu a cabeça. — Você tem alguma ideia de como me mata saber que muitas das coisas boas em minha vida estão ali por causa dele?

— Sinto muito por não tê-lo detido quando tive a oportunidade — falei. — Sinto muito por não ter pego os arquivos de meu pai antes de ele roubá-los, antes que ele pudesse encontrar você.

— Onde eu estaria agora se você tivesse feito isso?

Eu me sentei e coloquei o prato com os biscoitos na mesa, olhando para ela com seriedade.

— Se você tivesse pego os arquivos antes que ele pudesse roubá-los, Jack não teria descoberto sobre mim e minha habilidade de viajar para o passado. Eu ainda seria um vegetal em uma cama. Lily poderia estar vivendo em algum outro lugar. Seu pai estaria morto. — Ela exibiu um sorriso triste. — Você poderia ficar preso nas consequências por dias. Se o que você falou tivesse acontecido, então isso agora não estaria acontecendo. E vice-versa. É espantoso.

— Há uma centena de cenários diferentes.

— Exatamente, e isso prova minha teoria. O presente. Bem agora. — Os olhos dela estavam mais sérios do que nunca. — O ponto exato em que a ampulheta filtra a areia do futuro para o passado. É ali que temos que viver, Kaleb. Antes que toda a areia acabe ou antes que alguém vire a ampulheta.

— Sou tão grato por ter você em minha vida, qualquer que seja o motivo. — Minha visão ficou embaçada repentinamente, então parei e pisquei algumas vezes. — Então... Lily. Tenho sua bênção?

— Cuide bem dela ou vou matar você. — Ela levantou um punho minúsculo, porém poderoso. — Posso ver como você se sente em relação a ela. Eu sei como ela se sente em relação a você. E acho que fico imaginando... quantas vezes tivemos essa conversa? E se da última vez você não me escutou e se arrependeu ou eu lhe falei para não ir atrás dela? Você não ia querer fazer as coisas de forma diferente agora?

Baguncei o cabelo dela.

— É isso que se passa aí nessa sua cabeça?

— O tempo todo. — *A resposta foi solene. Melancolia.*

— Então eu devia ir esclarecer isso tudo e dizer a ela como eu realmente me sinto.

O sorriso em resposta foi genuíno.

— Com certeza. Mas talvez você devesse se limpar antes. Você está cheio de farelo de biscoito no queixo.

Capítulo 39

O vento bateu a porta do Lei de Murphy com tanta força que os vidros chacoalharam.

A loja estava quase vazia, a não ser por duas garotas atrás do balcão. Uma quase deixou cair uma bandeja de canecas quando me viu. A outra, que reconheci como Sophie, falou como se seus lábios estivessem dormentes:

— Posso ajudá-lo?

— Preciso da Lily.

Eu tinha demorado até muito depois do jantar para reunir a coragem para falar com ela. Agora que estava ali, eu não queria perder tempo.

— Ela está torrando grãos. Nos fundos. Você quer que eu...

Em vez de responder, passei apressadamente por ela e empurrei a porta vai e vem. O ar tinha o cheiro do paraíso. Em ficaria nas nuvens.

— Lily?

Ela esticou a cabeça de trás do canto de um enorme torrador de metal. Uma das mãos estava envolvendo uma caneca de chá de hortelã fumegante e a outra segurava um livro aberto encostado junto ao peito. Quando ela saiu de trás do torrador, seu dedo indicador se colocou entre as páginas para marcar o livro.

Eu queria *pular em cima* dela.

— Kaleb. — Uma campainha tocou. Ela deixou o chá e o livro sobre uma mesa antes de mexer num interruptor da máquina. — Por que você está aqui?

— Preciso falar com você. Por favor.

Ela suspirou.

— Não vou sair daqui até você conversar comigo. — Coloquei as palmas das mãos sobre o balcão e mirei os olhos dela. — E vou segui-la se você for embora.

Caminhando até a porta vai e vem, ela saiu na direção de onde eu tinha vindo.

— Ei, Katie... você e Sophie podem desligar tudo e ir para casa cedo. Nenhuma pessoa em sã consciência vai sair de casa para tomar café quando essa chuva chegar, de qualquer forma. Apenas coloquem o cartaz na janela. Eu tranco as portas.

As garotas do outro lado da porta disseram algo que não consegui escutar, e Lily riu.

— Ele é legal. Obrigada pela preocupação.

Ela voltou à cozinha com uma expressão estranha.

— O quê? — perguntei.

— Elas estavam preocupadas. Imagino que você tenha causado uma impressão e tanto ao entrar.

— Eu estava com um pouco de pressa. Eu realmente queria falar com você.

— E você também é grande como uma casa, cheio de tatuagens e piercings. E está usando uma jaqueta de couro preta.

— Ah, sim.

Sou um malvadão. Um malvadão que cozinha quando está deprimido.

— Como posso ajudá-lo, Kaleb? — perguntou ela, com o veneno finalmente escapando em seu sorriso.

Dois pares de olhos espiavam pela janela redonda que dava para a cozinha.

— Podemos ir a um lugar mais reservado?

Ela hesitou e então tirou os óculos, esfregando o rosto com frustração:

— Tudo bem. Mas seja rápido. Não quero que meu chá esfrie.

❧

Eu a segui enquanto ela saía da cozinha impecável por uma porta de aço pesada até um beco. Até mesmo o lixo era organizado, os recicláveis separados e armazenados em lixeiras limpas.

— O quê?

Ela se recostou na parede de tijolos do prédio, colocando um pé na parede e retorcendo os cordões de seu avental entre os dedos.

— Acho que você entendeu errado o que viu ontem.

O vento soprou com força e folhas dos bordos vermelhos que se alinhavam na rua principal foram varridas para o beco.

— O quê? Você está falando de você e Ainsley Paran?

— Eu nem mesmo sabia o sobrenome dela.

— Isso não melhora nada. — Em tinha dito a mesma coisa. Lily soltou os cordões de seu avental e gesticulou. — E, de qualquer forma, ela estava agindo como se soubesse o seu. E, possivelmente, as medidas de sua calça.

— Nós nos encontramos uma noite, no verão passado. No centro da cidade. Nós dançamos. Eu posso tê-la beijado uma ou duas vezes. Foi isso. E aquele não era... um bom período na minha vida. Quanto à outra garota, o nome dela é Ava, e, de uma forma geral, não gostamos um do outro, mas, por alguma razão, ela me socorreu...

— Eu conheço Ava.

Vi o lampejo de um raio e ouvi o trovão ao fundo.

— Você conhece?

— Sim. Eu a conheci quando conheci Dune.

Eu queria perguntar exatamente quando ela conhecera Dune e por que eles ficavam flertando tanto, mas tudo aquilo caía na categoria "Não é da conta de Kaleb", especialmente sob as circunstâncias do momento. Então, em vez disso, apenas falei:

— Ah.

— Ainda não sei por que você está aqui. — Ela olhou para o céu, empurrou a parede com o pé e saiu em direção à porta de aço. — Você não me deve uma explicação.

Eu parei na frente dela.

— Mas quero lhe dar uma.

— Por quê?

Coloquei minhas mãos nos ombros dela para impedi-la de entrar.

— Porque você é importante.

— Kaleb...

— Era isso que eu estava vindo lhe dizer ontem quando aquela garota me sequestrou na esquina. Você é importante. Ninguém nunca foi importante antes, mas você é, e eu queria que você soubesse. Então agora você sabe.

Ela abriu a boca para falar, mas antes que fosse capaz de dizer qualquer coisa, uma chuva pesada começou a cair.

— Deixei a porta bater quando passamos e esqueci minhas chaves. — Lily teve que gritar para ser ouvida sob a chuva forte. — Precisamos dar a volta para entrar pela frente.

Um raio lampejou novamente no céu, seguido pelo som potente de um trovão. Desta vez o barulho estava bem mais perto.

— Não, venha até aqui. A tempestade está bem acima da gente.

Eu a levei até a caminhonete de meu pai, estacionada na entrada do beco e a ajudei a entrar antes de dar a volta correndo até a porta do motorista.

A chuva martelava o teto do carro, mas pelo menos estávamos cobertos. Ela estava batendo os dentes.

— Você está com frio? — perguntei.

— C-c-c-congelando.

— Talvez você devesse se aproximar de mim. Calor humano. É importante em uma situação de crise como essa. — Ela olhou para mim e dei partida no motor. Ligando o aquecedor, apontei todas as saídas de ar para ela. — Mas calor artificial também serve, imagino.

Ela estava sentada de pernas cruzadas no meio do banco, de costas para o painel. O ar balançava as mechas de cabelo que tinham escapado de seu coque.

— Acho que meu pai tem um cobertor em algum lugar por aqui.

— Quando senti os olhos dela sobre mim, parei de revirar o carro e me sentei. — Por que você está olhando assim para mim?

— Você está sempre cuidando das pessoas. Você... não sei... observa e então dá aos outros o que eles precisam, por instinto. — O joelho direito dela roçou o meu lado direito sutilmente, mesmo assim aquilo fez minha pele se arrepiar. — Não é apenas uma coisa de empatia. Ações acompanham os sentimentos.

Dei de ombros:

— Se uma pessoa precisa de algo e posso lhe dar isso, por que eu não ajudaria?

— Você... é tão confuso. — Ela riu. — E eu estou tão cansada.

— De quê?

— De ser interrompida, de esperar o momento certo, de tentar entender tudo isso. — Ela inclinou o corpo em minha direção e passou as mãos em meu cabelo, encostando a bochecha na minha. — De não conseguir o que eu realmente quero.

Inspire, expire. Inspire, expire.

— O que você realmente quer?

Ela deu um beijo delicado no canto do meu olho. Se eu tivesse fechado os olhos, minhas pálpebras teriam roçado nos lábios dela. Então ela se virou para beijar minha bochecha esquerda, pressionando o corpo contra o meu.

Aquela coisa de respirar estava ficando mais difícil.

— Lily, você está me provocando.

— Não. Ainda não.

Ela moveu a boca para a parte direita do meu queixo, então para o lado esquerdo do meu pescoço, então de volta para meu queixo.

Por mais que estivesse gostando de como aquilo estava se desenrolando, eu tinha certeza de que, se houvesse um desfecho, ele seria ainda melhor. Mas o que quer que acontecesse a seguir tinha que ser decisão dela.

— O que você quer? — repeti.

Ela hesitou por dois segundos antes de eu ver a intensidade de seu olhar, sentir aquilo fluir dela em ondas.

— Você.

Exatamente o que eu estava esperando.

Nós nos encontramos no meio do caminho. Lábios, dentes e o gosto da língua dela, o calor da pele contra a minha, inesperado através de nossas roupas encharcadas pela chuva. Tocá-la era muito mais viciante do que qualquer outra substância que eu já havia provado.

Eu queria abrir minha pele e puxá-la para dentro de mim.

Lily enredou as mãos nas mangas de minha jaqueta e me puxou para perto dela. Seus olhos estavam arregalados, a voz vacilante:

— Isso é mais intenso do que achei que seria. E eu estava apostando em algo intenso.

Soltei os cabelos dela e passei meus dedos por seus ombros até chegar ao pescoço.

— E como está sendo toda essa intensidade para você?

Ela tremeu e segurou meus pulsos.

— Mais, por favor.

Eu a beijei lentamente, sem pressa. Minhas mãos estavam no pescoço dela, e eu podia sentir seu coração bater. Movi minha boca sobre seu queixo e senti o coração dela acelerar.

— Espere — arfou ela.

Parei, minha boca logo abaixo de sua orelha.

— Achei que você quisesse mais.

— Eu quero. Mas tem um volante nas minhas costas.

— Não tem muito espaço aqui para beijá-la. — Virei o corpo e passei meus braços em volta dela, aninhando-a, a abraçando tão apertadamente quanto pude. — Isso é realmente uma pena.

— Nós poderíamos simplesmente subir.

Ela recostou e apontou para seu apartamento.

Tentei não ficar muito obcecado com o que aconteceu ao seu colo quando ela arqueou as costas.

— Apesar de que pode ser espaço demais. Especialmente porque Abi não está em casa.

Lily. Eu. Sozinhos. Costas arqueadas. Gemi.

— O que foi isso? — perguntou ela.

— Tocar em você, sentir seu gosto e muito espaço vazio... isso é realmente tentador.

— Sim. Eu gostaria de levá-lo lá para cima e beijá-lo até você ficar vesgo.

— Eu gostaria de ser levado lá para cima.

E de fazer muito mais do que beijar.

Ela leu o que estava nas entrelinhas com perfeição.

— Então qualquer espaço que envolva um quarto vazio e uma séria falta de supervisão, provavelmente, não é a escolha mais sábia nesse momento.

— Você não me faz ter vontade de ser sábio. — Toquei meus lábios nos dela novamente e puxei seu corpo para ainda mais perto do meu. — Quero ficar com você.

— Kaleb.

— Não por causa disso. — Apontei para ela em meus braços. — Por sua causa.

Um sorriso escapou de seus lábios.

— Tenho que ir fechar a loja.

— Quanto tempo você vai demorar? — perguntei. — Eu espero.
Ela ergueu uma sobrancelha.

— Apenas para me assegurar de que você vai chegar em casa em
segurança. — Levantei as mãos, inocentemente. — Juro.

— Não tem problema, pode demorar um pouco. — Ela se abaixou para pegar seu avental no chão do carro e passou os cordões
amarrados sobre a cabeça. — Antes de ir para casa eu deveria preparar algumas coisas que devem ir ao forno pela manhã.

— Vou ficar. Não quero que você fique aqui sozinha.

Eu não queria dar a Jack nenhuma abertura para que ele pudesse
causar mais estragos.

— Eu faço isso o tempo todo.

— Agora você não precisa mais. Por favor. Você sabe que sou
excelente na cozinha.

— Você provavelmente é excelente em qualquer lugar.

— Estou ansioso para testar essa teoria.

Sorri e me inclinei para beijá-la novamente.

— Pare — protestou, mas ela estava brincando. — Vou resistir
a seu charme. Por enquanto. Mas se você quiser me ajudar a cozinhar, vamos lá.

— Espere.

Quando meu telefone tocou, segurei os cordões do avental dela,
sem estar pronto para deixá-la partir. Era Dune.

— Sim?

Levantei um dedo quando ela riu.

— Venha até aqui. Consegui acessar o Skroll.

A ligação caiu.

— Vou ajudá-la a fechar a loja, mas nada de cozinhar hoje. Temos que ir a um lugar.

Capítulo 40

Entrei no Lei de Murphy com Lily para fazer o básico, como verificar se todas as máquinas estavam desligadas e se as portas estavam trancadas.

— Certo. Podemos ir. Está tudo em ordem.

Ela pendurou seu avental. Antes que pudesse dizer outra palavra, passei minha mão atrás de sua cabeça e a puxei para beijá-la.

— Sim, está tudo em ordem — falei, sem deixá-la se afastar.

— Faça isso novamente — murmurou ela contra meus lábios.

Eu fiz.

Eu a ajudei a entrar na caminhonete, dei ré e saí pela rua principal, segurando sua mão. Havia abóboras alinhadas na calçada, recém-saídas do concurso de escultura. Elas ficariam iluminadas até o Halloween. Depois da distribuição dos doces, elas seriam jogadas em uma fogueira no Pumpkin Smash, uma festa que combinava dança, uma fogueira e destruição de abóboras no centro da cidade.

Talvez tudo estivesse resolvido até lá. Tinha que estar.

Passei pelo portão da minha casa e estacionei perto da casa da piscina. Quando dei a volta para ajudar Lily a descer da caminhonete, segurei a mão dela novamente.

— Tudo bem se eu segurar sua mão?

— Prefiro assim.

Ficamos de mãos dadas até entrarmos e não soltamos quando todos olharam da mesa em nossa direção. Em e Michael sorriram para nós, Dune parecia desapontado.

— Como vocês conseguiram isso? — perguntei, determinado a me concentrar na tarefa em questão e a não pensar na maciez da pele de Lily. — Vocês simplesmente continuaram tentando até conseguir?

— Faça ou não faça. Tentativa não há — disse Dune, parecendo sábio.

Nate entrou na sala, tão depressa que não consegui descobrir de qual direção ele veio.

— Sério, você é como... a antítese do Yoda.

— Oh, olhe só para você, usando palavras complicadas. — Dune bateu palmas como um pai orgulhoso.

— Certo, pessoal — falou Em. — Embainhem seus sabres de luz e vamos ao que interessa.

Os olhos de Nate ficaram do tamanho de um pires.

— Não vou fazer uma daquelas piadas "foi ela que mandou". Só estou dizendo isso. Não vou fazer.

Tive que me esforçar para não rir. Não queria dar a Lily nenhuma razão para soltar minha mão.

Dune soltou um suspiro inocente e gesticulou para que todos nos juntássemos ao redor da mesa de centro:

— Certo. Há uma porta USB, então eu sabia que ele provavelmente precisaria de um carregador, mas usei seis cabos antes de descobrir a sequência correta a ser usada para impedir que entrasse em curto-circuito. — Ele sorriu para Michael. — Você e Em não são os únicos eletrizantes por aqui.

— Não é eletricidade — argumentou Em. — Ou química. É física.

— De qualquer forma — continuou Dune —, eu sabia que havia mais informações aí dentro do que eu seria capaz de ver. Usei o maior HD externo que consegui comprar na cidade, três terabytes, e nem assim consegui que ele copiasse ou abrisse. Então encomendei essa belezinha na internet. — Ele bateu os dedos no topo de uma caixa preta brilhante. — E ainda assim é o suficiente apenas para decodificar.

— Para quê?

Emerson teve que ficar nas pontas dos pés para olhar por cima dos ombros de todos. No fim das contas, ela simplesmente socou o braço de Nate até que ele se movesse.

— Para decodificar. Isso torna o conteúdo ilegível para qualquer um que não tenha uma chave ou senha. Skrolls são muito futurísticos e ainda estão em desenvolvimento para as massas. — Ele tocou um botão, e a tela se acendeu. Ele a girou para que pudéssemos ver e tirou uma caneta stylus do bolso. — Todos sentados para que possamos ver, e assim Em vai parar de socar as pessoas.

Assim que nos sentamos, ele pressionou um botão na lateral do Skroll, e uma tela plana e flexível deslizou para fora. Parecia feita de silicone. Imagens pipocaram sobre ela e, então, com o toque de outro botão, a tela iluminada por trás se transformou em um projetor holográfico. Imagens, documentos, diários, mapas — dos mais simples aos mais avançados — giravam no ar com um toque.

— Incrível — disse Nate, baixinho.

— Como isso funciona exatamente? — perguntou Em.

— Deixe-me demonstrar. Mas preciso confessar algo antes. — Dune abaixou a caneta stylus. — Sei sobre a Infinityglass há muito tempo. É uma espécie de obsessão. Assim como a Chronos.

— O quê? — Dune era totalmente apegado à lógica e aos fatos. Sua habilidade de controlar as marés significava que ele não podia usá-la sem consequências sérias. Como tsunamis. Algo tão impossível quanto uma ampulheta mítica que controla tudo, não parecia algo do feitio dele. — Como você ficou sabendo dessas coisas?

— Meu pai me contou histórias quando eu era mais novo. E então, quando fiquei mais velho, fiz muitas pesquisas. A Infinityglass é uma das razões para eu ser tão bom nisso. — Ele sorriu. — O que eu soube recentemente é que a Chronos alega ser amplamente variada em suas buscas, mas a Hourglass não é o único grupo focado em habilidades relacionadas ao tempo. A Chronos está conectada a todas as descobertas horológicas nos últimos cem anos, pelo menos. Vocês já ouviram falar em horologia?

Nate deu uma risadinha.

— Sinto muito. Isso parece algo pervertido. Não vou falar mais nada hoje. Prometo. — Nate trancou seus lábios com uma chave imaginária e então a jogou por sobre o ombro.

Dune balançou a cabeça e continuou:

— Horologia é a ciência do tempo e do estudo de aparelhos de medição de tempo, desde o relógio de água até a ampulheta, o pêndulo e além. Pode-se dizer que a Infinityglass é o aparelho definitivo para medição de tempo no campo da horologia. Alguns pensam que ela é mítica, outros acreditam que seja real. E isso é o que está no Skroll. Informações sobre a Infinityglass.

— O que é isso? — perguntou Em. — O que ela deveria fazer?

— A Infinityglass foi criada inicialmente para um propósito simples — falou Dune. — Ela deveria canalizar habilidades relacionadas ao tempo de uma pessoa a outra, mas, em vez disso, a pessoa que tivesse a posse da Infinityglass poderia usá-la para roubar a habilidade relacionada ao tempo de qualquer um que ela tocasse.

Desamparada, desesperada. As emoções de Em apertaram meu peito.

— A Infinityglass é a outra alternativa. — A derrota de Emerson tinha chegado à voz. — Quando Jack tentou viajar sozinho não funcionou, eu não funcionei, então agora ele está procurando a Infinityglass. Isso coloca todos nós em perigo.

— Não se ele não conseguir encontrá-la — disse Dune, com um olhar inconfundível de determinação. — Relatos sobre a Infinityglass desapareceram na primeira década do século XX. Eles ressurgiram na década de 1940 e então novamente nos anos 1980. Nas duas vezes, os rumores diziam que ela estava em algum lugar no Egito, mas então tinha sido perdida novamente.

— *Egito?* — Lily e eu falamos ao mesmo tempo.

— Existiam rumores de ela estar associada a uma pirâmi... Ai, droga. — Dune deixou a cabeça cair.

— Bem, pelo menos metade disso tudo faz sentido agora — falou Em. — O quartel-general de uma máfia do tempo mítica com certeza ficaria localizado numa pirâmide abandonada no centro de Memphis.

— Isso apenas explica os anos 1980, no entanto. Não a década de 1940 — disse Dune.

Eu quase podia escutá-lo computando as informações em sua cabeça.

— Por que Teague nos daria um ultimato para encontrar Jack se ela não achasse que estava próxima de encontrá-lo ou de encontrar Infinityglass? — perguntei. — E se Jack estivesse tão próximo de encontrá-la, por que ele arriscaria tanto apenas para aparecer para zombar de nós?

— Quem sabe em que Jack está pensando? — falou Em.

— Há tanta informação sobre a Infinityglass no Skroll que não dá para acessar tudo. — Nate se levantou e desapareceu dentro da cozinha, pegando uma bebida na geladeira. — Quem colocou a informação ali?

— Não tenho certeza. — Dune pegou a canet stylus e apertou um botão minúsculo para transformá-la em um apontador laser. Ele o usou para destacar documentos enquanto explicava. — Ele carrega o correspondente a anos de informação e é totalmente voltado para a história, a história muito antiga, não apenas da Infinityglass, mas também da Chronos. Passei os olhos e não consegui processar nem um quarto de tudo o que está aqui.

— A história da Chronos? — perguntou Em.

— Espere — falou Michael. — O Skroll tem informações sobre a Infinityglass e a Chronos. Ele não pertence à Chronos, senão Teague teria sido capaz de abri-lo. Então a quem ele pertence?

— Há outra resposta — disse Dune. — Mas não gosto dela.

Em olhou para Michael e então para mim:

— Jack.

Eu me levantei.

— Está na hora de contar a meu pai sobre o Skroll.

Capítulo 41

Eu vinha escondendo tantas coisas de meu pai. As aparições de Jack, a habilidade de Lily, o Skroll. Eu ia ficar preso em um mundo de mágoa quando revelasse meus segredos.

Como eu tinha quase certeza de que meu pai me mataria, Em se ofereceu para levar Lily para casa. Eu a deixei na casa da piscina.

Depois de alguns beijos de despedida, claro.

Ele não estava no andar de cima ou no escritório. Finalmente o avistei no jardim de inverno, de costas para as portas de vidro. Quando as abri, ele tomou um susto e afundou os dedos na beira do cobertor no qual havia se enrolado.

Algo estava muito esquisito.

Não apenas os ombros caídos ou o jeito como ele estava quieto, especialmente sem um livro nas mãos. Desde que meu pai tinha voltado para casa, uma coisa tinha sido constante. Sua dor por causa da minha mãe.

Ela havia desaparecido.

Eu quis fugir. Em vez disso, contornei o sofá.

— Pai? — perguntei cautelosamente. — O que você está fazendo aqui fora?

Ele permaneceu em silêncio, a expressão vazia. Foquei em seu rosto.

Vi que ele não estava ali. O que tinha sobrado estava sentado no sofá à minha frente, as pontas dos dedos mexendo nas tramas do cobertor. Eu mal conseguia respirar, mal conseguia me mexer. Eu me sentei sobre os calcanhares e coloquei as mãos sobre as dele.

Um buraco-negro de um completo vazio. Provavelmente do mesmo jeito que Em tinha ficado depois que Jack Landers tomou suas lembranças e a deixou em um manicômio para se recuperar — o que minha mãe seria se eu pudesse romper a barreira que nos separava. Tão vazio e tão, mas tão sombrio.

Jack tinha roubado meu pai e não tinha colocado nada no lugar do que havia tomado.

Lutei para manter a voz firme:

— Pai?

Ele piscou algumas vezes.

— Kaleb?

Ele me conhecia. Uma pequena ponta de esperança piscou sob a superfície.

— Sim, pai, sou eu. O que aconteceu?

— Você está tão... grande. Não sei como você conseguiu ficar... você é um homem, não uma criança.

A voz dele era frágil, mais como a de um homem de 80 anos do que a do meu pai. Como eu cuidaria dele? Como eu poderia consertar aquilo?

— Está tudo bem, pai — menti. — Vai ficar tudo bem.

— Nada é como deveria ser. Eu conheço essa casa, mas não sei por que estou nela. É como se meu mundo tivesse parado, mas vocês tivessem continuado... sua mãe. Ela está no andar de cima em um quarto... há máquinas lá. Ela não acorda.

Engoli as lágrimas que queimavam em minha garganta.

— Qual é a última coisa da qual você se lembra, pai? Sobre mim?

— Ensino médio, seu primeiro dia de aula. Não foi muito bem. Conversei com Cat sobre criar uma escola da Hourglass... mesmo que houvesse apenas poucos alunos e professores particulares a princípio. Para você. Para crianças com dificuldades como as que nós enfrentávamos.

O primeiro dia do ensino médio tinha aberto um buraco em mim. Aquilo tinha começado no segundo em que entrei no ônibus escolar pela manhã e tinha durado até eu sair dele no fim da tarde. Ir à escola com meus amigos tinha sido tão importante para mim. Os primeiros anos haviam sido fáceis — minha mãe era generosa com as professoras, e elas me davam um pouco de espaço adicional quando eu ficava muito emotivo. Elas ficavam sempre muito impressionadas com a quantidade de compaixão que eu demonstrava quando alguém era magoado, mas não se comoviam muito quando eu me apegava à raiva ou ao medo de alguém.

O ensino médio tinha o dobro de alunos do ensino fundamental e muito mais hormônios. Eu me esforcei ao máximo naquele primeiro dia, determinado a fazer aquilo dar certo, mas no segundo em que vi minha casa aparecer ao longe, minha mãe esperando ansiosa no fim da rua, perdi totalmente o controle.

Eu tinha conseguido segurar a pior parte do choro até o ônibus encostar. Ela ficou me abraçando ali até eu parar.

Na manhã seguinte, ela entrou com um pedido para que eu fosse educado em casa.

Um mês depois, nós todos tínhamos nos mudado para Ivy Springs, e a Hourglass tinha nascido.

— Cinco anos, Michael. Ele perdeu cinco anos.

Fiquei olhando pela janela, para a manhã fria e cinzenta.

Normalmente a essa altura do outono minha mãe já teria cortado a grama-pelo-de-urso que revestia seus canteiros de flores, também teria podado suas roseiras e coberto as raízes de todas as plantas visíveis com terra para ajudá-las a suportar o inverno. Tudo o que eu via esse ano eram pétalas queimadas pelo frio e folhas murchas.

Eu tinha ligado para Michael para pedir ajuda, e ele dispersou o grupo, vindo sozinho até a casa principal. Passamos a noite inteira tentando ajudar meu pai a se lembrar de qualquer coisa, mas conseguimos apenas irritá-lo. Finalmente, ele gritou conosco e nos mandou embora. Ele se trancou no quarto com minha mãe.

Eu tinha ficado sentado do lado de fora da porta fechada, escutando enquanto ele chorava até dormir, meus joelhos encolhidos contra meu peito como se eu fosse uma criança pequena. Tive vontade de ligar para Lily apenas para escutar a voz dela. Mas eu não podia fazer aquilo. O que eu diria a ela? O que eu diria a todos os outros?

— Vamos dar um jeito nisso — disse Michael, invadindo meus pensamentos. — Vamos consertar...

— Não me diga que vamos consertar isso. Não sei como podemos fazer isso. Não posso obrigar Jack a devolver as lembranças a eles. — Se Jack tivesse desejado me destruir, ele teria conseguido. Eu não tinha mais nenhuma família. Estava sozinho. Eu lutava contra a desolação que ameaçava me devastar. — Mesmo se conseguirmos encontrar Jack antes da Chronos, teremos que entregá-lo. As memórias de meu pai e minha mãe irão com ele.

— Encontraremos a Infinityglass antes de Jack, usaremos os dois como moeda de troca — argumentou Michael. — Nós ficaremos com ele, faremos a Chronos deixá-lo conosco se lhe entregarmos a Infinityglass e descobriremos uma forma de forçá-lo a devolver as lembranças de seus pais.

— É melhor aceitarmos a verdade. — Girei o corpo para olhar para ele. — Jack nos venceu. Ele ganhou.

— Você ainda tem opções.

Meus lábios se contorceram em um sorriso sombrio.

— Não posso pedir que Lily faça isso. Existem motivos.

Eu a colocaria em perigo. Abi tinha dito que pessoas estavam observando. Eu acreditava nela.

Eu não queria perder mais ninguém.

— Acho que você não tem escolha. — Michael começou a se sentar na cadeira vazia do escritório de meu pai, mas parou e ficou olhando para ela. Não desejava tomar o lugar dele. — Lily vai ter que ser envolvida, mesmo que isto signifique que ela vá ter que procurar Jack ou alguma outra coisa.

— Que outra coisa?

— Lily poderia procurar a Infinityglass. — Michael deu a volta na escrivaninha e se sentou na poltrona. — Você precisa conversar com ela, Kaleb. Contar o que está acontecendo com seu pai. Que as coisas mudaram. Se ela encontrar a Infinityglass... Poe disse que ela poderia ajudar a consertar o *continuum* sem nenhuma consequência. Talvez ela possa consertar tudo isso.

Eu estava tão cansado de falsas esperanças e quases. Tão cansado de ter Jack estragando minha vida.

— Devo depositar minha esperança em algo que pode ser fictício? — Peguei uma das ampulhetas da estante de meu pai e a joguei com força no chão. — Algo feito de areia e vidro?

— Kaleb.

— Não. Eu quero meus pais de volta. Não posso fazer isso acontecer. Um objeto não pode fazer isso acontecer. — Passei meu braço sobre a estante, derrubando cada ampulheta, quebrando mais duas.

— Todas essas representam uma tentativa fracassada. Todas as ampulhetas no escritório de Teague representam uma tentativa fracassada. O que o faz pensar que encontraremos a Infinityglass quando todas aquelas pessoas não conseguiram?

— Fé. Estupidez. Não sei. — Michael cruzou os braços e ficou olhando para mim. Senti a preocupação e o amor dele, e, pela primeira vez em muito tempo, aquilo foi bem-vindo. — Mas há tanto a perder. Estou do seu lado, irmão. Estou aqui para o que você precisar. Somos apenas nós dois agora.

— Não apenas vocês dois — disse Em, à porta do escritório. — Podemos fazer isso, Kaleb. Podemos fazer isso juntos, eu sei que podemos. Mas concordo com Michael. Você vai ter que conversar com Lily. Ela também está do seu lado.

Capítulo 42

A avó de Lily estava na Carolina do Norte, em uma reunião com um fornecedor de café orgânico. Descontente por deixar Lily sozinha, ela insistira para que a neta trancasse as portas e ficasse dentro de casa.

— Acho que ela não entende que trancas não mantém alguém como Jack do lado de fora. — Ainda assim, Lily fechou as três trancas e recostou na porta. Então esticou o braço para enganchar um dedo na gola de minha camisa. — Por que você está tão longe?

Eu me deixei afundar no calor e no sabor dos lábios dela. Seu beijo me dizia que eu não tinha que explicar nada. Que ela já sabia a pergunta e tinha a resposta.

— Deixe-me ajudar — sussurrou ela, a boca ainda sobre a minha.

Eu me afastei um pouco.

— Não posso fazer isso.

— Eu lhe disse um dia que você não é como Jack. — *Frustração.* — Eu estava certa, mas também estava errada.

Agora me afastei quase meio metro.

— Como você estava errada?

— Deixe-me explicar como eu estava certa antes. — Segurando minha mão, ela me guiou até o sofá. — Você não se aproveita das pessoas e não usa o que elas têm para se beneficiar.

— Você diz isso sabendo de que preciso de sua ajuda para encontrar Jack. Colocá-la em perigo, desrespeitar as regras da sua avó. Isso é se aproveitar.

— Não para beneficiá-lo — disse ela, discordando. — Para beneficiar pessoas que você ama. Eu sei que esse é o seu desejo e essa é a coisa que vem primeiro. Você não precisa me pedir, Kaleb. Farei o que for necessário para ajudar você.

— Mas sua avó e os homens e o fato de que eles podem estar observando...

— Foco — disse ela. — Tenho algo importante a dizer.

Beijei a testa dela, sentindo o cheio cítrico de seus cabelos.

— Estou focando.

— No que estou dizendo. — Ela se afastou e segurou minhas mãos entre as dela. — Quanto a eu estar errada... acho que, ao fazer tanto esforço para ser diferente dele, você deixou passar algumas similaridades realmente importantes. Ao fazer isso, você deixou passar algumas respostas.

— Explique.

— Tenho pensado nisso desde a noite em que conversamos em Memphis. Jack toma memórias como refém. Você toma emoções terríveis e as mantêm afastadas das pessoas que elas ferem. Quão interligadas estão as emoções e as memórias?

Olhei fixamente para ela.

— Não dá para separar as duas coisas. Jack sempre diz que matá-lo seria um erro, que vocês dois são iguais. Ele está dizendo a verdade. Se você matar Jack, você mata as memórias de sua mãe com ele e, agora, as do seu pai. Se ele partir, elas também partem.

— Você está dizendo que ele é a chave para recuperar meus pais?

— Não. Estou dizendo que é você.

— Como?

— As lembranças que Jack tomou são as que eram mais importantes para sua mãe. — Lily estava falando lentamente. — O amor dela por seu pai e por você, todos os momentos pessoais que os uniam. Se essas lembranças não estão ligadas às emoções, não sei mais de nada.

— Encontrar as lembranças, as emoções deles, dentro de Jack? Tomá-las de volta e transferi-las para eles? — Sacudi a cabeça. — Isso é impossível. Eu nem saberia por onde começar.

— É por isso que você vai praticar em mim.

Eu a segui até o quarto. Era meio pequeno, com paredes brancas limpas e fotografias por todo lado. Estantes embutidas revestiam uma das paredes, lotadas de todos os tipos de livros e organizadas por cor. Parecia um arco-íris perfeito. Ela se sentou na beira de sua cama de casal, recostou sobre a capa vermelha do edredom e esticou os pés. Eu olhei para eles e então olhei para ela.

— Botas até os joelhos? — Ela deu um sorriso largo. — Você pode me ajudar a tirá-las?

— Ah, sim.

Puxei a bota direita enquanto estava de frente para ela, mas, para a esquerda, me virei para lhe dar uma visão do meu traseiro.

— Você está de brincadeira comigo? — perguntou ela, rindo.

— Eu aprecio o seu o tempo todo. Apenas achei que podia lhe dar uma chance de apreciar o meu. — Dei uma reboladinha antes de me virar para ela novamente. — Qual é o lance dessas meias?

Elas eram verde-limão com listras cor-de-rosa.

— Acho que o que uma garota usa embaixo de suas roupas é simplesmente tão importante quanto as próprias roupas. E gosto de deixar as coisas um pouco picantes por baixo.

Ela olhou diretamente para mim enquanto tirava as meias como se estivesse fazendo um strip-tease, então as sacudiu e as jogou por sobre o ombro. Uma delas caiu na estante, a outra em um canto do quarto.

— Você está tentando me matar. Não, corrigindo, você *vai* me matar. E como você é capaz de me fazer rir assim no meio de toda essa confusão?

— É um dom. — Lily se arrastou até o centro da cama e se sentou de pernas cruzadas. — Estou pronta quando você estiver.

— Eu disse a Abi que não ia permitir que você se colocasse em risco e eu estava falando sério. Não aja como se os desejos de sua avó não fossem importantes, quando são de fato.

Ainda assim, me sentei diante dela.

— Procurar lembranças não é um risco. São as minhas memórias — argumentou Lily. — Se conseguirmos fazer isso, você pode descobrir exatamente como fazer com seus pais. Isso deve ser ainda mais fácil com eles, porque vocês três compartilharam a maioria daquelas emoções e lembranças.

Suspirei e coloquei minhas mãos nos quadris dela, puxando-a em minha direção. O movimento a desequilibrou. Ela arfou e segurou meu braço para evitar tombar. Senti o toque de seus dedos em minha pele por um segundo antes de lhe olhar nos olhos e, então, me inclinar para tocar meus lábios nos dela.

O calor mútuo encheu meu peito e se propagou por minha pele. Ela passou os braços em volta do meu pescoço e me puxou para mais perto.

— Não foi para isso que viemos aqui — sussurrei.

— Eu sei — sussurrou ela de volta. — Mas é um ótimo benefício extra.

— Você está adiando? Está mudando de ideia sobre me deixar entrar em sua alma?

— Não.

— É intenso para mim quando tomo emoções. Sei que para você não será fácil entregá-las. — Franzi a testa. — E será ainda mais intenso desta vez porque também estarei concentrado nas memórias que acompanham as emoções. E se eu fizer algo errado? E se eu machucar você?

— Você não vai me machucar. — Ela tocou minha bochecha. — Não tenho medo de nada quando estou com você.

Desta vez coloquei minhas mãos nos joelhos dela, e não nos quadris.

— Antes de qualquer coisa, acho que a memória que você procurar precisa ser significativa.

— Você pensou sobre isso.

Ela fez que sim com a cabeça.

— O que você quer que eu tire?

— O dia em que fui embora de Cuba.

— Lily. Não. E se eu não conseguir devolver isso a você? E você realmente quer viver isso novamente? Porque se eu tomar e devolver isso, tenho quase certeza de que você vai reviver essa memória.

— Eu *quero* viver isso novamente. — Ela mordeu o lábio. — Afastei essa memória por muito tempo. Mas acho que me lembrar um pouco pode me fazer bem. O que preciso fazer?

— Acho que... se concentrar naquele dia, em como você se sentiu, em qualquer coisa da qual possa se lembrar sobre ele. Eu sei que você era criança, mas algum detalhe específico seria bom, o que você estava vestindo, como estava o clima, algo assim.

Ela respirou fundo:

— Estava ensolarado, depois de cerca de uma semana inteira de chuva. Minha mãe sempre foi muito superprotetora comigo, mas nesse dia... eu estava tão feliz por estar do lado de fora, livre. Ela estava pendurando roupas no varal. Eu me deitei na grama por um minuto, apenas para senti-la. Tudo depois disso fica um pouco...

— Isso é o suficiente. — Eu podia enxergar o dia na linha do tempo emocional dela. Era um grande dia. — Prometa que você tem certeza disso.

— Prometo.

Inclinei meu corpo, tomei o rosto dela nas mãos e olhei em seus olhos.

Emoções inundaram meu corpo quase no instante em que a toquei. Visões que eu não compreendia a faziam se sentir acuada, e então veio a dor. Felicidade e um balanço de parquinho. Nuvens brancas e lençóis esvoaçantes. *Preocupação, ansiedade.* Um carro preto brilhante, pés, o solo. *Muito medo.*

Esperança. Esperança e um giz de cera vermelho, um pedaço de papel pautado. Desenhos toscos e... *dor.*

Uma boneca com fios pretos como cabelo.

Então tudo ficou completamente nítido, porém em câmera lenta. Luzes de freio.

Uma mulher que se parecia com Lily, porém mais rechonchuda, com olhos castanho-escuros e não castanho-claros. Sussurros. *Amor, perdão.*

Palavras. Eu sabia que elas eram ditas em espanhol.

A dor da lembrança parecia áspera, um pesar como vidro quebrado, e eu estava arrastando Lily por aquilo tudo, abrindo feridas recentes. Eu a ouvi soluçar, senti seu choro em meu peito, em meus ossos.

Aquela nitidez foi dissipando-se, e tudo começou a se movimentar rapidamente outra vez.

Então havia apenas um vazio.

Eu percebi que estava caindo para trás, mas não consegui evitar.

Escuridão.

Silêncio.

Capítulo 43

— Por favor, por favor, acorde.

Lily estava me sacudindo. Eu queria abrir os olhos. Eu tentava, mas só conseguia fazer com que minhas pálpebras tremessem. O medo dela era recente, mais do que eu podia suportar.

— Já volto — disse ela, se arrastando para a beira da cama. — Vou buscar ajuda.

— Não. Fique.

Tentei passar meus braços em volta dela, mas não consegui levantá-los mais do que 2 centímetros.

— Kaleb? — Ela jogou o corpo sobre o meu e se enroscou em mim como um gato. — Em um segundo você estava bem, então no seguinte você ficou pálido e caiu para trás sobre a cabeceira da cama. Você está com um galo enorme na parte de trás de cabeça. Eu devia chamar alguém.

— Não. — A dor em meu corpo era muito pior do que na cabeça e diferente de qualquer uma que eu já tivesse experimentado. Minhas articulações doíam, e eu achava que podia sentir meu sangue circulando pelo meu corpo. Muito lentamente. — Apenas... fique.

— Qual é o problema?

— Intenso. Vai passar.

Minha voz estava embargada, como se tivesse sido passada em um debulhador de grãos.

Eu esperava que aquilo fosse passar.

— O que você quer que eu faça?

— Acalme-se. Você está me fazendo surtar. — As emoções dela estavam descontroladas e estavam piorando minha dor ainda mais. — Acho que sofri um ataque triplo. Suas emoções, minha reação a elas. E seu medo agora. Você não precisa ficar com medo; estou bem.

Abri os olhos. A luz da tarde tinha desaparecido, e o quarto dela estava quase escuro.

— Você não está se acalmando.

Pânico. Perda. Vazio.

Ela segurou minhas mãos. As dela estavam congelando.

— Não consigo me lembrar. Sei o que você tomou, mas me lembro de ainda menos agora. Apenas sei que saiu da minha mente de trás para frente. Foi difícil entender tudo aquilo.

Praguejei. Eu não a tinha preparado para o vazio. Fiz um grande esforço para me sentar, mas consegui apenas me apoiar nos cotovelos.

— Vou consertar isso.

— Você não precisa consertar nada agora. Você não consegue nem se sentar.

— Não. — Desisti e fiquei deitado. — Parte de você está faltando. Eu nem pensei na forma como isso a faria se sentir.

— Não quero que você se machuque.

— Eu machuquei você. Quando Jack toma coisas, ele deixa um espaço vazio. Dor. Essa não era minha intenção, mas é isso que você está sentindo, não é?

Ela assentiu e esfregou o peito, como se seu coração estivesse doendo.

— Tenho medo de que, se não devolver agora, isso... não sei, acabe se diluindo ou algo assim. Eu não vi tão claramente o que tomei de você, mas quando devolver, você deve ver. Eu acho. — Eu esperava que sim. Rolei para ficar de lado, encarando-a, e coloquei minha mão em sua cintura. — Venha cá.

Ela chegou mais perto. Muito mais perto. Dedos dos pés com dedos dos pés, quadril com quadril, peito com peito. Eu era quase 15 centímetros mais alto do que ela, então tive que inclinar a cabeça para encostar minha testa à dela, mas, fora isso, nós nos encaixávamos perfeitamente.

— Depois que fizer isso, há uma chance realmente boa de eu desmaiar novamente.

— Vou ficar com você. — Ela ergueu o queixo e pressionou os lábios contra os meus. — Até saber que você está bem. Bem aqui.

— Segure-se em mim. — Eu a segurei com mais força na cintura. — Concentre-se no que você vê, e vou tentar ir devagar. Lily, isso não será fácil. Acho que você vai sentir isso... como se fosse recente. Como se tivesse acabado de acontecer.

— Estou pronta.

Foquei nas emoções e nas memórias. Quando as empurrei de minha mente para a dela, elas voltaram para mim, como um filme sendo rebobinado. Devolvê-las me fez me sentir como se alguém estivesse revolvendo o interior da minha alma, deixando uma ferida aberta.

Quando terminei, ela estava chorando como se nunca mais fosse parar.

Eu a abracei o mais apertado que pude e me concentrei em não desmaiar. Ela precisava de mim, e eu queria estar ao lado dela.

— Diga o que eu devo fazer.

— O que você está fazendo agora. — Ela estremeceu. — Não passou de trás para a frente desta vez. Foi como assistir ao que aconteceu, como se eu estivesse lá. Eu não via meus pais tão claramente há... bem, há nove anos. Eu me pareço com minha mãe.

— Vocês duas são lindas.

Posicionei a cabeça dela sob meu queixo.

— E meu pai...

A voz dela falhou. Ela virou o rosto para meu peito. Soluços sacudiam seu corpo, mas ela não emitia nenhum som. Lágrimas encharcaram a frente da minha camisa.

Depois de alguns minutos, ela parou.

— As emoções são tão mais claras... as coisas que vi, eu me lembro de tantos detalhes mais.

— Como o quê?

Ela levantou a cabeça.

— Pés. Sapatos pretos brilhantes. Três homens e seus rostos. E minha mãe. Ela estava tentando me proteger.

Assenti e esperei até ela absorver a memória seguinte na cadeia, aquela que eu não tinha entendido.

— Eles foram atrás de mim naquele dia, Kaleb.

Fiquei em silêncio.

Confusão, vergonha, tristeza.

— Foi por isso que fugimos de Cuba naquela época tão rapidamente. Porque os homens já tinham vindo para me levar com eles.

Capítulo 44

Fiquei abraçado a ela até o cair da noite, observando a escuridão tecer um casulo ao nosso redor.

— O que você vai contar à sua avó? — perguntei, acariciando seus cabelos.

— Nada. — Lily olhou para o teto. — Como eu explico o que você me mostrou?

— Conte a verdade a ela.

— Não acho que eu seja capaz. Não sei como ela reagiria ou se ficaria com raiva. — Ela rolou na cama para ficar de frente para mim, e tirei o cabelo de seu rosto. — Eu gostaria que vocês mantivessem uma boa relação.

— Achei que ela já tivesse se decidido sobre garotos como eu. Sou má influência. Uma tentação — provoquei. — A maçã, acredito que foi o que você disse, não?

— Você sabe... eu nunca dei uma mordida.

Ela colocou as mãos nas minhas bochechas e prendeu delicadamente meu lábio inferior entre seus dentes.

Eu a beijei sem pensar e sem hesitar, sentindo seu gosto sem cautela. Passando minha mão por baixo do suéter dela, roçando sua barriga com as costas da mão. Ela prendeu a respiração.

— Estou indo rápido demais? — perguntei, observando-a.

— Não o suficiente.

Eu estava com saudades dos lábios dela, então fui atrás deles, acariciando as costas dela, a cintura, os quadris.

Eu queria ficar pele a pele com ela, muito mais do que já havia desejado ficar com qualquer outra garota.

Eu a desejava por inteiro.

Lily me tocava avidamente, como se temesse que um de nós pudesse desaparecer. Suas mãos encontraram minha camisa, e ela a tirou por cima da minha cabeça. Seus lábios estavam por todo lado — no meu pescoço, no meu peito, no hematoma desbotado de minhas costelas. Resultado da queda na noite do baile de máscaras. A noite na qual a conheci.

— Você é linda. — Joguei os cabelo por cima de seus ombros, tirando-os do rosto, observando enquanto ela me beijava até voltar à minha boca. — Cada pedacinho seu.

Parei de respirar quando ela tirou o próprio suéter, revelando uma camiseta de renda branca.

— Você ainda não viu cada pedacinho meu.

Eu estava infinitamente mais perto daquilo do que há cinco segundos.

Esticando o braço, tracei uma linha com meu dedo indicador do lábio inferior dela até o botão da calça jeans.

— Tomar suas lembranças daquele dia foi tão pessoal. Tomar algo tão importante para você e então devolver foi ainda mais intenso do que eu esperava. Isso me fez me lembrar de...

— Kaleb. — *Uma pontada de desejo.*

— Você sabe, *fazer amor* sempre soou tão ridículo. Talvez porque eu nunca tenha feito nada assim, também. Mas acho que entendo agora.

Ela inclinou a cabeça para o lado.

— Eu não achei que... você não é...

— Hum... não. — Eu a beijei novamente para suavizar as palavras. Eu não sabia dizer o quanto aquilo importava para ela. — Mas tudo é diferente com você. Sou mais íntimo de você do que já fui de qualquer pessoa.

Ela se aproximou e colocou os lábios bem junto ao meu ouvido:

— Fique mais próximo.

Liberei minha habilidade o máximo que pude, encarando os olhos dela.

Ela queria aquilo tanto quanto eu.

Quando não respondi imediatamente, ela afastou o olhar.

— Sinto muito. O momento é... *tão* errado. Eu não devia ter...

— Não. — Coloquei minhas mãos nos quadris dela, puxando-a para mais perto, trocando nossas posições. Eu a encostei nos travesseiros com cuidado e tracei a linha das maçãs do rosto com meus polegares. — Eu só hesitei porque queria sentir o que você estava sentindo. Saber que você tinha certeza sobre mim. Sobre nós.

— Eu tenho.

Ela passou as mãos em meus cabelos e arqueou as costas, pressionando o corpo contra o meu. Ela enrijeceu as pernas, me puxando mais para perto.

— Eu sei.

Direcionei toda energia que tinha a Lily. Eu sabia exatamente como beijá-la, como tocá-la. Não por causa de seus suspiros ou da forma como seus músculos se tensionavam e relaxavam em resposta ao que eu fazia, mas porque eu estava envolto nas emoções dela. Tudo que eu cedia, ela devolvia.

Satisfazê-la me satisfazia. Parei no momento em que ela ficou insegura.

— Tigresa — falei, me afastando —, não estou com pressa.

Suas bochechas estavam coradas, seu cabelo escuro emaranhado sobre a fronha. Soltando o ar de maneira oscilante, ela disse:

— Eu sei.

— Sabe?

Ela fez que sim com a cabeça.

— As pessoas subestimam os benefícios de ir com calma. Devagar é tão bom quanto rápido. — Sorri, passando as pontas dos dedos na pele exposta entre a calça jeans e a camiseta dela. — Normalmente é melhor.

Vi a tristeza nos olhos dela com a mesma clareza com que a senti.

— O que foi? Qual é o problema?

— Ir com calma. — Ela passou o dedo no contorno da tatuagem em meu bíceps. Seu toque era quente. — Fico imaginando quanto tempo temos.

Eu não queria pensar naquilo.

Inclinando o corpo, lhe beijei a testa.

— Obrigado.

— Pelo quê?

— Por confiar o suficiente em mim para me deixar entrar. Sobre Cuba, seus pais. Sobre isso. — Delicadamente, posicionei minha mão logo acima do coração dela. — Sei quantos riscos você correu, como foi difícil confiar em mim. Por que você confiou?

— Vi você passar de hesitante a seguro, e você está ficando ainda mais forte. Você constantemente assume riscos por pessoas com quem você se importa. — Lily tomou minhas mãos. — Além disso, talvez eu esteja um pouco apaixonada por você. Mas isso não quer dizer que eu gosto de você.

Aquela garota era um milagre. Um milagre e apaixonada por mim.

— Também não gosto de você. Mas eu também estou um pouco apaixonado.

— Nós encontraremos Jack. Você vai tomar as memórias de seus pais de volta, e então o entregaremos a Teague. Temos apenas que...

Uma luz cintilou no rosto dela, e Lily se sentou rapidamente, apontando para a janela.

Choque.

Ivy Springs estava ardendo em chamas.

Capítulo 45

O som de sirenes ecoava nos prédios alinhados no corredor da rua principal.

— Precisamos sair daqui. — Peguei o suéter de Lily e lhe entreguei com suas botas. — Há muita fumaça para que possamos enxergar bem, e não gosto de ficar no segundo andar quando não sei onde está o fogo.

Lily enfiou os braços nas mangas do suéter enquanto seguia porta afora.

— Tenho que checar a loja.

— Espere por mim.

Enfiei meus pés nos meus sapatos e vesti minha camisa enquanto a seguia.

Toquei na porta. Não estava quente, mas quando a abri o cheiro acre da fumaça inundou o quarto. Queimou minhas narinas. Lily começou a tossir imediatamente e fechou a porta com força.

— Precisamos de toalhas.

Na cozinha, ela abriu uma gaveta ao lado do fogão e pegou um punhado de panos de prato. Liguei a água, e ela os segurou debaixo da torneira até que ficassem encharcados.

Desta vez, cobrimos nossos narizes e bocas antes de sairmos pela porta. Descemos a escada dos fundos rapidamente, e aguardei enquanto Lily brigava para destrancar a porta dos fundos da cafeteria.

— Minha chave não está funcionando.

Ela me entregou a chave, e eu tentei.

— Algo está errado — gritei. — Ela nem mesmo entra na fechadura.

— Não sei. Vá até a frente. Ficarei bem assim que souber que não há fogo do lado de dentro.

Demos a volta até chegar à frente do Lei de Murphy, mas então paramos abruptamente.

Todo o lado norte da cidade estava em chamas. A rua principal ardia em completo abandono.

Mesmo a duas quadras de distância o calor se propagava pela calçada intensamente. Chegando mais perto da chama, o asfalto amolecia. O vidro nas vitrines pipocava, estalava e então explodia.

— Como? Isso não poderia ter acontecido tão depressa. — Lily estava gritando, mas eu mal podia ouvi-la. O rugido das chamas soava como uma cachoeira. — Nós teríamos escutado algo, sentido o cheiro de algo.

— Onde estão os caminhões dos bombeiros? — Eu segurei a mão dela e a trouxe mais para perto de mim, estudando a situação. — Eu nem consigo escutá-los agora.

— Nem eu. Aonde eles foram?

— Lily! Kaleb!

Pneus cantaram quando Michael parou o carro no meio-fio em frente ao Lei de Murphy. Emerson pulou do carro e voou em nossa direção a toda a velocidade, com Michael logo atrás. Ela se jogou nos braços de Lily.

— Onde vocês andaram? Não sabíamos de Kaleb desde hoje pela manhã, e nenhum de vocês estava atendendo o telefone.

— Pegamos o carro para vir até aqui procurar por vocês — disse Michael, afastando seu medo, optando pela preocupação. — E agora... o fogo...

— Não consigo entrar em contato com meu irmão. — Chamas refletiam nas lágrimas de Em, e duas delas escaparam para rolar por suas bochechas. — Ele viveu para construir isto, e está tudo literalmente sendo consumido por chamas. Tanto ele quanto Dru trabalharam hoje à noite... Havia uma festa para a trupe de teatro comunitário. Thomas sempre carrega seu telefone no bolso.

— Thomas e Dru estão no Phone Company? — perguntei, olhando de Em para Michael. A testa dele se franziu ainda mais quando ele olhou para o norte.

Choque.

O medo de Em tinha se tornado tão familiar para mim que eu soube exatamente quando ele veio.

O Phone Company ficava do lado norte da cidade.

— Emerson, não!

Michael não foi rápido o suficiente. Ela já tinha começado a correr em direção à fumaça. Nós a seguimos.

Quanto mais perto chegávamos do fogo, mais algo naquilo tudo instigava minha memória. A base das chamas era mais do que azul, quase um roxo elétrico. As chamas consumiam pedra e madeira, queimando ambas com a mesma velocidade e intensidade. Apenas uma pessoa poderia produzir fogo daquele jeito e apenas uma pessoa poderia espalhá-lo de forma tão destruidora.

— Corra. Em ainda não chegou ao Phone Company. — Lily puxou meu braço e respirou ofegantemente, tentando respirar. — Venha!

— Esse não é um fogo normal.

— O quê?

Ela deixou o braço cair, mas segurei sua mão com firmeza.

— Esse é o tipo de fogo que queimou o laboratório do meu pai. Jack e Cat fizeram isso. — Talvez Ava, apesar de eu esperar que aquilo não fosse verdade. — Olhe em volta. Por que não há pessoas na rua? Onde estão os carros? Isso não se parece com Ivy Springs; isso se parece com um cenário de filme ou com uma cidade fantasma.

Dúvida. Percepção. Medo.

Semicerrei os olhos para olhar por cima do meu ombro através da fumaça, na direção de onde estávamos antes.

— Lily, olhe.

Nenhuma abóbora estava na rua esperando para ser acesa para o Halloween. Os vasos de plantas decorativos tinham desaparecido, assim como os bancos de ferro fundido usados para adornar os espaços entre os bordos vermelhos e as pereiras. As réplicas das lâmpadas de rua permaneciam ali, mas apenas algumas estavam acesas, e o restante do cenário eram apenas calçadas rachadas e ervas daninhas. Ouvimos o zumbido de uma descarga de eletricidade, e tudo ficou escuro. A única luz vinha do fogo brilhando em tom alaranjado no céu da noite.

Agora Lily apertava minha mão com força.

— Algo está errado.

Muito errado.

— Não acho que estamos realmente aqui.

— O quê? — ofegou Lily.

— Acho que estamos em uma dobra.

Capítulo 46

— Como estamos em uma dobra? — perguntou Lily. — Vimos o fogo de dentro do meu apartamento. Inclusive ouvimos sirenes.

— Porém não ouvimos mais nenhuma sirene depois que saímos de seu apartamento. E a sua chave do Lei de Murphy não funcionou.

Eu não queria pensar muito nas possíveis implicações. Começamos a correr em direção ao Phone Company novamente.

— Nunca ouvi nada a respeito de Ivy Springs ter pegado fogo. Isso seria uma enorme parte da história de nossa cidade — falou Lily, ofegante. — Especialmente com todas as construções feitas aqui depois da Guerra Civil.

— Se Jack e Cat iniciaram o incêndio, e acho que foram eles, essa dobra é do futuro. Apenas meu pai e Michael já viram essas coisas. Essa situação toda só piora toda vez que uma nova dobra surge. — Meus pés batiam com força na calçada, no ritmo dos pensamentos que se chocavam em meu cérebro. — O tempo começou a viajar em nossa direção.

As dobras causavam impacto nas pessoas que estavam vivas. Se esse fosse o caso, e Emerson entrasse correndo em um local ardendo em chamas...

O Phone Company apareceu exatamente enquanto Em se aproximava da lateral do prédio, o local exato onde eu tinha visto Lily pela primeira vez na noite do baile de máscaras.

— Espere! — gritei. — Não a deixe entrar.

Michael segurou Em pelo braço. Ela estava correndo tão depressa que quase perdeu o equilíbrio.

— Solte-me — ordenou ela, tentando se livrar dele.

— Você não pode entrar lá — insisti, quando os alcançamos.

— Olhe ao seu redor... essa não é a Ivy Springs que conhecemos. É uma dobra.

— Uma dobra? — Em ficou totalmente em silêncio, olhando fixamente para o prédio. A placa do Phone Company tinha desaparecido, assim como as assinaturas impecáveis de paisagismo e iluminação do trabalho de Thomas. — Como assim?

— Uma dobra do futuro. — O rosto de Michael empalideceu enquanto estudava as circunstâncias. — Uma que todos podemos ver.

— Dobras são tangíveis agora — falei, pensando alto. Uma onda concentrada de pânico intenso se alastrou pelo meu corpo. Ela vinha de Em. — Isso quer dizer que poderíamos mudar o resultado de um acontecimento, mesmo sem estarmos *realmente* lá?

— É uma possibilidade — disse Michael de forma sombria. Um sentimento de fracasso deixou a voz dele fraca e os olhos tristes. Ele não olhou para Emerson. — O que fizermos agora pode fluir para frente ou para trás.

Em se soltou de Michael, balançando a cabeça em estado de negação.

— Se meu irmão e Dru estiverem lá dentro, não vou abandoná-los. Já desobedeci as regras. Qual é a diferença agora?

Lily esticou o braço na direção de Em.

— Talvez exista outra opção...

— Não. — Em a interrompeu e se afastou. As chamas não estavam a mais de 5 metros do prédio do lado esquerdo, talvez a 7 metros dos fundos, ardendo como se estivessem possuídas, prontas para causar uma destruição total. Senti uma memória se agarrando às entranhas de Em, rasgando-a com tanta força que precisei me abaixar para suportar. — Eu sei como é ser queimado. Sua pele torra, mas é quase frio. Então vem o cheiro. — As narinas dela se inflaram. — Não há como escapar. Você não tem para onde fugir.

Na linha do tempo original de Emerson, ela havia sido queimada terrivelmente em um incêndio, causado pelo acidente de ônibus que matou seus pais. As maquinações de Jack, por mais horríveis que fossem, a tinham livrado daquilo. Ele tinha levado aquela linha embora.

Ela não deveria estar se lembrando daquilo agora.

— Em, por favor. — Michael se movia lentamente, mantendo os olhos nela. — Não faça isso. Eles podem nem mesmo estar lá.

— "Podem não estar" não é bom o suficiente. — Ela deu outro passo para trás. *Determinada.* — Não vou abandoná-los. Nem eles nem o bebê.

O teto do prédio ao lado do restaurante desabou. As vinhas subindo pela grade de ferro no pátio do restaurante pegaram fogo, e balancei a cabeça sem acreditar quando o ferro imediatamente ganhou um brilho vermelho. O vidro nas portas dobráveis que levavam ao interior estalou, e o fogo entrou.

Muito quente. Muito rápido.

— Não posso perdê-los também. — Emerson deu mais um passo para trás e então correu em direção às pesadas portas de carvalho da frente, empurrando-as e mergulhando no interior.

— Emerson! — Michael a seguiu.

— Não! — Lily segurou meu braço, plantando os calcanhares no chão quando tentei partir atrás de Michael. — Você não vai ajudar se entrar lá agora.

O pavor vazava pelas portas do Phone Company.

— Não posso...

— Se fizermos a dobra desaparecer, podemos acabar com isso. — Ela estava gritando por sobre o som do fogo, que ficava mais ardente a cada segundo. Seu desespero estava no limite. Estava no mesmo nível do meu. — Por favor. Pense.

Dei um passo atrás para avaliar o caminho das chamas. Metade do teto já tinha caído. Acabar com a dobra seria a forma mais rápida de livrar todos nós do perigo.

— Temos que encontrar uma pessoa, e não vi nenhuma desde que chegamos aqui. A não ser que...

Se Jack e Cat tinham começado aquele inferno, eles ficariam para assistir. Exatamente como tinham feito na noite em que mataram meu pai.

Gritei instruções para Lily:

— Precisamos encontrar a origem do fogo. Vamos tentar o ponto intermediário.

Lily balançou a cabeça em vez de gritar de volta.

Tudo em mim lutava para correr em direção a Em e Michael ao invés de me afastar deles, mas eu sabia que Lily estava certa e que deveríamos fazer a dobra desaparecer. O calor vindo dos prédios fazia meus olhos lacrimejarem, e quanto mais perto chegávamos do centro do incêndio, mais espessa a fumaça ficava.

Mas não havia mais nada para queimar.

Eu queria um segundo para relaxar, para acalmar minha mente inquieta. Mas eu podia sentir Em e Michael, o que significava que eles ainda estavam vivos, e eu não queria perder a conexão. Meu foco em manter aquilo quase me impediu de vê-lo.

Jack. Cinzas, caindo como neve, cobriam os ombros dele.

Esticando o braço em direção a Lily, virei-a e apontei para Jack. Levantei meu dedo em frente aos lábios. Nós dois paramos imediatamente, e eu segui na frente dela.

Mais aterrorizante do que vê-lo foi o que consegui sentir.

Eu podia lê-lo.

Eu agora tinha certeza de que ele estava me bloqueando há anos, talvez desde que o conheci. Descascar camadas de emoção era parte do processo necessário para ler alguém profundamente. A camada externa de Jack era escura, o mesmo tipo de escuridão que eu tinha sentido em Ava tantas vezes. Ao descascar as emoções dele como uma cebola, eu meio que esperava encontrar algum tipo de qualidade redentora, mas ela nunca chegava.

Ele era podre até o núcleo.

Parecia que a leitura tinha levado horas, descendo pela escuridão da alma de Jack, mas apenas alguns segundos tinham se passado. Eu nunca tinha experimentado aquele tipo de degradação. Corrupção total. Ganância e falsidade. Desolação e desespero. O desejo desenfreado de controle e poder. A necessidade de destruir.

Se conseguisse sair daquela dobra, eu o mataria. Eu o encontraria e o mataria por causa de todas as coisas que ele tinha feito a mim e às pessoas que eu amava.

Minha ira fluía do meu corpo pelas extremidades, incontrolável. Eu queria vingança e queria vingança agora.

Corri em direção a ele. Ele se virou, e sua boca formou um O de surpresa. Então seu medo veio.

Quando flexionei os joelhos para pular sobre Jack, Lily segurou meu pulso, e eu a puxei comigo quando o ataquei.

Ele dissolveu.

Lily e eu aterrissamos com os joelhos na calçada da "nossa" Ivy Springs. As chamas tinham desaparecido.

Assim como Emerson e Michael.

Capítulo 47

A cidade estava incólume.

O ar tinha cheiro de chuva, crisântemos e das lanternas de abóbora em decomposição que estavam alinhadas na rua, seus rostos decadentes cada vez mais sinistros e dissimulados.

— Onde estão eles? — A voz de Lily tremia enquanto ela examinava a calçada. — Não consigo vê-los.

Eu me levantei, sacudindo a poeira, e a ajudei a se levantar.

— Você está bem?

A calça jeans dela tinha rasgado, e o buraco no tecido mostrava um joelho ensanguentado. Ela não parecia notar.

— Eles conseguiram sair? Ou ainda estão na dobra?

— Lily? Você está bem? — repeti, segurando os ombros dela e encarando-a nos olhos.

— Temos que checar o Phone Company. É onde eles estavam, talvez seja onde tenham ficado.

Descemos a rua correndo até o restaurante, chegando lá exatamente quando Thomas saía pela porta e começava a contar o número de pessoas esperando para entrar.

— Ei, vocês dois — disse ele, quando nos viu. — Por que vocês estão cobertos de cinzas?

— É uma longa história — falei, tentando recuperar o fôlego. — Você pode chamar Em e Michael para nós?

Ele olhou para mim de forma estranha.

— Eles estão na sua casa. Eu tinha pedido a Em para trabalhar como recepcionista essa noite porque Dru está tendo dificuldades com os enjoos matinais. Em disse que não podia porque tinha acontecido algo com seu pai.

— Você tem certeza de que não os viu? — perguntou Lily. — Será que você poderia olhar lá dentro e checar novamente?

— Certo. — Thomas abriu a porta e inclinou o corpo para trás, chamando alguém no interior. — Clint? Você viu minha irmã em algum lugar?

Lily segurou minha mão. Senti sua esperança enquanto aguardávamos e sua desolação quando Thomas se virou novamente em nossa direção.

— Não, eles não estão aqui. Está tudo bem?

— Tudo bem. Deve ser um mal-entendido. O restaurante parece cheio — falei, apontando para a multidão. — Falamos com você depois.

As lágrimas de Lily começaram a cair no momento em que nos viramos.

— Aguente firme. Vamos sair daqui e voltar ao seu apartamento. — Apertei a mão dela. — Vamos pensar em um plano.

— Temos que voltar para dentro da dobra. Como fazemos isso? — Ela mordeu o lábio, olhando fixamente para mim e esperando por uma resposta. — Kaleb?

— Não sei. — Olhei para o chão, evitando os olhos dela. — Nunca vi a mesma dobra duas vezes. O Jack que ataquei era uma dobra. Eu... não estava pensando. Graças a Deus você estava segurando meu braço ou eu a teria deixado para trás também.

— Não me diga que não podemos salvá-los. Nós temos que salvá-los. Não podemos simplesmente... temos que salvá-los. — A voz dela falhou. — Tem que haver um jeito.

— Posso pensar em um. — Eu não queria dizer aquilo, mas era nossa única opção. — Existe uma coisa que pode consertar o *continuum* sem consequências pessoais.

— A Infinityglass.

Balancei a cabeça.

— Não temos escolha, Lily. Temos que encontrá-la. Você tem que encontrá-la.

Capítulo 48

Embora a maioria dos pertences de Ava ainda estivesse na casa anexa, o local passava uma sensação de vazio, de abandono. O ar estava bolorento e frio. Liguei uma pequena luminária na sala de estar e aumentei o aquecedor. Aquele era o lugar mais remoto no qual consegui pensar, um lugar onde ninguém nos procuraria.

Eu me assegurei de que as cortinas e persianas estavam fechadas antes de acender outra lâmpada. Apaguei-a imediatamente. Quanto mais escuro, melhor, por enquanto.

— Pronta? — perguntei a ela.

Metade do rosto de Lily estava escondido em sombras. Eu não precisava vê-la para sentir sua tristeza.

— Sinto muito mesmo por termos chegado a esse ponto — falei.

— Eu estava disposta a ajudar antes de ser colocada contra a parede. Vamos consertar isso. Juntos.

Nós nos sentamos no sofá e colocamos o Skroll entre nós. Roubá-lo do quarto de Dune tinha sido muito fácil: ele dormia como uma pedra.

Tentar nos lembrar de como ele o tinha aberto foi um pouco mais difícil.

— Dune disse que tudo que ele tinha visto no Skroll estava relacionado à Infinityglass ou à Chronos. Vamos apenas cruzar os dedos e torcer para que exista algo específico, alguma pista que nos indique a direção certa. O mapa certo.

— Nunca procurei alguma coisa que nunca vi. — Lily balançava enquanto esperava. — E se eu não conseguir encontrar a Infinityglass? E se eu encontrá-la, e ela estiver na África? O que faremos então?

— Se Jack ou Teague achassem que a Infinityglass está na África, eles estariam na África.

— Mas...

— Escute uma coisa. — Coloquei a mão na perna dela. — Ela tem que estar perto. Todos os elementos chave estão aqui. Isso não é uma coincidência.

— Espero que não.

— Lá vamos nós.

A tela holográfica apareceu entre nós, brilhante na sala mal-iluminada. Lily esticou a mão para desligar a pequena luminária e então olhou para mim novamente.

Toquei o ícone de mapa na tela com a caneta stylus. Mapas rodavam em um círculo enquanto se projetavam da tela.

— Algum que lhe traz alguma sensação boa? — perguntei.

Lily ficou olhando enquanto eles giravam.

— Vamos começar grande e trabalhar a partir daí. Há um mapa-múndi moderno.

Toquei o mapa correspondente na tela usando a caneta stylus, e ele se projetou no ar. Toquei novamente, e ele se espalhou na tela.

— Certo, feche os olhos. Vamos praticar. — Segurei as mãos dela e as coloquei sobre a tela. — Agora tente encontrar o Lincoln Memorial.

Ela batucou os dedos sobre o mapa; assim que chegou a Washington, parou.

— Aqui.

— Acertou. — Mudei as dimensões e o tamanho, além de virar o mapa de lado. — **A** Space Needle.

Lily a encontrou imediatamente.

— Não abra os olhos. O Arco do Triunfo.

Seus dedos sentiram cada centímetro do mapa duas vezes. A boca exibiu uma expressão tristonha.

— Não estou sentindo esse.

— É porque esse não é um mapa da França.

Ela rosnou para mim.

— Certo, tente a Torre de Pisa...

— Pronto. — Ela abriu os olhos. — Acho que peguei o jeito.

Suas bochechas estavam coradas, e a excitação na voz era contagiante. Segurei o rosto dela e a beijei nos lábios com vontade.

— Você é capaz de fazer isso.

— Nós somos. — Ela apontou para o Skroll. — Vamos começar com a América do Norte.

Duas horas e sete continentes depois, não tínhamos nada.

— Não sei o que estou fazendo de errado. — Lily alongou o pescoço para os dois lados e fez movimentos circulares com os ombros. — Não temos nem uma pista.

— Descanse um pouco — falei para ela, lhe tocando a bochecha. — Talvez estejamos forçando muito.

— E se ela não existir, Kaleb?

Ela recostou no sofá, deixando a cabeça cair para trás e fechando os olhos. *Desesperança.*

— Meu pai acredita que ela existe.

Eu tinha que me agarrar à crença dele. Eu podia não ter visto provas, mas ele tinha visto o suficiente para a descoberta da Infinityglass se transformar em um de seus objetivos de vida. Eu sabia o quanto ele amava minha mãe, como o sentimento era puro. Ele nunca arriscaria seu relacionamento por algo que pudesse não ser real. Ele não faria isso.

Voltei à página principal do Skroll e abri cada ícone, torcendo para que tivéssemos deixado alguma coisa passar. Um dos arquivos não tinha nome. Cliquei nele.

O holograma mostrava uma caligrafia familiar.

Usei a caneta stylus para avançar as páginas rapidamente.

— Não pode ser.

Lily aprumou a postura e abriu os olhos, se concentrando na imagem que pairava entre nós.

— O que houve?

— Esses são os arquivos de meu pai, aqueles que Jack e Cat roubaram. Eles foram digitalizados. Eles listam todas as pessoas que poderiam ter uma habilidade relacionada ao tempo listadas pelo meu pai. — Tantos nomes. Eu passava por eles cada vez mais rápido. — Isso não faz sentido. A não ser que...

— O quê?

— Meu pai estivesse esperando que Jack usasse os arquivos como moeda de troca com a Chronos. Como eles acabaram no Skroll?

Avancei até a letra *C* e vi o nome de Emerson. Parecia errado ler aquilo agora.

— Você pode... — A voz de Lily estava estranha, como se ela estivesse tentando impedir a si de fazer a pergunta. — Você pode ir até a letra G depois?

— Por quê?

— Quero que você me procure.

Avancei as páginas.

— Nada.

Ela soltou o ar.

— Tente *Diaz*.

— Diaz? — Comecei a voltar desde os nomes com *G*. — Existem três na lista. Jorge, Eduardo e Pillar.

Lily engasgou.

— Você conhece essas pessoas? — perguntei.

— Pilli era como meu pai me chamava, um apelido. Foi por isso que minha *abuela* escolheu Lily assim que chegamos aos Estados Unidos, porque soava parecido e era menos confuso para mim. Meu nome verdadeiro é Pillar Diaz. — Ela olhou fixamente para o Skroll. — Aí diz o que sou capaz de fazer?

— Você não. Diz apenas que seu pai e seu avô tinham habilidades de busca. Tem um ponto de interrogação ao lado do nome da Pillar... ao lado do seu nome.

— Você sabe o que isso significa.

— Sei.

— Jack não foi capaz de alcançar meu pai ou meu avô, então ele me trouxe com Abi até aqui. Ele nos encontrou, exatamente como encontrou Emerson. E, da mesma forma que ele queria usar Emerson para mudar seu passado, ele quer me usar para encontrar coisas. — A voz dela estava firme, mas o coração estava partido. — Ele tinha que me trazer para esse tempo e para esse local para que eu pudesse encontrar a Infinityglass.

A porta se abrindo atrás de mim me pegou desprevenido. O grito de Lily tirou meu equilíbrio.

O golpe na minha cabeça completou o trabalho.

Abri os olhos, mas ainda não conseguia ver.

Vendado. Eu não conseguia mexer meus braços ou minhas pernas e estava amordaçado. Meu pulso esquerdo parecia ter sido atingido por um martelo.

O pior de tudo é que eu não conseguia sentir as emoções de Lily, independentemente do quanto tentasse.

Mas o ar bolorento da casa anexa era familiar.

Balancei de um lado para o outro. Assim que consegui dar impulso usando as pernas, derrubei a cadeira. Caí sobre meu ombro direito, e pedaços da cadeira saíram voando no momento em que bati no chão.

Arranquei a venda e tirei a mordaça. Meu pulso estava roxo e possivelmente quebrado.

A jaqueta de Lily ainda estava no chão, mas ela e o Skroll não estavam em nenhum lugar à vista.

Eu me soltei dos pedaços restantes da cadeira, de alguma forma conseguindo fazer um corte de 15 centímetros na parte interna do meu braço direito com um parafuso desprotegido.

Então corri como louco até a casa principal.

Capítulo 49

— Não consigo senti-la.

Ava e eu estávamos sentados num canto da emergência do hospital, que felizmente estava vazia. Ela havia insistido em me levar ao hospital.

— Isso não necessariamente significa que o pior aconteceu.

— Eu a coloquei nessa situação. Nada pode acontecer. — Minha voz falhou, e fiquei olhando para uma impressão emoldurada dos Lírios d'água, de Monet na parede até recuperar o controle. Lírios. — Já se passaram três horas. O sol está nascendo, a avó dela está em casa e vai saber que Lily está desaparecida.

— Você tem certeza de que nos contou tudo? — perguntou Ava.

— Será mais fácil encontrá-la se soubermos de todos os detalhes, especialmente se você tiver que esperar radiografias e botar gesso e nós tivermos que procurá-la por conta própria.

Ava olhou em direção à porta dupla de correr da entrada da emergência. Dune e Nate entraram, segurando quatro copos de café.

— Fratura? — perguntou Nate, olhando para meu braço.

— Não sabemos ainda.

Eu duvidava de que Dune um dia fosse me perdoar por invadir seu quarto e roubar o Skroll. Mesmo assim, ele perguntou:

— Você está bem?

— Não consigo sentir Lily. Alguém tem notícias de Emerson ou de Michael?

Nate olhou para a placa vermelha de saída no alto, piscando como se estivesse impedindo que lágrimas escapassem. O fato de ele estar sério me apavorava mais do que qualquer coisa poderia me apavorar.

— Não — falou Dune. — Thomas colocou a polícia no caso. Ele surtou quando Em não voltou para casa ontem à noite.

Quase todas as pessoas que eu amava estavam em perigo, e eu estava num hospital esperando para levar pontos e para fazer uma radiografia.

— Não sei quem está com Lily. — A possibilidade de ser Poe fez minha espinha gelar. Jack não era nem um pouco melhor. Ele a manteria viva tempo suficiente para usar sua habilidade para achar a coisa que queria e então a descartaria. — Preciso sair daqui. Meu braço pode esperar

— Ballard?

Uma enfermeira jovem e sorridente com roupa cor-de-rosa, cabelo ruivo e sapatos brancos chamou meu nome. Ela trazia uma prancheta nas mãos e uma caneta enfiada no coque.

— Não — argumentou Ava. — Seu braço está todo torto. Você não pode sair sem se consultar com um médico.

— Eu vou ficar bem. Vamos apenas sair daqui. — Eu me levantei.

— *Cara* — disse Nate. — Você será inútil se não der um jeito nesse braço. Confie em nós para procurar Lily. Nós queremos encontrá-la também.

Ele esperou para que eu o lesse. *Lealdade, medo, convicção.* Os mesmos sentimentos vinham de Dune e Ava.

— Ballard?

A enfermeira tinha tirado a caneta do cabelo e agora estava batucando com ela na prancheta, olhando para nós enfaticamente, mas ainda sorrindo.

— Obrigado. — Só pude sussurrar.

— Vá — disse Ava. — Você ficará sabendo no momento em que encontrarmos qualquer coisa.

A enfermeira, Mary Ellen, me forçou a colocar uma camisola de paciente e então começou a administrar soro intravenoso.

— Sério? Na pior das hipóteses, eu preciso de uma atadura elástica, não de soro na veia. Por que preciso de uma camisola de paciente? — Ela não era largo o suficiente para meus ombros, então, independentemente do que eu fizesse, não fechava atrás. A enfermeira desviava os olhos o tempo todo. — Você não pode simplesmente colar um Band-aid e me mandar embora?

— Não seja tão rabugento. Deixe que cuidemos de você. O soro vai mantê-lo hidratado. — Mary Ellen enfiou uma agulha em meu braço rapidamente e de forma quase indolor. — Você não pode comer ou beber nada. Precisamos que seu estômago esteja vazio, para o caso de ser uma fratura, especificamente exposta, e precisarmos de cirurgia.

— Cirurgia? Não posso fazer uma cirurgia. Não tenho tempo. Tenho que... — Naquele segundo, tudo no quarto ficou meio turvo. Eu me esqueci de por que estava furioso. — O que você acabou de fazer?

— Eu lhe dei uma coisinha para a dor e para acalmá-lo. Você está muito... agitado. — Ela franziu a testa e deu um passo para trás antes de sair do quarto.

— Agitado? Você não *viu* agitado.

O pânico não era capaz de eclipsar os medicamentos correndo em minhas veias. Drogas tão fortes podiam ter o mesmo efeito entorpecente do álcool. Eu não seria capaz de sentir as emoções de ninguém, nem mesmo as minhas.

Muito menos as de Lily.

Lutei para me sentar, para manter os olhos abertos, mas a enfermeira provavelmente me dera analgésicos suficientes para derrubar um cavalo.

Não sei como, mas foi então que a barreira entre mim e Lily foi derrubada.

Eu sabia que estávamos conectados, mas a dor que eu estava sentindo agora era tão aguda que eu poderia estar na pele dela. Cada emoção era amplificada. Ela estava furiosa, assustada e preocupada. A parte da fúria me deixou esperançoso por um breve segundo, e então meus músculos sofreram espasmos como se eu estivesse correndo há dias. Meu estômago se contorceu.

Ela não estava bem.

Medo. Desespero. Medo. Desespero.

Lutei contra os dois enquanto caía em um sono profundo.

Capítulo 50

Meus olhos se abriram com um susto.

Medo. Desespero.

Lily.

A dor dela parecia palpável, e não era apenas emocional.

O relógio marcava 5h. Uma hora antes do pôr do sol. Meu braço esquerdo estava enfaixado com uma tala de gesso. Tirei os dois tubos de soro da minha mão e desci da cama. Minhas pernas estavam suficientemente firmes, e minha dor de cabeça tinha se transformado em um leve latejar. Minhas roupas estavam dobradas cuidadosamente dentro de um armário, e eu as vesti o mais rápido que pude, levando em conta minha contusão. Eu não conseguia encontrar meu telefone celular em lugar nenhum. As emoções de Lily estavam vindo mais intensamente agora, me partindo ao meio por causa da ansiedade.

Enfiei a cabeça do lado de fora da porta e olhei para os dois lados, então saí em direção à escada.

Assim que cheguei à rua, comecei a correr, com o braço machucado junto ao peito. O hospital ficava a apenas algumas quadras do centro da cidade. Barricadas bloqueavam todas as ruas transversais, e os sons de música e de risadas flutuavam no ar da noite.

Eu tinha me esquecido de que era Halloween.

A data limite. A expressão tinha todo um novo significado.

A multidão estava repleta de fantasias de fantasmas e bruxas com chapéus pontudos. Super-heróis, vilões, múmias, vampiros e lobisomens ocupavam as calçadas e as ruas. A descarga de emoções ia de distração a decepção, e, combinada aos resíduos da onda dos meus analgésicos, aquilo tudo bloqueava a clareza que eu tinha sentido vindo de Lily há dez minutos.

— Concentre-se. Apenas concentre-se.

Parei para apoiar as costas numa árvore e fechar os olhos. Recordei de como me sentia quando beijava Lily, a abraçava. Aquilo só piorava as coisas. Eu me sairia melhor me lembrando do medo dela, pois era o que ela estava sentindo agora. A noite em que ela viu sua primeira dobra, a do homem enforcado. E então o jeito como se sentiu quando caímos na calçada depois que deixamos Em e Michael para trás.

Abri os olhos.

Ela estava no centro da cidade.

Abri caminho através da multidão, tentando evitar as crianças pequenas. Um pai irritado poderia me perturbar, e eu não tinha tempo a perder. Quase tropecei em um menininho com cabelo louro quase branco. Estiquei o braço para colocar a mão na cabeça dele a fim de me equilibrar e bati o ombro em uma árvore quando ele dissolveu.

Ele tinha me salvado de entrar em uma dobra completa.

Corri mais depressa.

O palco principal estava montado em frente à câmara de comércio, o que significava que a multidão ficava ainda mais densa à medida que eu me aproximava. Dei a volta pelo lado direito do coreto, encontrando um espaço aberto em frente a uma enorme caixa de som. Voluntários usando camisetas laranja do PUMPKIN DAZE entravam e saíam ao prédio comercial, carregando coisas como pulseiras que brilhavam no escuro e isopores com garrafas de água gelada.

Lily estava lá, na torre do relógio.

Eu sentia o medo dela.

Eu não conseguia sentir quem o estava causando.

Jack.

Capítulo 51

Entrei escondido no prédio, atrás de um voluntário que estava segurando uma bandeja de maçãs do amor, e segui imediatamente para a área de conferências no topo da torre do relógio, seguindo as emoções de Lily. Fiquei encostado à mureta que separava o espaço da escada e comecei a me aproximar, escutando. Eu só conseguia ver Jack.

— Vou continuar procurando até quando você quiser. — A voz de Lily era rude. Alívio ainda me inundava ao ouvir aquilo. — Mas não sei o que estou procurando. Há um certo tamanho, qualquer detalhe específico? Você pode me informar qualquer coisa? Existem tantos mapas. Talvez se você pudesse me informar o local de origem?

A agonia substituiu meu alívio quando os gritos começaram. Eles se transformaram em súplicas chorosas que foram se transformando em gemidos. Cada um deles fazia a fúria correr em minhas veias. Se eu quisesse uma chance de tirá-la daqui, não havia nada que pudesse fazer senão suportar aquilo.

Durante aquilo tudo, Jack permanecia imóvel como uma estátua. Ele nem mesmo precisava se mexer para causar dor.

O inimigo mais assustador tem armas que você não pode tirar.

— Alguma outra reclamação?

Ela não falou nada. Que memória ele tinha mostrado a ela?

— Recomponha-se e continue procurando. Achei que nas primeiras cinco vezes que fizemos isso tinha ficado claro. Entendido?

— Eu entendo — respondeu ela, a voz fraca, falhando.

Eu ia fazê-lo se arrepender de um dia ter olhado para ela. Cheguei só um pouco para a direita, e Lily entrou no meu campo de visão.

Sangue escorria de um corte em seu lábio, e um hematoma recente brotava na bochecha. Ele tinha encostado nela, também. Tive que respirar fundo, apesar da minha ira, para não deixar que meus dedos estilhaçassem a madeira do degrau mais alto.

Sentado de costas para a mureta, tremendo, tentei pensar em um plano de ataque. Matar Jack com apenas uma das mãos seria difícil. Mas não impossível.

— Isso é simplesmente triste.

Jack. Bem ao meu lado.

Ele estava sorrindo.

— Ficou com muito medo de lidar comigo, então me deixou desacordado? — falei, com uma expressão de desprezo.

— Não foi tanto por medo, mais por conveniência. — O sorriso dele ficou ainda mais largo.

— Vá para o inferno.

Eu me levantei e subi os dois degraus que faltavam de uma vez só. Em uma fração de segundo, ele estava ao lado de Lily. Segurando a faca de durônio de Poe.

— Como você conseguiu isso? — perguntei. Meu estômago embrulhou. Era impossível impedir que ele enxergasse como o medo dela me afetava. — Foi você. Você matou o Dr. Turner.

Ele não respondeu diretamente.

— Que tal chegarmos a um acordo? Deixe sua conquista da semana encontrar o que desejo e então eu decido se estou com vontade de matar alguém *hoje*.

— Você a está forçando a procurar a Infinityglass?

— Não. O Wally.

Lily folheava os mapas o mais depressa que conseguia, os hologramas iluminando sua boca ensanguentada e sua bochecha roxa.

— Por quê? — perguntei. — Ela não existe.

— Então por que você a estava procurando? Seu pai acreditava que ela era real.

O medo de Lily aumentou, e parei antes de falar qualquer outra coisa. Ela não tinha contado a Jack que não conseguimos encontrar a Infinityglass. Aquela provavelmente era a única coisa que a mantinha viva.

— Meu pai não sabe mais em que acreditar. Você tomou os últimos cinco anos da memória dele.

O foco de Jack sempre voltava ao lado de fora, onde o pôr do sol criava um brilho cor-de-rosa e lavanda.

— Eu devia ter limpado tudo.

— Como você fez com minha mãe? — Minha ira tentou tomar conta novamente, mas o pânico renovado de Lily a manteve guardada.

Ele suspirou e andou até a janela, virando de costas para nós dois.

Consegui a atenção de Lily e movi os lábios para dizer uma única palavra sem produzir nenhum som: *Minta*.

Ela demorou um segundo para entender o que eu queria dizer, mas quando entendeu, recuperou o controle. Vi uma determinação feroz em seu queixo erguido e em sua coluna ereta.

— Ei, acho que... — Ela pigarreou. — Acho que encontrei algo.

A expressão de Jack mudou quando ele olhou para o mapa. Ela o tirou do modo holograma flutuante para a tela sensível ao toque, forçando-o a se aproximar dela.

— O quê? — perguntou ele.

As pessoas na praça gritavam enquanto jogavam abóboras na fogueira no Pumpkin Smash. Dei um passo em direção a Lily e Jack.

— Acho que pode estar em Mênfis, não Memphis, no Tennessee. A cidade no Egito. Não está claro, mas definitivamente esteve lá. Pode estar lá ainda.

Os dedos dela se movimentavam furiosamente sobre o mapa.

Eu me aproximei mais, retesando os músculos, pronto para atacar.

— Egito? — perguntou Jack. — Por que você continua mentindo?

Ele levantou a mão.

— Não — argumentou Lily, os olhos brilhantes de medo. — Veja, bem ali.

Eu me aproximei mais.

— Bem ali onde? — perguntou Jack impacientemente.

— Sim. Bem ali onde? — repetiu uma voz de mulher.

Nós três olhamos em direção à escada.

Teague.

Capítulo 52

*E*u teria dado qualquer coisa para estar dentro do pânico que vi na expressão de Jack. Medo como aquele deixava qualquer um muito vulnerável.

— Teague. — Ele falou o nome dela com tal reverência que parecia que se ajoelharia diante dela.

O que Teague sabia ou o que ela poderia fazer que forçaria Jack a agir daquela maneira?

Teague sorriu de forma serena para mim, uma calma absoluta transbordando de seus poros.

— O filho de Liam?

— Sim.

Passos ecoaram na escada atrás de Teague.

Poe.

O medo de Lily. A calma de Teague. O desespero de Poe. E, ainda assim, absolutamente nada de Jack, a não ser uma veia pulsando de forma constante na testa.

Teague não deu importância à chegada de Poe, apenas manteve o foco em mim.

— Onde está Emerson? Eu esperava encontrá-la aqui. Ela *é* a razão pela qual Jack quer a Infinityglass.

— Emerson se foi. — Foi necessário esforço para manter minha voz firme. — Michael também.

Jack virou a cabeça em minha direção:

— Se foi?

— Nós entramos em uma dobra no Phone Company. Um incêndio. Em entrou no restaurante, Michael entrou atrás dela. — Parei, ouvindo minha fraqueza. Quando recuperei o controle, continuei: — Nenhum dos dois saiu.

Jack olhou fixamente para mim, procurando por uma mentira. Torcendo para encontrar.

Teague não pareceu afetada pela notícia. Ela balançou a cabeça, fazendo um som de reprovação.

— Se Michael e Emerson se foram, o que você vai fazer, Jack? Continuar a usar Poe para tentar conseguir o que deseja? Obrigá-lo a fazer coisas e então roubar as memórias dele?

— Poe se ofereceu — falou Jack friamente.

— É verdade? — Teague manteve os olhos sobre Jack, mas direcionou a pergunta a Poe. — Você ofereceu a Jack o uso de sua habilidade?

— Não. Não ofereci. — Poe olhou fixamente para a parede atrás de Teague, as mãos enfiadas nos bolsos da jaqueta de couro.

O que diabos estava acontecendo? Poe alegou não ser um viajante na noite em que o conhecemos. Como Jack o tinha usado?

— Tudo bem, Poe. Não imagino que você se lembre se você ofereceu — disse Teague.

Poe se virou para Jack e esticou a mão:

— Quero minha faca de volta.

Jack brincou com a lâmina por um instante, pesando suas opções, então olhou para Teague. Ele virou a lâmina para si e então a passou a Poe.

— Você ainda vai precisar de mim? — perguntou Poe a Teague.

— Isso é tudo.

Teague apontou os dedos em direção à saída.

Poe enfiou a faca na sua bota e desapareceu na escada.

— Tantas mentiras, Jack — comentou Teague. — Você já contou a verdade a Kaleb?

Eu me encolhi quando ela disse meu nome e pensei ter visto súplica nos olhos de Jack.

— Sobre o quê? — perguntei.

— Jack é cheio de segredos. De onde ele veio. Por onde andou. Ele correu tantos riscos para esconder isso tudo. Arruinou tantas vidas. Kaleb, acho que já está na hora de você conhecer seu tio Jack.

— Tio?

A palavra foi um chute firme no estômago.

— Jack é um bastardo — falou Teague. — Concebido pela mãe em um caso extraconjugal, um que seu avô Ballard se recusou a admitir, mas o qual teve a honra de assumir a responsabilidade. Você ficava a cada dois fins de semana com sua "família postiça" quando estava crescendo, não é mesmo, Jack?

Jack rosnou baixinho, e seu rosto se transformou em uma horrível máscara de amargura e raiva.

— Você também tinha outro tio, Kaleb, mas ele morreu quando era criança. Jack é a única pessoa que se lembra exatamente de como isso aconteceu. — Agora Teague olhava para mim. — Você tem o nome dele.

— Meu pai nunca... me contou.

Eu não estava entendendo.

— Ele não poderia. As memórias dele não são claras porque não são verdadeiras. Jack as manipulou em benefício próprio. É por isso que Jack quer Emerson. Ele quer mudar o passado para fazer dele mesmo um herói para seu...

Ela parou quando viu Lily. Ou melhor, o que Lily segurava. O Skroll.

— De onde veio isso? — A voz de Teague ficou fria, afiada como uma lâmina. — Como você encontrou isso?

— Ele.

Lily apontou na direção de Jack sem um momento de hesitação, mentindo de forma tão delicada que eu quase acreditei nela. Ela estava jogando com o aliado mais provável.

— Sua vadiazinha — cuspiu Jack para Lily. — Eu o roubei de você.

Lily deu de ombros.

Jack se virou para Teague:

— A garota sabe como encontrar coisas. Ela tem o gene. O nome verdadeiro dela é Pillar Diaz, e as informações a respeito dela estão nos arquivos que vendi a você.

— Você a encontrou? — perguntou Teague a Lily. — A Infinityglass?

— Digamos que sim — divagou Lily, batendo os dedos nos lábios. — Eu não estaria disposta a contar a Jack o que sei, mas estaria disposta a contar a você.

— Por quê?

— Quero algo em troca. — Lily olhou nos olhos de Teague e falou com clareza: — Quando eu acabar de lhe dar as informações, Kaleb e eu vamos embora. E enquanto você e eu conversamos, Kaleb ganha cinco minutos sozinho com Jack.

Teague olhou de Lily para mim e depois voltou a ela enquanto um sorriso lento se espalhava em seu rosto.

— Combinado.

Capítulo 53

No exato segundo em que Teague e Lily se viraram para sair, ataquei Jack.

Ele lutou contra mim, enfiando as unhas em meus braços e chutando minhas canelas. Segurei o rosto dele com minha mão boa, pronto para deixar minha habilidade funcionar a todo vapor. Ele previu meus planos.

E abriu um mundo de dor para mim.

Todos os oceanos do mundo rugiam em meus ouvidos enquanto ele empurrava memórias para dentro de mim. Minha mãe, quando soube a respeito do meu pai, envolta em pesar, contorcida no chão. Meu rosto quando ela me contou o que aconteceu. Meu pai, seu medo no minuto antes de Jack apagar cinco anos de sua vida.

Mostrar as memórias de meu pai foi o primeiro erro de Jack.

Aqueles cinco anos estavam tão frescos que fui capaz de enxergá-los perfeitamente. Recuperar as emoções que as acompanhavam era como sorver a espuma de uma cerveja gelada. Puxar o amor dali trouxe memórias, todas elas. Eu as guardei dentro de mim e então segui surfando uma onda no espaço do cérebro de Jack.

Agora eu sabia o que procurar, e foi fácil encontrar as memórias de minha mãe. Elas fluíam como água, saindo de Jack e entrando em mim, me tornando mais forte. Meu pai, cenários de filmes, beijos compartilhados em seu trailer, o casamento deles em uma praia em Bali. Meu nascimento, eu como bebê aprendendo a andar. Rindo, com o rosto todo lambuzado de ervilha. Do maternal à adolescência em ritmo acelerado, com meu pai envelhecendo da mesma forma. Mais imagens: cozinhando juntos, observando-me nadar. Então algumas que eu não entendia... uma casa branca em uma colina... pântanos... um casal mais velho... Teague muito mais nova?

Desacelerei o fluxo para tentar examinar a imagem. Aquilo deu a Jack equilíbrio suficiente para se defender.

A defesa dele envolvia me mostrar coisas que eu não queria ver. Emerson quebrada e queimada. Michael e meu pai trocando confidências, meu pai colocando a mão no ombro de Michael. A palavra *filho*.

A dor foi tão rápida e aguda que quase hesitei. Então, de algum modo, eu soube que aquilo era uma mentira.

Eu podia ouvir Lily na outra sala, a voz baixa e insistente enquanto fornecia a Teague a informação que esta queria.

Enfiei meu polegar na maçã do rosto de Jack e apertei com força. Vi memórias que ele tinha tomado de Ava, Emerson, Michael, até mesmo de Lily. Algumas coisas me deixaram feliz. Outras, nem tanto. Decidir o que compartilhar com as vítimas de Jack seria um processo longo e doloroso.

Mesmo assim, tomei tudo.

Assim que estava certo de que tinha tudo de que precisava, eu o soltei. Eu tinha as memórias de meus pais e agora poderia ter minha vingança.

Olhei fixamente para ele, desamparado no chão, pelo que pareceu uma eternidade. Fiquei imaginando se tomar as memórias de outras pessoas de dentro dele o deixaria com o mesmo tipo de escuridão vazia que ele causava. Eu só podia esperar que sim.

Usei meu braço engessado para bater a cabeça dele no chão.

— Cumprimos nossa parte do acordo? — perguntei, me aproximando cautelosamente de Lily e Teague.

Teague observava enquanto Lily começava o processo de fechar o Skroll.

— Sim.

O rosto de Lily estava sereno.

— Eu tinha começado a perceber isso mais cedo — disse ela, depois de olhar para Teague pedindo permissão. Quando recebeu o sinal verde, continuou: — Toquei cada centímetro de cada mapa no Skroll, todos os cantos do mundo. Eu comecei a acreditar que a Infinityglass não era real, e então algo me atingiu. Parei de olhar para os mapas e comecei a pesquisar todas as informações.

— Lily descobriu a coisa que enganou pessoas com habilidade de busca durante um século. — Teague tomou o Skroll de Lily e o colocou debaixo do braço. — A Infinityglass não é uma coisa.

Agora Lily olhava em meus olhos:

— A Infinityglass é uma pessoa. Eu disse a Teague o quanto lamento por não ter podido ajudar mais. Pois sou capaz de encontrar apenas coisas.

— Obrigada pela informação, Lily. Se eu precisar de você novamente, sei onde posso encontrá-la. E não se preocupe. Cuidarei disso, por todos nós.

Teague olhou para o corpo inconsciente de Jack com um sorriso perverso.

Lily e eu saímos juntos da torre do relógio.

Capítulo 54

Lily segurou minha mão direita quando me aproximei do quarto de minha mãe. Meu pai estava ao meu lado esquerdo. A esperança dele era encorajadora.

— E se isso não funcionar? — Meu maior medo.

— Vai funcionar — falou meu pai. — Você me recuperou.

— Ele está certo. — Lily apertou minha mão. — Você devolveu memórias a nós dois. Vai funcionar.

O sol do início da manhã brilhava pela janela octogonal no topo da escadaria. Eu não tinha dormido a noite toda. Dune, Nate e Ava tinham se reagrupado e saído para procurar Michael e Emerson. Ninguém desistira para desistir de ter esperanças.

Eles não podiam estar mortos.

— Você vem comigo? — perguntei a Lily.

A avó dela tinha ficado presa em uma tempestade de neve bizarra na Carolina do Norte. A Abi de Lily dizia que, se tivesse sido feita para dirigir na neve, não teria nascido em uma ilha tropical. Eu esperava fugir da conversa na qual Lily contaria todos os últimos acontecimentos a Abi.

— Isso é entre você e seus pais. Estarei bem aqui, no entanto, fazendo preces e mandando boas vibrações, com todas as minhas forças.

Ela apertou minha mão novamente.

— Você está pronto? — perguntou meu pai.

Assenti. Lily se encostou à parede, aguardando.

Entramos no quarto. Minha mãe tinha perdido peso enquanto estava em coma. Seu cabelo preto estava salpicado com fios brancos agora. Eu mal podia esperar para ver a reação dela quando acordasse. Se ela acordasse. Ela nunca tinha sido vaidosa, apesar de ser bonita, mas eu tinha a sensação de que o cabelo grisalho seria um choque, e que não seria o único.

O que ela pensaria sobre seu filho tatuado e cheio de piercings?

Meu pai fechou a porta depois de entrarmos.

— Você está pronto?

— Pronto como nunca.

— Mesmo que você a reanime, você sabe que uma grande parte da memória dela pode estar fragmentada.

— Um pouco dela é melhor do que absolutamente nada.

— Concordo plenamente. Kaleb?

— Sim?

— Você e sua mãe são as luzes da minha vida. Se algo tivesse acontecido a você ontem...

— Não aconteceu.

— Apenas saiba que, independentemente do que ocorrer aqui, eu te amo.

Ele colocou a mão no meu ombro.

— Eu também te amo, pai.

Puxei a poltrona onde ele costumava dormir até a beira da cama. Era a mesma na qual eu tinha me sentado quando tentei tirar a dor dela — não tinha adiantado, tarde demais. Dessa vez seria diferente, porque dessa vez eu lhe devolveria a alegria.

Segurei as mãos dela e lhe beijei a testa.

Fechando os olhos, concentrei minha energia na reunião de todas as emoções e lembranças mais preciosas dela, embrulhando tudo cuidadosamente.

E então empurrei.

Empurrei com todo o amor e toda a determinação que pude. Eu me concentrei em devolvê-las cronologicamente, chegando o mais perto que conseguisse das partes que eu não tinha vivenciado pessoalmente, e uma de cada vez. Clareza era a maior prioridade depois de trazê-la de volta.

A pele dela começou a se aquecer em contato com a minha, e a respiração dela ficou arfante. Concluí com as memórias que eu não conseguia entender, uma em particular, e aguardei, com medo de abrir os olhos.

A máquina monitorando seus batimentos cardíacos acelerou, e um alarme soou em outra máquina.

— Pai?

Eu me levantei, me afastando, e olhei para ele em vez de olhar para ela, mas não soltei as mãos de minha mãe.

Raiva. Medo. Desespero. Dor.

A descarga de emoções me esmurrou. Eu poderia ter caído se elas não tivessem sido seguidas por *amor. Gratidão. Alegria. Alívio.*

Os olhos azuis dela, a imagem espelhada dos meus, se abriram. Ela estava sorrindo.

— Mama? — Usei o nome pelo qual eu a chamava quando era criança, e minha voz falhou. Afundei meu rosto no pescoço dela, sentindo seus batimentos, fortes e confiantes. — Você está... você está bem?

— Eu sabia que você conseguiria. — A voz dela estava fraca, e então ela começou a chorar.

Toquei seu rosto, segurei suas mãos. Senti o amor avassalador que meu pai sentia por nós dois correr dentro de mim como água medicinal.

— Eu conseguia escutar. Eu sei o quanto você tentou me salvar. Como você se culpou, e eu soube quando seu pai voltou. Eu apenas continuei aguentando firme.

Então ela viu meu pai atrás de mim.

— Liam?

Ele passou por mim, apressado, envolveu-a em seus braços e a beijou.

Todas as lâmpadas e aparelhos elétricos no quarto explodiram ao mesmo tempo.

Eu me virei para sair de fininho, para lhes dar tempo de se reconectarem, mas minha mãe me chamou:

— Kaleb?

Dei meia-volta.

— Onde está Lily?

Meu queixo caiu.

— O quê?

— Ela é uma garota adorável.

Minha mãe sorriu novamente, como se ela tivesse um segredo.

Acho que tinha mesmo.

Capítulo 55

Lily e eu fugimos para a varanda.

— Você está bem? — perguntou Lily, colocando a mão no meu ombro.

Cobri as mãos dela com as minhas.

— Não sei. Minha mãe e meu pai. É incrível. — Fiquei olhando para a grama coberta de orvalho e sentindo o cheiro de uma nova manhã. Mas não era um recomeço do zero. — Emerson e Michael...

— Há esperança. — Eu ouvi aquilo na voz dela e senti na alma.

— Lily? O que você está escondendo?

— Eu sei onde está a Infinityglass.

— O quê? Como?

— Menti para Teague. Assim que percebi que a Infinityglass era uma pessoa, procurei por ela no mapa. Ela está em Louisiana, perto de Nova Orleans. Podemos salvá-los, Kaleb. — O sorriso dela estava repleto de promessas. — Precisamos simplesmente encontrar a Infinityglass e podemos fazer tudo ficar bem.

Toquei o hematoma no rosto dela, passei o polegar sob o corte na boca.

— Espero que você não vá deixar um lábio inchado impedi-lo — disse ela.

Mal toquei meus lábios nos dela, mas, em vez de buscar suas emoções, prestei atenção às minhas.

Tudo o que eu sentia era amor.

Até outras emoções abrirem espaço entre nós.

Mais alívio. Mais gratidão. Muito mais amor.

Michael. E Emerson.

Eu me virei para vê-lo, junto a Emerson, os dois perfeitamente saudáveis, parados bem à nossa frente. Olhei para ambos, maravilhado, e então saltei os degraus da varanda, agarrando Mike para me assegurar de que ele era real, esticando o braço para segurar a mão de Em.

Eles não desapareceram.

— Como? — perguntei, depois que todos tinham abraçado e sido abraçados pelo menos quinze vezes. — Nós tínhamos certeza de que vocês tinham partido para sempre.

— Nós também — disse Em. — Assim que entramos, percebi que o Phone Company não se parecia mais com o Phone Company. Não tinha ninguém lá dentro e não havia mesas ou cadeiras ou... nada. Virei para correr de volta para fora, mas a fumaça estava tão espessa...

Ela tinha ficado apavorada. Ficar presa, somado ao seu medo de fogo — eu conseguia sentir o aperto na garganta dela, a tremedeira dos braços e pernas.

— Mas eu consegui vê-la — falou Michael, esticando o braço para segurar a mão de Em. — Eu sabia que tínhamos uma chance.

— Não podíamos viajar — disse Em, a voz mais forte agora —, porque não tínhamos matéria exótica. Mas tínhamos nossos anéis de durônio, então pudemos entrar no véu.

— A dobra mudou enquanto observávamos — falou Michael. — O Phone Company voltou ao normal.

— Mas não conseguimos sair do véu. — Em estremeceu. — Estávamos presos.

— Se vocês estavam presos, como diabos estão aqui agora? — perguntei.

Foi quando o senti.

Poe estava parado a meio metro de nós, bem ao lado de um véu.

— Edgar — respondeu Em, as bochechas rosadas. — Jack e Cat o usaram como uma ferramenta. Exatamente como fizeram a Ava, exatamente como fizeram a mim.

— Ainda não estou entendendo — falei.

Não estava entendendo nada.

Havia um ímpeto extremo na voz de Em. Se Poe teria um defensor, a garota que ele tentou matar era sua melhor escolha.

— Ele não é um viajante para o passado ou para o futuro, mas ele pode se mover no espaço. Meio que como... teletransporte.

— Explique.

Olhei fixamente para Poe, tentando encontrar nele qualquer outra emoção que não fosse tristeza. Mas foi só o que consegui encontrar.

— Eu uso durônio para entrar em véus. — A voz dele estava fraca, e ele mal parecia conseguir ficar de pé. — Uso matéria exótica para ir de um lugar a outro. Jack me usou para fazer a mesma coisa.

— Você estava usando a matéria exótica de Cat — falei, compreendendo. — Cat ajudou Em e Michael a sair da dobra?

— Não.

— Como você os tirou? — perguntei.

— Tenho minha própria fonte de matéria exótica.

Deixei as possibilidades daquela declaração assentarem.

— Se tivermos acabado com a alegre reunião, não estou aqui apenas pelas risadas e pela diversão. — Notei um ponto vermelho na frente da camisa de Poe que ficava mais largo a cada segundo que passava. Ele balançou para um lado, piscando furiosamente. — Eu vim para adverti-los. Landers. A Chronos. Juntos... erro. Grande erro.

E então ele desabou.

Agradecimentos

Obrigada:

À incrível agente Holly "A Gatinha da Morte" Root. Você nunca para de me espantar. Dizem que escolher um agente é como escolher um cônjuge. Concordo plenamente.

À fabulosa agente de cinema Brandy Rivers. Sua militância por *Amor contra o tempo* tem sido incansável. Garotas sulistas são as melhores. Obrigada.

A todos na Waxman Literary, por cuidarem de todos os detalhes.

À excelente editora Regina Griffin e a toda a equipe na Egmont. Não posso nem começar a listar tudo o que vocês fizeram por *Amor contra o tempo* e *Tempo em fúria*!

A Lissy Laricchia, fotógrafa de capa, cuja mente eu gostaria de explorar durante férias prolongadas, e à designer de capa Alison Chamberlain.

A meus editores estrangeiros, juntamente a todo representante de vendas, vendedor de livro, livraria, leitor e editor vivo. Onde eu estaria sem vocês?

À Twentieth Century Fox, por ser capaz de enxergar o potencial em *Amor contra o tempo* como um longa-metragem. Acontecendo ou não, a possibilidade é o verdadeiro presente.

Às minha amigas escritoras. Beth Revis, pela referência a Firefly; Victoria Schwab, pela parte policial; MG Buehrlen, pela linha de pipa e pelos gnomos chutadores de canelas; Jodi Meadows, por uma caixa de bate-papo sempre aberta e pela mais generosa das abordagens; CJ Redwine, por andar sempre no limite e pelas rodadas de chá de pêssego; e Rachel Hawkins, pelas risadas sem fim e pela expressão "me fere em meu feminismo". Meio solto, meio preso, Hawkins.

Às senhoras cubanas que vieram em meu resgate! Christina Diaz Gonzalez e Chantel Acevedo (que telefonou para Marta e Aris para se assegurar de que eu entendesse Lily perfeitamente!) Empanadas para todas! (Mas uma de vocês vai ter que me ensinar a prepará-las.)

A Jen Lamoureux, por ser uma amiga preciosa e uma trabalhadora incansável no site Murphy's Law.

A Katie Bartow e Sophie Riggsby, por serem seriamente espetaculares. (Mal posso esperar para que vocês se encontrem entre as páginas.)

A Clint Redwine, por fotografar três rolos de filme em Sedona. (Você entrou também!)

Aos escritores/leitores que ajudaram mais do que se dão conta: Bill Cameron, Valerie Kemp, Tessa Gratton, Natalie Parker, Jeri Smith-Ready e a todos os autores representados por Freddy the Moose (que faz uma aparição — porque ele nunca roubou meu suco de cranberry).

Aos amigos, leitores e a todos que me apoiaram. TODO o #Team-Root. GENTE. SÉRIO.

Também a Joanna Boaz Nash, Jessica Katina, Amelia Moore, Carol Schmid, Sally Peterson, Laine e Brian Bennett, Kim Pauley, Karen Gudgen, Tammy Jones, Tracy e Phillip Dishner. Dishner. É DISHNER.

Aos blogs, incluindo, mas não limitado a: Mundie Moms, Twilight Lexicon, Novel Novice, YA Sisterhood, Twilight Facebook, MTV Hollywood Crush, Fab Life da VH1, Amanda do Book Love 101, Young Adult Books Central e Sabrina Rojas Weiss (que correu o risco que ajudou a mudar tudo).

Às primeiras leitoras adolescentes a me mandar e-mails e me fazer me sentir como uma AUTORA! DE VERDADE! VIVA!: Julie Daly e Harmony Beaufort.

Aos professores de quem me esqueci da última vez: Sra. Ruth Ann Street, Dr. Gerald Wood e Dr. Robert Turner. Um ou dois de vocês podem encontrar uma parte de si aqui. E, hum, me perdoem por isso. Não é porque não os amo! Juro.

A Sandra Ballard, novamente, por me dizer que eu podia escrever quando tudo de que eu precisava era de permissão.

À minha família, que é tudo para mim. Wayne e Martha Simmons, Keith e Deborrah McEntire, Elton e Mandy McEntire e meu novo sobrinho, Carter, que tem toda a esperança do mundo em seus olhos.

A Ethan, que ainda alimenta os meninos e a mim quando me esqueço de fazê-lo, e a Andrew e Charlie, que um dia (espero) entenderão por que sua mama anda por aí com o cérebro pingando pelos ouvidos.

E, finalmente, a minha avó, Doris, que foi corajosa o suficiente para levar uma menina de 10 anos a Memphis em um avião, e à minha madrinha, Carol, que não hesitou em pegar uma casa de bonecas em perfeito estado no lixo para que pudéssemos soltar nossas imaginações naquela semana, e que não ficou nem um pouco chateada quando deixei minha sandália de plástico cair do pedalinho na Mud Island.

Este livro foi composto na tipologia Bell MT Std,
em corpo 10,5/14,1, e impresso em papel off-white,
no Sistema Cameron da Divisão Gráfica
da Distribuidora Record.